세상에 없던 색

펴 낸 날	2025년 9월 10일 초판 1쇄

지 은 이	추설
펴 낸 이	박지민, 박종천
편 집	김정웅, 김현호, 민영신
책임편집	윤서주
디 자 인	롬디
교정교열	윤동욱
책임미술	웨스트윤
마 케 팅	이경미, 박지환
펴 낸 곳	모모북스
	경기도 파주시 지목로89~37(신촌로 88~2)3동1층
	전화 010-5297-8303 팩스 02-6013-8303
	등록번호 2019년 03월 21일 제2019-000010호
	e-mail pj1419@naver.com

ⓒ 추설, 2025
ISBN 979-11-90408-78-3(03810)

• 책값은 뒤표지에 있습니다.
• 잘못된 책은 구매하신 곳에서 교환해드립니다.
• 모모북스에서는 여러분의 소중한 원고를 기다립니다.
 투고처: momo14books@naver.com

세상에 없던 색

글 · 추설

차례

1장
무채색
·
06

2장
검은 여름
·
107

3장
그저 그런 흔한 이야기
·
119

4장
백지
·
148

5장 터널 · 159

6장 다시 읽혀진 기억 · 194

7장 잔향 · 235

8장 플라타너스 · 315

1

"잘 지내.", "미안해."

나는 또 한 번 이별을 고했다. 신분이 다르면 연애도, 결혼도 할 수 없다는 꽤 흔한 이유였지만, 사실은 내가 용기가 없었다.

정체 모를 그리움을 잊고 이 사람과 살아갈 용기가.

이십 대 후반. 청춘의 끝자락에서 아슬아슬하게 줄타기를 하고 있는 나는, 이번에도 집안 형편이 어려워졌다는 이유로 그 사람을 떠나보냈다. 남들이 보기엔 이런 슬픈 이별이 어디 있는가 싶겠지만, 정작 나는 그리 슬프지도 않았다. 어차피 변명이었고. 내가 서글펐던 이유는 단 한 가지, 이번에도 내가 찾던 사람이 아니었다는 사실이다. 얼굴도, 목소리도 모르는 그 사람. 그래도 어딘가에는 분명히 있을 것만 같은 사람.

나는 여러 번의 연애와 이별을 반복했다. 누구에게는 배부른 소리일지도 모른다. 하지만 내 생각은 달랐다. '사랑을 사랑으로 잊는다'라는 말은 틀렸다고 믿었다. 전 사람에 대한 그리움을 놓지 못해 새로운 사랑을 시작하는 것이지, 그 사랑 자체를 잊기 위해 연애를 하는 건 아니라고 생각했다. 사랑은 어차피 자연스럽게 잊히는 법이니까. 단지, 이별한 연인이 그리워서 새로운 사람과 연애를 하는 것일 뿐. 그러나 그 당연한 사실조차 나에게는 적용되지 않는 것 같았다.

어릴 적부터, 그러니까 몇 살 때부터인지, 왜 그런 생각을 하게 되었는지조차 기억나지 않는 시절부터 누군가를 그리워했다. 얼굴은 물론 실루엣조차 모르는 사람. 그 사람을 정처 없이 기다리며, 찾아 나설 용기조차 없었다.

중학교 시절의 중2병이었을까? 혹은 원하는 회사로의 이직이 실패했던 때였을까? 아니면 단순히 이별 후 겪은 스트레스였을까? 생각이 너무 많아진 나머지 결국 생각을 포기한 나는 디자이너라는 직업을 생계로 하고 있지만 세상을 흑백으로 보기 시작했다. 밝게 빛나던 눈망울은 희미해져 갔고, 사람들과의 연결도 서서히 멀어져 어느새 혼자가 더 편한 사람이 되어 있었다. 모두가 사용하는 메신저는 외면하고 연락조차 잘 받지 않으며 마음에 벽을 쌓아갔다. 그것이 지금의 나였다. 외로움이 사무쳤다.

사랑으로도, 사람으로도 채워지지 않는 외로움이었다.

사랑은 외로움을 막아주는 것이 아니라는 걸 알게 됐다. 사랑은 모순이다. 연애를 해도, 좋은 사람을 만나도, 끝내 그리움을 채우지 못했다. 내 안은 늘 심심하고, 공허하고, 외로웠고 가끔은 진심으로 아무것도 느껴지지 않았다.

어느 날, 무심코 구인 공고에 원서를 넣고 억지로 재미없는 게임을 하며 새벽을 보내던 순간에 무슨 바람이 불었는지 귀신에 홀린 듯, 대책도 없이 다음 날 아침에 나리타로 떠나는 비행기표를 예약해 버렸다. 지금 생각해도 무모한 행동이었다. 모아둔 돈은 줄어들었고, 계획 하나 없이, 아니 어차피 여행이 아니라 도피였기에 계획 따위는 필요하지 않았다. 당장 떠나지 않으면 정말 끝이 날 것 같았기 때문에.

공항 출국장에는 설레는 얼굴의 사람들이 가득했다. 그들도 어쩌면 일상을 벗어나 여행을 떠나는 기쁨에 젖어 있었겠지. 그러나 나는 그들과 달랐다. 나는 이 작고 고요한 불빛이 꺼지지 않는 새벽의 나라에서 일시적이지만 분명히 도피하고 있음을 알고 있었기 때문이었다. 일본은 내가 사랑하는 나라다. 관광객의 시선이 아니라, 그들의 문화와 예의 바름을 떠나 낙후된 쓰레기통마저 사랑할 수 있는 나라였다. 그래서 일본으로의 도피를 택했다. 도쿄에 도착하고 나서 지난번 친구들과 여행을 왔을 때나 작년에 전 직장에서 해외 출장을 왔을 때와는 확연히 다름을 느꼈다. 피로에 절어있던 탓일까, 아니면 일본이라는 나라를 너무 많이 방문해서였을까? '드디어 일본에 왔구나!'라는 설렘보다는 군중과 시시각각 밀려드는 정보들로 인해 머리가 아팠다.

호텔에 짐을 풀고 난 후 문득 생각했다. '나는 여기에 왜 왔지?'라는 질문이 머릿속을 가득 채웠다. 도망쳐온 이곳에 낙원이 있을 리 없다는 자각이 밀려왔다. 짐을 풀고 나니 배가 고프다는 사실을 깨달았다. 식욕이

별로 없는 편인데도 말이다. 편의점에서 야키소바 빵으로 허기를 달래고, 커피를 마시기 위해 카페를 찾았다.

곳곳에 보이는 한국 사람들. 헛구역질이 날 것만 같았다. 그들이 나를 불쌍하게 쳐다보고 있다는 피해망상 같은 생각에 급하게 시선을 돌리며 카페에 들어갔다. 일본 카페의 음료는 양이 적고, 한국 커피보다 쓴맛이 강한 느낌이다. 양이 적고 차가운 커피 한잔을 금세 비우고는 멍하니 앉아 일본 사람들을 관찰했다.

머리 없는 아저씨, 다른 가게 커피를 들고 자리만 차지한 여자, 문제집을 잔뜩 들고 와서는 신나게 친구와 전화하는 여학생. 문득 생각이 스쳐 지나갔다. '여기도 사람 사는 건 다 똑같은데, 대체 나는 여기에 왜 온 걸까?'

어느덧 저녁 8시가 되어갔다. 나는 술집을 찾아 나섰다. 술을 마시면 불필요한 생각이 사라지고, 디자이너로서의 창작 고통에서 잠시 해방될 수 있었다. 신주쿠의 오모이데요코초, 유명한 술집 거리를 걷다 보니 역시나 한국인들이 많았다. 한국인들을 피하고 싶어 정처 없이 걷다 보니, 외국인이 전혀 보이지 않는 한적한 술집을 발견했다.

어눌한 일본어로 야키토리와 뜨거운 사케를 주문하고 나는 혼자서 독백을 하듯 중얼거렸다. "재미없네. 세상에 뭘 해야 재미있는 걸까……." 참 부끄러운 말이다. 그토록 경멸하던 예술가 병에 걸린 것일까, 아니면 정말 재미가 없었던 걸까. 나는 SNS에 들어가 혼자 해외에

온 모습을 자랑하듯 게시글을 올렸다. 그게 뭐라고. 그러고는 다시 술만 추가하며 혼자 시간을 보냈다.

밤 10시 30분, 안주는 물리기 시작했고, 느끼함 때문인지 가슴속 깊이 구정물이 차오르는 느낌이었다. 새로운 술집을 찾아 나섰다. 거리에는 여전히 사람이 많았고, 수많은 간판들이 불을 밝히고 있었지만, 내게는 여전히 흑백으로만 보일 뿐이었다.

화장실이 급해 지하 1층의 아무 술집에 들어갔다. 일본어를 잘 모르는 나에게도 익숙한 대화가 들려왔다. MBTI. 나는 MBTI를 불신하는 편이다. 거짓된 신빙성으로 가득 차 있다고 생각했다. 예전 예술대학 시절 심리학 수업에서의 기억이 떠올랐다. '예술가형'이라는 결과에 맞추려 검사 결과를 바꾸던 학생들. 나는 'CEO형'이라는 결과를 받은 채 홀로 토론해야 했던 기억에 쓴웃음을 지었다.

지겨웠다. 나는 속으로 외쳤다. '여기서도 저 지긋지긋한 MBTI라니…….' 그러고는 혼잣말로 중얼거렸다. "심심한 건지, 공허한 건지, 외로운 건지 알 수가 없네……." 그러던 중 뒤에서 누군가 내 어깨를 툭툭 건드렸다.

깜짝 놀라 몸을 크게 움직였고, 그제야 떨어진 내 가방을 그녀가 알려준 거란 걸 깨달았다. 놀란 마음을 애서 진정시키며 어눌한 일본어로 말했다. "감사합니다." 그녀는 번역 앱이 켜져 있는 휴대폰을 갑작스럽게 내 얼굴 가까이 들이밀었다.

"여행객이신가요? 한국인?"

사람들이 많은데 휴대폰을 얼굴 코앞까지 가까이 들이밀자, 부끄러움이 몰려왔지만 대답했다.

"네, 한국인입니다. 혼자 여행 왔어요."

그녀는 내 어색한 일본어 대답을 듣고 놀라워하며 일본어가 가능한지 물었다. 나는 "아니요, 이게 전부입니다. 못해요."라고 대답했고, 그녀는 웃으며 자리로 돌아갔다.

그 짧은 순간은 이상할 만큼 즐거웠다.

그녀와의 대화는 나를 무채색 세상에서 잠시 꺼내준, 오랜만의 작은 친절이 주는 따뜻함이었다. 나도 모르게 어두웠던 내 마음에 작은 색이 번져나가는 것 같은 느낌이었다.

나는 고개를 돌려 그녀를 바라보았다. 술집의 어둑한 조명 아래, 그녀의 머리카락은 거의 흑발에 가까웠지만, 아주 희미한 갈색이 비쳐 보였다. 마치 조명과 시선에 따라 변하는 오묘한 색감 같았다. 하얗다 못해 창백한 피부는 술집의 어둠 속에서도 유난히 돋보였고, 크고 깊은 눈은 조용히 무언가를 속삭이는 듯했다. 그녀의 외모는 단순한 아름다움을 넘어, 묘하게 사람을 끌어당기는 힘이 있었다.

그녀가 신경 쓰였다. 나와 등을 맞대고 있는 자리에 있던 그녀였지만, 내 앞에 눈에 띄는 느낌이었다. 그녀는 자리를 뜨기 위해 짐 정리를 하는 것 같았다. 나는 속으로 '짐을 챙기기만 하는 것이라면 좋겠다. 집이 아니라 화장실에 가려고 하는 거라면…….'이라는 유치한, 사랑에 빠진 중고등학생 같은 상상을 했다.

그러나 나에게 그런 청춘 멜로드라마 같은 일 따위는 일어나지 않는다. 그녀는 이런 생각을 하고 있는 나에게 곧바로 답하기라도 하듯…….

카운터로 가 결제를 요청했고, 자리를 뜨는 중 눈을 마주친 나를 향해 가볍게 목례한 뒤 자리를 떠났다.

머릿속이 복잡했다. 마음 한편에서 '아까는 감사했다고, 그리고……. 연락처? 아니, 실례겠다. 아니면 SNS 계정을 물어볼까?'라는 생각이 울렸다. 역시나 내게 그런 청춘 멜로드라마 같은 일은 일어나지 않는다. 주저하는 사이, 그녀는 술집을 나서 계단을 올라가고 있었다. 그 짧은 시간이 그리도 즐거웠던 것일까. 5분도 지나지 않아 나는 결제를 마치고 급하게 계단을 올라갔다. 역시나 그 수많은 인파에서 그녀를 찾을 수는 없었다. 나는 발걸음을 돌려 숙소로 향했다. 그러고는 속으로 중얼거렸다. '내가 뭘 하는 거야, 한심하게…….'

숙소에 도착해 침대에 누워 하루를 곱씹었다. 높은 베개에 얼굴을 묻고, 조용히 눈물을 흘렸다. 왜 이렇게 힘든 걸까. 뭐가 이렇게 안 풀리는 걸까. 감수성이 예민한 데다 술기운이 올라 더 감정적으로 변한 탓이었다.

다음 날, 오후가 되어서야 눈을 떴다. 속이 쓰려 아무것도 하기 싫었지만, 해외까지 와서 이럴 수는 없다고 생각하며 3시쯤 마지못해 숙소 밖으로 나섰다. 신호등을 건너 보이는 라멘집에 들어가 해장 삼아 국물을 마시며 멍하니 생각에 잠겼다.

'어제 왜 그랬을까? 내 이상형도 아닌데……. 단순히 그런 상황에서 돕는 건 한국에서도 똑같이 했을 텐데.'

이어폰을 끼고 일본 노래를 들었다. 나는 일본 노래를 좋아한다. 가사는 이해하지 못하지만, 번역 내용을 보면 일본 노래는 마치 시를 읽는 듯 아름답게 느껴졌다. 그렇게 잡다한 생각들을 품고, 나는 신주쿠역에서 요코하마를 가는 전차 티켓을 끊었다.

그곳은 몇 년 전 친구들과 추억을 쌓았던 곳이었다. 그때처럼 요코하마에 가면 혹시 내가 그리워하던 그 정체를 찾을 수 있을지도 모른다는 생각이 들었다.

요코하마에 도착해 친구들과 함께 걸었던 거리들을 기억하며 그대로 따라 걸었다. 차이나타운에 있던 맛없었던 중식집, 테이크아웃만 가능했던 교자집……. 그때의 추억들이 떠오르며 뭉클한 기분이 들었다. 당시 함께했던 친구에게 영상통화를 걸었지만, 친구는 내가 있는 장소가 기억나지 않는다고 했다.

전화를 끊고 혼잣말처럼 중얼거렸다. "역시 기억력이 너무 좋은 것도 힘들어. 기억 속에 혼자 살아가는 건 참 외로운 일이야."

아카렌카 창고 앞 광장에 도착하자, 그 시절의 장면들이 눈앞에 펼쳐지는 듯했다. 함께 찍었던 사진들, 나눴던 대화들……. 모든 것이 생생하게 되살아났다. 하지만 내가 찾고 있던 그리움의 정체는 아니었다. 오히려 추억 때문인지 더 우울한 기분만 가득해졌다.

그리움을 달래지 못한 채, 나는 다시 신주쿠로 돌아왔다. 혼자 할 수 있는 게 무엇인지 알 수 없었지만, 분명한 것은 또다시 술집으로 향하고 있다는 사실이었다.

신주쿠에 도착한 나는 눈앞에 보이는 아무 술집에 들어갔다. 일본 전역 어디서나 볼 수 있는 흔한 야키토리 가게였다. 맥주 한 잔을 시켜 한 모금 들이켠 뒤, 주위를 둘러보니 후회가 밀려왔다. 한국인들이 많아 혼자 온 내가 뭔가 눈치가 보이고 부끄러운 기분이었다. 벌거벗은 것처럼 느껴져 맥주만 비운 채 그곳을 나와 다른 술집을 찾아갔다.

더는 새로운 시도를 하고 싶지 않아 어제 갔던 술집으로 발걸음을 옮겼다. 어제와는 다른 색다른 안주를 사진만 보고 주문했는데 명란 구이가 나왔다. 명란을 좋아하지 않아 기본 안주로 나온 완두콩을 집어먹으며 사케를 마셨다. 크게 실망하지도 않았고, 오히려 이 한적한 장소를 제공해 준 가게 주인에게 감사하다는 생각이 들었다.

하지만 시간이 지나면 아무리 편안한 장소라도 지겨워지기 마련이다. 나는 다시금 술집을 나서서 새로운 곳을 찾아다녔다. 어제보다 취기가 더 빨리 올라오는 듯했고, 조금은 비틀거리는 걸음으로 네온사인이 흑백으로 번쩍이는 거리를 헤매고 있었다.

그때, 나 자신에게 솔직히 고백할 수밖에 없었다. '인정해야겠다. 어제 그 사람 보고 싶다……'

홀린 듯 어제 그녀를 만났던 지하 1층 술집을 향해 걸었다. '그녀가 다시 올 수도 있잖아!'라는 희망 때문이라기보다, 어제 느꼈던 그 짧은 순간의 색을 기억하고 싶어서였다. 그러나 내 작은 소망조차 쉽게 이루어지지 않았다. 토요일 저녁이라 술집은 사람들로 가득 차 있었다.

웨이팅은 평소라면 절대 하지 않겠지만, 이번만은 예외로 하기로 했다. 기다리는 동안 극도의 불안감이 엄습해왔다. 마치 내가 그리워하는 그 사람의 실체조차 모른 채 오지 않을 시간을 기다리고 있는 기분이었다. 나와 술집 문 안쪽에서 들려오는 왁자지껄한 소음 사이가 지금 내 상황을 가장 적나라하게 보여주는 것 같았다.

그렇게 쪼그려 앉아 기다리다 마침내 자리에 앉을 수 있었다. 어제 앉았던 자리와 그녀가 앉았던 자리를 바라봤다. 다른 사람들이 그 자리에 앉아 있었지만, 어쩐지 그 자리가 아련했다. 나는 어제와 똑같은 안주와 사케를 주문했고, 휴대폰을 들여다보며 어제처럼 술을 마셨다. 술은 더 쓰고 안주는 더 싱거운 듯했다.

시간이 지날수록 어제 그녀와의 짧았던 순간이 머릿속에서 점점 더 선명하게 되살아났고, 그 순간 나도 몰랐던 아쉬움이 커져갔다. 외로움이 밀려오는 그 순간, 예전 직장 팀장님의 조언이 떠올랐다. "너무 외롭고 지칠 땐 이겨내려 하지 말고, 외로운 노래도 듣고 마음껏 슬퍼해 봐. 그것도 하나의 방법이야."

그때는 마치 인생의 비밀을 아는 사람처럼 여겨졌던 그 말이 지금 내게는 잔인하게 다가왔다. 외로움 속에 그대로 머물러 보라는 조언이, 막상 그 고통 속에 빠져보니 가라앉는 배의 선실에 홀로 갇힌 기분이었다.

이어폰 배터리가 다 닳았다는 알람이 울리며, 음악이 멈췄다. 마치 어제의 기억을 되새기며 그 자리에 머무를 수 있는 시간이 다했다는 신호처럼 느껴졌다. 이 조용한 순간 속에서 사람들의 웃음소리와 술잔이 부딪치는 소리가 귀에 생생하게 들려왔다. 그 소리들 사이에서 나만 유독 고요하게 고립된 듯한 기분이 들었다.

조용히 결제를 마친 뒤 계단을 올라가면서, 무거운 발걸음을 옮겼다. 마음 한구석에 짙게 스며든 그리움이 있었지만, 그것을 인정하기란 쉽지 않았다.

'이건 사랑 같은 유치한 감정이 아니다. 그저 그 순간의 분위기가 좋았을 뿐이다.' 나는 스스로 그렇게 되뇌었다. 하지만 마음은 쉽게 가라앉지 않았다. 스스로 만든 핑계가 무너져 내리며, 그날의 짧은 만남과 그녀의 흐릿한 얼굴이 머릿속에서 떠나지 않았다.

지하에서 계단을 올라 문을 열고 나서는 순간, 술집에 들어오려던 그녀가 눈앞에 서 있었다. 낯익은 분위기의 얼굴, 살짝 당황한 표정으로 나를 바라보는 그녀. 어색한 공기가 흐르다가 서로 어딘가 웃음이 번졌다.

하지만 내 마음은 웃지 못했다. 신이 또 나에게 장난을 치는 듯했다. 머릿속에서 소리쳤다. '또 이렇게 나오는 거야? 나한테 조금만, 아주 조금만 시간을 줘도 괜찮았잖아……'

그녀가 계단을 내려가는 순간, 머릿속에서 문장이 스쳐갔다. '지금이라도 내려가서 말해야 해. 저 술집으로 들어가면 정말 끝이야……' 그녀가 술집 문을 열고 들어가는 그 순간, 다시는 그녀를 만나지 못할 것 같다는 생각이 강렬하게 들었다. 신은 장난 따위를 나한테 친 게 아니다. 기적은 이미 일어났고, 더 이상의 기적을 기대하면 안 된다는 깨달음이 밀려왔다.

순간, 고개를 돌려 문을 열고 계단 아래로 소리쳤다. 그것도 한국어로. "잠깐만요!"

내가 '잠깐만요'라고 외치자 그녀는 계단을 내려가다 멈춰 나를 돌아보았다. 분명 아주 짧은 시간이었지만, 그 순간만큼은 내가 가장 이성적인 사람이 된 기분이었다. 나는 휴대폰 번역 앱을 켜고 천천히 계단을 내려갔다. 그러고는 어제와 반대로 휴대폰 화면을 그녀 쪽으로 조심스레 내밀었다.

"어제 정말 감사했어요. 사실 어제도 다시 한 번 감사 인사를 드리고 싶었는데, 경황이 없었네요."

그녀는 짧게 웃으며 일본어로 또박또박 말했다.

"괜찮아요."

익숙한 말이었다. 그 말만큼은, 굳이 휴대폰 번역 앱 없이도 알아들을 수 있었다.

우리는 잠깐, 서로의 화면을 사이에 두고 마주 보았다.

짧지만 묘하게 낯선 정적이었다.

나는 그녀가 계단을 계속 내려가지 않도록,

그 순간을 어떻게든 붙잡고 싶었다.

"사실은…… 아까부터 그쪽을 기다리고 있었어요."

단어 하나하나를 조심스럽게 골랐다.

"분명…… 실례일지도 모르겠네요.

제가 무섭다고 느껴지거나, 이상하게 생각하셔도 괜찮아요."

조금의 숨을 고르고, 손가락을 움직여 글을 덧붙였다.

"그런데 괜찮으시다면, 이곳 말고 다른 술집에…… 같이 가주실 수 있을까요? 물론, 거절하셔도 괜찮습니다."

주저리주저리 찌질한 문장뿐이었지만,

그럼에도 그녀와 나를 주황빛으로 감싸는 듯한 느낌이 들었다.

그녀가 휴대폰 화면에 떠 있는 글을 읽는 동안, 나는 심장이 터질 것 같았다.

그런 나에게 그녀는 주저하지 않고 미소를 지으며 답을 건넸다.

"저라도 괜찮다면, 함께 가요."

그 순간 기쁨이 밀려왔다.

마치 오랜만에 반가운 얼굴들과 만나는 약속을 지키는 것 같은 느낌이랄까.

우리는 어색한 걸음을 함께하며 휴대폰을 번갈아 주고받으며 대화했다.

간단한 대답이 필요할 때는
내가 아는 일본어, 그녀가 아는 한국어에
서로의 제스처를 덧붙여가며 조심스레 소통했다.
이윽고 비가 부슬부슬 내리기 시작하자 우리는 근처 술집으로 들어갔다.
점원이 안내해 준 구석진 자리에 앉아 우리는 어색하게 웃었다.
말이 통하지 않는 외국인과 갑자기 술집에 와서 마주 앉아 있으니,
다른 사람들이 우리를 보고 웃어도 이상하지 않을 상황이었다.
나는 간단히 나이와 직업을 소개했다.
별 볼 일 없는 박봉의 직업이라고 했지만,
그녀는 나에게 대단하다고 글로 전해주었다.
그녀는 나보다 한 살 어린 나이였고, 직업은 비밀이라고 했다.
굳이 알 필요도 없었고,
일본인은 개인 정보를 중요하게 여긴다는 걸 나도 알고 있었기에
더 묻지 않았다.
"아무튼 동행해 줘서 정말 고마워요."
나는 휴대폰에 적은 글을 그녀에게 보여주며 전했다.
서로 간단한 소개를 나눈 뒤,
그녀는 한국에 대해 이것저것 물어보았다.
나도 일본에 대해 궁금한 점을 질문하며 대화는 조금씩 깊어졌다.
그러던 중, 그녀가 건넨 한 문장이 내 손끝을 망설이게 만들었다.

"왜 일본에 혼자 오게 된 건가요?"

그 순간 나는 잠시 망설였다.

그 얘기를 꺼내는 순간, 지금 이 따뜻한 느낌을 주는 색이 잿빛으로 변해버릴 것 같은 기분이 들었기 때문이다.

그래서 나는 웃으며 휴대폰에 글을 입력해 그녀에게 내밀었다.

"저도 숨기고 싶은 비밀이 하나쯤은 있네요."

그녀도 내가 단순히 여행을 온 것이 아님을

어느 정도는 눈치챘을 것이다.

나는 곧바로 화제를 돌리기 위해

그녀에게 어떻게 아까 술집에 오게 되었는지 물었다.

혼자 술집에 온 여자라니, 남자도 마찬가지겠지만

한국이나 일본에서는 흔한 일이 아니니까.

그녀는 최근 혼자 술을 마시는 일이 많아졌다고

짧게 휴대폰에 글을 입력해 보여주었고, 자세한 이유는 얘기하지 않았다.

우리는 서로의 속마음은 조심스레 감춘 채,

소소한 대화로 그 밤을 채워나갔다.

그렇게 서로의 언어를 빌려, 휴대폰 화면을 번갈아가며 조심스럽게 대화를 이어갔다.

어설프고 매끄럽지 못했지만, 마음은 오히려 더 솔직하게 전해지는 기분이었다.

시간은 금세 지나갔고, 우리는 곧 귀가를 위해 자리에서 일어나야 할 시간이 되었다.

술기운에 용기가 올라서였을까, 나는 그녀에게 조심스럽게 부탁을 하고 싶었다.

휴대폰에 천천히 글을 입력한 뒤, 화면을 그녀 쪽으로 내밀었다.

"이제 곧 가야겠네요. 시간이 늦었어요. 그런데 정말 아쉬워요. 혹시 SNS 아이디를 알려주실 수 있나요? 이것도 추억이니까요."

그녀의 계정을 알고 있으면, 이 모든 순간이 허무하게 사라지지 않을 것 같았다.

오늘이 지나도 안심될 것 같은, 설명하기 어려운 감정이었다.

그녀는 흔쾌히 자신의 계정을 직접 입력해서 보여주었다.

나는 밖으로 나가 담배를 태우며, 점점 굵어지는 빗방울을 느꼈다.

편의점에서 우산을 하나 사와, 그녀와 함께 술집을 나섰다.

투명한 우산 아래, 우리는 어색하지만 따뜻한 거리를 유지하며 걸었다.

"오늘 정말 즐거웠어요. 오늘 마무리를 함께해줘서 감사합니다."

그녀가 휴대폰에 입력해서 보여준 그 한마디, 그 한마디만큼은 번역된 문장이 아니라 그녀의 목소리로 듣고 싶었다.

우리는 한동안 조용히 걸었다.

나는 그녀에게 어디까지 가는지 물었다.

이미 막차는 끊긴 시간이었고, 우산은 하나뿐이라 어느 정도까지는 데려다주는 게 맞다고 생각했다.

사실, 우산을 두 개 살 수도 있었지만……. 같이 쓰고 가고 싶은 마음이 더 컸다.

그녀는 갑자기 옆에 보이는 건물을 가리키며 여기까지면 된다고 했다.

가족이 데리러 온다며 우산에서 벗어나 건물 안으로 들어갔다.

서로를 잠시 바라보았다.

아쉬웠다. 괜히 이런 얘기를 꺼냈나 싶었지만,

가족이 온다는데 더 붙잡아 둘 수도 없는 일이었다.

그렇게 짧은 인사를 나누고, 그녀는 웃으며 휴대폰 화면을 보여주었다.

"기회가 되면 또 봐요. 즐거웠어요."

나는 그녀를 뒤로한 채 자리를 떴다.

충분히 즐거운 시간을 보냈지만, 마음속에는 허전함이 커져갔다.

숙소로 돌아와 멍하니 창밖에 맺힌 빗방울을 바라보았다.

술을 꽤 마셨는데도 잠은 쉽게 오지 않았다.

결국, 편한 옷으로 갈아입고 다시 숙소를 나섰다.

그녀와 헤어진 장소로 돌아가면서,

우리가 나눈 대화들이 머릿속에서 계속 맴돌았다.

빗소리는 점점 굵어지고 있었고,

그 자리에 도착했을 때,

놀랍게도 그녀가 여전히 그곳에 서 있었다.

나는 빠르게 다가가 휴대폰을 꺼냈다.

조심스럽게 글을 적은 뒤, 그녀에게 화면을 내밀었다.

"비가 많이 오는데 아직도 이곳에 계시네요. 무슨 일이라도 생긴 걸까요?"

그녀는 멋쩍은 미소를 지으며 조용히 휴대폰 화면을 내밀었다.

"가족을 기다리고 있어요."

순간 의문이 들었다. 이렇게 늦은 시간, 가족이 다 큰 성인을 신주쿠까지 데리러 올 리가 없었다.

일본에서는 택시비가 비싸고, 24시간 카페도 많지 않다. 게다가 그녀는 이미 술을 꽤 마신 상태였다. 평소의 나였다면 눈치챘을 것이다.

나는 조심스레 휴대폰을 꺼내 짧은 문장을 입력하고, 그녀에게 화면을 내밀었다.

"혹시······. 첫차를 여기서 기다리고 계신 건가요?"

그녀는 얼굴을 붉히며 고개를 천천히 끄덕였다.

그러곤 작게 미소 지으며 자신의 휴대폰에 조심스레 글을 입력하기 시작했다.

잠시 후, 그녀가 내민 화면에는 깔끔하게 정리된 문장이 떠 있었다.

"네, 부끄럽지만 사실 가족은 오지 않고 첫차를 기다리고 있어요. 아직 4시간이나 남았지만요······."

그 문장을 읽는 순간, 미안함이 파도처럼 밀려왔다. 차라리 내가 더 눈치를 챘더라면, 그녀가 이 추운 밤에 혼자 있지 않도록 할 수 있었을 텐데.

그런데도 그녀는 환하게 웃으며, 다시 휴대폰을 내밀었다.

"이기적으로 들리겠지만……. 사실 좀 더 같이 있고 싶었어요. 그런데 당신이 피곤해 보여서 제가 귀찮아졌나 싶어서……. 이곳에서 헤어지자고 했어요."

그녀가 적은 그 한 줄을 몇 번이고 다시 읽었다.

이유가 어찌 되었든, 그녀가 나와 함께 있고 싶어 했다는 사실이……. 나를 다시 단단하게 붙잡았다.

나는 손에 쥔 휴대폰을 가볍게 움켜쥔 채, 조심스럽게 글을 입력하고 그녀에게 조용히 화면을 내밀었다.

"절대 아니에요. 오히려 그쪽이 피곤할까 봐 그랬던 거예요. 그리고 저는 술 좋아하고, 잘 마시기도 해요. 날도 추운데 이곳에서 혼자 비바람을 맞고 있을 필요는 없어요. 괜찮다면, 저랑 2차 가요. 밤이 너무 길잖아요."

그녀는 천천히 화면을 읽은 뒤, 고개를 들고 나를 바라보았다.

그녀는 환한 미소를 지으며 고개를 끄덕였다.

밤의 추위도 함께라면 견딜 수 있을 것 같았다.

우리는 다시 투명한 우산 하나를 공유하며 한적한 술집으로 향했다.

이제는 정말 늦은 시간이었는지, 이 좌식형의 작은 술집에는 우리 외에 다른 손님이 없었다.

따뜻한 사케와 감자가 들어간 샐러드를 시키고, 어색함을 풀어보려 나는 먼저 휴대폰에 짧은 글을 입력하고는 잠시 망설이다가 그녀에게 조심스럽게 화면을 내밀었다.

"그러고 보니 이름을 여쭤보지 않았네요. 이름이 어떻게 되시나요?"

우리는 어찌나 어색했는지, 서로 이름도 묻지 않은 채 여기까지 오게 된 셈이었다.

그녀는 휴대폰을 받아 들고 잠시 고민하더니, 작게 웃으며 손가락을 움직였다

"유카리. 미즈노 유카리입니다. 이름의 뜻은 잊히지 않는 사연이 깃든, 조용한 아름다움을 지닌 사람이라는 뭐 그런 뜻이에요. 부끄럽지만 이런 이름을 가지고 있네요."

그녀의 이름은 정말로 예뻤다. 단순한 단어가 아니라, 의미와 이미지가 공존하는 이름이었다.

나도 천천히 글을 입력하기 시작했다.

"이름이 정말 예쁘네요. 제 이름은 현서, 이현서예요. 제 이름은 한국에서는 보통 여자 이름이거든요. 종종 저를 이름만 보고 여자로 착각하는 사람들도 있었어요. 뜻은……. 잘 모르겠네요, 저도."

그녀는 내 화면을 본 뒤 피식 웃음을 터뜨렸다.

확실히 여자 이름 같다고 하며, 손으로 입을 가린 채 살짝 고개를 끄덕였다.

그렇게 우리는 조금씩 이야기를 나누며 어색함을 서서히 녹여갔다.

잠시 후, 유카리는 자신의 휴대폰을 내밀었다.

화면에는 짧지 않은 글이 적혀 있었다.

"저는 한국을 동경하고 있어요. 한국 아이돌도 멋지고, 드라마도 재미있고, 무엇보다 한국 사람들은 다정하고 스마트한 이미지가 있어요. 일에 대한 책임감? 이랄까요. 오늘 이렇게 한국 사람과 술을 마실 수 있어서 정말 기쁘네요."

나는 화면을 읽고 잠시 말문이 막혔다.

유카리는 한국에 대해 동경과 매력을 느끼고 있지만, 나는 그 한국에서 벗어나기 위해 일본으로 도망쳐 온 사람이었다.

불현듯 그리움과 혼란이 다시 밀려왔다.

이 행복한 순간이 몇 시간의 위안이 될지는 모르지만, 내가 돌아가야 할 현실은 여전히 깜깜한 구렁텅이였다.

유카리와 나를 감싸던 주황빛 색감이 서서히 흐려지는 것만 같았다.

그녀는 내 표정을 살피더니 살짝 당황한 듯 자신의 휴대폰을 내밀었다.

"혹시 제가 무례한 얘기를 했다면 죄송해요. 결코 그런 의도는 아니었어요."

그녀의 손끝에서 전해지는 글에 나도 모르게 미소가 번졌다.

방금 전까지의 암울한 감정이 순식간에 사라졌다.

나는 솔직한 마음을 담아 문장들을 입력하기 시작했고, 그 글을 담은 화면을 그녀에게 조심스럽게 건넸다.

"아뇨, 그런 게 아니에요. 사실 저는 한국 생활에 지쳤고……. 솔직히 싫습니다. 일도, 연애도, 모든 게 엉망이었고 끔찍했어요. 더 이상 버틸 수 없어서……. 그래서 갑작스레 일본에 도망쳐 온 거예요.

문득 한국 생각이 떠오르다 보니, 또 그 구렁텅이에 처박혀야 한다고 생각하니 잠시 기분이 가라앉았네요. 미안해요."

그녀는 내 휴대폰을 받아 들고 한참을 바라보았다.

그러고는 천천히 손가락을 움직이기 시작했다.

그 시간이 길어질수록, 내 안의 두려움도 점점 커져갔다.

하지만 이내 그녀가 보여준 화면에는, 예상치 못한 글이 떠 있었다.

"한국에서 무슨 일이 있었나 보네요! 한국이 싫군요? 괜찮아요! 오늘만큼은 저도 한국을 싫어할게요. 우리 좀 친해진 것 같은데, 이제부터는 한국 얘기하면서 불평을 좀 해볼까요?"

그 글을 읽는 순간, 눈물이 핑 돌았다. 이곳에서, 이름도 방금 알게 된, 언어조차 통하지 않는 사람에게 위로를 받고 있었다.

나는 천천히 글을 입력하기 시작해, 휴대폰을 그녀에게 건넸다.

"정말 감동이네요. 고마워요. 충분히 저를 배려해 주는 마음이 잘 느껴졌어요. 그러니 유카리 씨가 좋아하는 한국을 욕할 필요는 없습니다. 오늘만큼은 제가 한국을 좋아해 볼게요."

그녀는 그 글을 읽고 천천히 미소 지었다. 그러고는 다시 짧은 문장을 보여주었다.

"그렇게 얘기해주니 기쁘네요! 하지만 무리하지 마세요."

우리는 웃으며 조용히 술잔을 맞댔다. 식어버린 술이었지만, 이상하게도 따뜻했다.

그 순간만큼은 그녀와 나뿐만 아니라, 작은 술집 전체가 주황빛으로 감도는 것 같았다.

잠시 후, 나는 화제를 돌리듯 글을 입력했다.

"유카리 씨는, 그러고 보니까 도쿄에 거주하시나요?"

그녀는 휴대폰을 들어 글을 보여주었다.

"아뇨, 저는 시즈오카에 거주하고 있어요. 이곳에서는 꽤 먼 지역이죠. 후지산이 보이는 곳이랍니다."

나는 순간 놀라며 웃음을 참지 못한 채 글을 입력해 보여주었다.

"일본에서 가장 높은 곳에 거주하고 계셨네요. 그렇게 먼 길을 돌아가야 했군요. 이런 날씨에 밖에서 시간을 보내며 첫차를 기다리는 건 참 힘들었을 거예요."

그녀는 조용히 고개를 끄덕이더니, 이내 휴대폰을 내밀었다.

"그런데도 막차를 놓치면서까지 머물게 만든 사람이 있잖아요. 정말 즐거웠고, 현서 씨에게 진심으로 감사드려요."

그 한 문장을 읽는 순간, 가슴이 뛰었다. 우리 사이에 흐르는 미묘한 감정의 무게가 그 순간 더욱 깊어졌다.

그녀는 이번엔 장난스럽게 묻듯 글을 입력했다.

"현서 씨는 언제 그 구렁텅이로 귀국하시나요?"

무채색

나는 그 질문에 잠시 마음이 저릿해졌지만, 이내 웃으며 짧게 글을 입력했다.

"월요일에 들어가야 해요. 큰일이네요, 월요병이 더욱 심해지겠어요."

그녀는 내 글을 읽고 잠깐 당황한 듯하더니 피식 웃는 얼굴로 손가락을 움직였다.

"구렁텅이에 들어가더라도 저를 잊지 말아 주세요. 제가 언젠가 한국에 가면 꼭 찾을 수 있게요!"

그녀의 재치 있는 답변에, 나도 웃으며 다시 짧게 글을 입력해 보여주었다.

"네, 안 잊을게요. 꼭이요."

그 뒤, 술잔이 몇 차례 더 오가고 조용한 대화가 이어졌다.

그녀는 한참을 고민한 듯한 표정으로 나를 보더니, 휴대폰에 천천히 손가락을 올렸다.

"조금 어려운 얘기를 꺼내도 괜찮을까요?"

나는 짧게 고개를 끄덕였고, 그녀는 글을 입력했다. 지우기를 몇 번이나 반복하다가 결국 조용히 화면을 내밀었다.

그 화면에는 조금 긴 글이 담겨 있었다.

"사실 저는 어제 그곳에서, 헤어진 남자 친구를 보기 위해 만나기로 약속하고 나왔어요. 그래서 이곳까지 오기 위해 숙소도 지하철로 30분 정도 거리에 잡았고요. 하지만……. 남자 친구는, 아니 이제는 전 남자 친구겠네요. 어제도, 오늘도 결국 나타나지 않았고, 연락도 되지 않네요."

그녀의 글을 읽는 순간, 나는 말문이 막혔다.

예상치 못한 그녀의 사연과, 그 안에 담긴 실망과 외로움이 그대로 전해졌다.

그녀는 이내 다시 짧은 글을 입력해 보여주었다.

"바보 같죠? 내가 왜 이렇게 했을까요? 그런데 이틀 내내 기다리면서도 이상하게 마음 한편에서는 아쉬움과 함께, 그 사람을 기다리는 게 아니라……. 그냥 이곳에서 뭔가가 있기 때문에 찾으러 와야겠다는 기분이 들었어요."

그녀의 손끝에서 전해지는 감정은, 실망과 쓸쓸함의 중간 어딘가에 머물러 있었다.

나는 그 감정을 함부로 달래고 싶진 않았다.

그저 가볍게 웃을 수 있게 하고 싶어, 조금은 무리일 수 있는 글을 써서 건넸다.

"괜찮으신 걸까요? 그 사람……. 나쁜 사람이네요. 그래도 유카리 씨는 운이 좋아요. 그 사람보다 성격도 좋고 더 괜찮은 사람을 마주쳤으니까요."

다행히도 그녀는 그 글을 읽고 나서, 웃음을 참지 못하고 작은 미소를 지었다.

"그러니까요. 음……. 맛으로 표현하자면 쓴맛에 약간 달짝지근함이 있는 하루를 보낸 것 같아요."

그녀의 글을 보며 나도 따라 웃었다.

그 밤의 공기는, 그녀가 만들어 낸 문장처럼 짙은 감정과 따뜻한 위로가 뒤섞여 있었다.

유카리는 조용히 손가락을 움직여 긴 문장을 휴대폰에 입력했다.

잠시 후, 그녀는 수줍은 듯 화면을 내게 내밀었다.

"그래도 오늘 이렇게 새로운 사람과 만나서 술을 마시니 조금 기분 전환이 됐어요. 현서 씨는 정말 친절한 분 같아요."

그 글을 읽는 순간, 나도 모르게 목이 메었다.

그녀가 보여준 화면에는 단순한 인사 이상의 진심이 담겨 있었다.

나는 천천히 술잔을 들어 올렸고, 글 대신 눈빛으로 감정을 건넨 뒤 조심스럽게 입력해 그녀에게 화면을 내밀었다.

"저도 오늘 유카리 씨를 만나서 정말 즐거웠어요. 이런 날이 자주 있었으면 좋겠네요……. 자주는 어렵겠지만."

우리는 조용히 술잔을 부딪쳤다.

식어버린 술이었지만, 그 온도보다 훨씬 따뜻한 무언가가 우리를 감싸는 느낌이었다.

술이 어느 정도 올라온 탓일까. 잠시 대화가 끊기자 조용한 공기가 자연스레 스며들었고, 그 사이로 조금은 잊고 있던 어색함이 다시 떠올랐다.

내가 무슨 얘기를 해야 하나 고민하던 찰나, 유카리가 먼저 휴대폰에 손을 올렸다.

잠시 후 그녀는 화면을 내밀었다.

"우리 이제 슬슬 취했는데 밖을 좀 걸을까요? 가을은 짧으니까 이 순간을 많이 느끼고 싶어요!"

그녀는 가볍게 웃으며 술잔을 테이블 위에 조심스럽게 내려놓았다.

눈은 살짝 풀려 있었지만, 화면 속 글에는 진지한 단호함이 담겨 있었다.

이번에는 정말로 헤어질지도 모른다는 생각에 아쉬움이 밀려왔지만, 나는 천천히 고개를 끄덕이며 입력했다.

"좋아요. 비는 내리지만, 바람도 쐴 겸 나가죠."

새벽의 가을 공기가 술기운을 서서히 식혀주었다.

비에 젖은 낙엽을 발끝으로 굴리며, 가을은 마지막까지 자신을 기억해달라고 말하는 듯했다.

차가운 비마저 따스하게 느껴진 건, 그녀와 함께였기 때문일지도 모른다.

나란히 걷는 동안, 나는 이 짧은 계절이 왜 특별한지 알 것 같았다.

술집이 밀집한 거리를 지나, 조용한 가로등 길로 접어들었을 때,

유카리는 갑자기 누군가 모아둔 플라타너스 잎더미를 보더니 눈을 반짝이며 그쪽으로 달려갔다.

그러고는 아무런 망설임 없이, 그 잎사귀 위로 몸을 던져 누워버렸다.

너무 당황한 나는 얼른 그녀 쪽으로 다가갔고, 황급히 휴대폰을 꺼내 짧은 문장을 입력해 화면을 내밀었다.

"괜찮아요? 혹시 많이 취하신 건가요? 비도 오는데, 감기라도 걸리면 어쩌시려고요. 흰옷을 입으셨는데 더러워졌네요······."

그녀의 흰옷은 비에 젖은 잎사귀로 인해 얼룩져 있었다.

하지만 그런 걱정도 잠시, 그녀는 낙엽에 누운 채 팔을 벌리더니 환하게 웃으며 휴대폰을 들어 글을 보여주었다.

"비에 젖어도 푹신해요! 게다가 지금, 제가 플라타너스의 일부가 된 것 같지 않나요? 이 시간에 술을 이렇게 먹고 누가 이런 생각을 하겠어요? 오늘 정말 속상했는데, 지금은 너무 행복해요!"

그녀는 낙엽 위에 누운 채 팔을 벌려 비를 맞으며 웃고 있었다.

빗물이 얼굴을 타고 흘렀지만, 그녀는 전혀 신경 쓰지 않는 듯했다.

그 웃음은 자유롭고, 따뜻했고, 나도 모르게 미소 짓게 만들 만큼 솔직했다.

그 모습을 보며 나는 걱정을 멈추고 우산을 들고 그녀의 위로 살며시 비를 가려주었다.

그리고 조심스럽게 휴대폰을 꺼내, 낙엽에 누운 그녀를 바라보며 입력을 시작했다.

"유카리 씨, 정말 재밌는 분이시네요. 저도 누워버리고 싶지만……. 제 몸이 너무 커서 낙엽이 푹신한 느낌을 못 받을 것 같아요. 그리고 제 옷도 지저분해질 거고요."

내가 화면을 내밀자, 그녀는 한참 동안 웃음을 참다가 결국 배를 잡고 낙엽 위에서 크게 웃어버렸다.

그녀의 웃음소리는 빗소리와 어우러져 밤거리를 따뜻하게 적셨고, 마치 낙엽 더미 위에 가을의 온기를 불어넣는 것만 같았다.

조금 후, 그녀는 장난스러운 표정을 지으며 입력을 하고는 화면을 내밀었다.

"나중에 더 높게 쌓아진 플라타너스잎 더미를 보면 그때는 꼭 누워보세요! 정말 푹신하거든요. 다만……. 저 좀 일으켜줄래요? 사실 이렇게 얘기는 하지만……. 굉장히 찝찝하네요! 완전 술이 깨버렸어요."

나는 웃음을 참지 못했다.

낙엽 위에 누워 비에 젖은 채로 이렇게 밝게 웃을 수 있는 사람이 또 있을까.

나는 그녀의 손을 잡아 조심히 일으켜 세우고, 그녀의 옷에 붙은 잎사귀를 툭툭 털어주며 휴대폰에 입력했다.

"좋아요. 하지만 감기에 걸릴 수 있으니, 다음에는 비가 오지 않을 때 눕는 게 좋겠어요. 그리고 우선 제 옷 입으세요. 춥겠어요……."

그녀는 괜찮다며 손사래를 쳤지만, 나는 망설임 없이 내 겉옷을 그녀에게 덮어주었다.

비에 젖은 낙엽 위에 누웠던 그녀의 몸은 이미 많이 식어 있었다.

겉옷을 입은 그녀는 조금 머쓱한 표정으로 휴대폰에 짧게 입력해 보여주었다.

"고마워요. 제가 괜히 누워버린 걸까요?"

나는 고개를 저으며 부드럽게 웃고, 곧이어 휴대폰에 입력했다.

"아니요. 너무 보기 좋았어요. 마치 제가 생각만 하고 못 했던 걸 유카리 씨가 해주는 느낌이랄까요. 오히려 감사해요."

그녀는 말없이 미소 지었다.

낙엽 더미에 누워 웃을 때와는 조금 다른, 더 차분하고 따뜻한 미소였다.

하지만 그녀는 분명 추워 보였다.

젖은 옷에 새벽 공기까지 더해져 얼굴은 점점 창백해지고 있었고, 휴대폰을 쥔 그녀의 손끝도 붉게 얼어가고 있었다.

나는 더는 참을 수 없었다.

머릿속에서는 '이러면 안 된다'고 말렸지만, 몸은 이미 그녀의 손을 감싸고 있었다.

차가움이 손끝을 타고 조용히 내 안으로 스며들었다.

그녀의 손이 움찔했지만, 곧 힘없이 내 손 위에 얹혔다.

나는 왼손으로 그녀의 손등을 감싸 쥐고, 오른손으로는 휴대폰에 입력했다.

"너무 차요. 손이 떨리고 있어요."

그녀는 내 손을 바라보다가, 살짝 놀란 듯 눈을 깜빡였다.

하지만 금세 그 표정은 옅은 미소로 바뀌었다.

나는 조심스럽게 그녀의 눈을 살피며 다시 입력을 이어갔다.

"미안해요. 실례였다면……. 그래도 이런 손을 그냥 둘 수는 없겠네요. 제 손이 불편하다면, 제 옷 주머니에라도 손을 넣으세요. 지금은……. 이제 번역은 괜찮아요. 어느 정도는 알아들을 수 있어요."

왜 이렇게 단호하게 썼는지 나도 모르겠다.

그 순간, 무슨 용기가 났던 걸까.

그러자 그녀는 급히 입력을 마친 휴대폰을 내 눈앞에 들이밀었다.

"제가 싫어요! 저는 대화하고 싶은걸요! 그리고 미리 얘기하는데, 지금 옷 안에 모래가 잔뜩 들어갔어요……! 그래서 걸음걸이가 불편한데, 번역까지 못하면 제가 너무 웃길 것 같아요!"

그녀는 그렇게 쓰고는 부끄러운 듯 웃었다.

그 웃음은 차갑고 얼어붙은 새벽 공기 속에서조차 묘한 따뜻함을 안겨주었다.

나는 다시 휴대폰을 꺼내 가볍게 입력했다.

"모래가 들어갔어요? 날도 춥고 옷도 젖었고……. 많이 찝찝하겠네요. 상상만 해도 소름 끼쳐요."

그녀의 표정에서 진심이 느껴졌다.

비위가 약한 나로서는 그런 상상만으로도 온몸에 소름이 돋는 사람이니까.

그녀는 내 반응이 우스운지 깔깔 웃음을 터뜨렸다.

그러고는 코끝을 문지르며 다시 입력했다.

"그러니까요! 마치 바닷가에서 나온 기분이랄까요? 이 가을에!"

그녀는 재채기를 몇 번 연달아 했다.

차가운 공기와 젖은 옷 때문인지 몸이 떨리는 듯했다.

나는 걱정스러워 다시 휴대폰을 들어 빠르게 문장을 입력했다.

"유카리 씨, 괜찮아요? 감기에 걸린 것 같아요. 지금 시간이 애매해서 어디 들어가기도 어렵고……. 괜히 제가 다시 그곳에 간 건가 싶어요. 걱정되네요……."

그녀는 재채기를 더 크게 하고는, 코를 훌쩍이며 장난기 가득한 표정으로 입력해 보여주었다.

"그게 무슨 소리예요! 난 지금 너무 재밌고 행복한데요! 물론 이 모래 알갱이랑 젖은 옷은 좀 찝찝하긴 하지만요……."

그녀의 그 얘기에 안심하면서도, 마음 한구석이 무거워졌다.

젖은 옷과 차가운 공기 속에서도 이렇게 웃을 수 있는 그녀가 참 대단하다고 느끼면서도, 동시에 걱정스러웠다.

나는 이 상황을 더는 장난처럼 넘길 수 없다는 걸 직감했다.

차가운 공기 속에서 그녀의 손은 눈에 띄게 더 빨개졌고, 바람은 옷깃을 파고들어 몸을 더 떨리게 만들었다.

할 말이 없었다. 이 상황에서 해줄 수 있는 게 마땅치 않았다.

그녀를 따뜻한 곳으로 데려가야 한다는 생각이 머릿속을 떠나지 않았지만, 지금으로선 그저 번역된 딱딱한 문장이라도 건네며 시간을 채울 수밖에 없었다. 나는 어색한 미소를 지으며 휴대폰에 입력을 했다.

"많이 불편하시겠네요……. 일본에는 이 시간엔 갈 데가 마땅치가 않은 게 참 아쉽네요."

그녀는 살짝 웃으며 내 휴대폰을 받아 보더니, 곧바로 자신의 폰을 꺼내 몇 자를 또박또박 입력해 내게 내밀었다.

"이 눈치 없는 사람! 갈 데 있잖아요! 당신 숙소요."

나는 얼떨떨하게 화면을 들여다보았다.

순간, 번역이 잘못된 건가 싶어 고개를 갸웃했지만……. 아무리 다시 봐도 의도는 명확했다.

겨우 어제 처음 보고, 오늘에서야 겨우 말문을 튼 사람이, 그것도 그렇게 조심스러운 일본인이 내 숙소에 들어오겠다고 하는데—

기쁜 마음보다는 당황스러움이 더 컸다.

나는 조심스럽게 다시 휴대폰을 입력했다.

"제 숙소요……? 저야 큰 상관은 없지만, 유카리 씨는 괜찮은가요? 낯선 남자의 숙소에 이 시간에 오는 게……. 제가 무섭진 않아요?"

그녀는 내 메시지를 읽고 고개를 살짝 갸웃하더니, 장난스러운 눈웃음을 지으며 화면을 톡톡 두드렸다.

"현서 씨, 그런 사람 아니라는 거 이미 알아요."

나는 어안이 벙벙해져 화면을 바라보다가, 이내 그녀가 조심스러운 표정으로 다음 문장을 입력하는 모습을 지켜봤다.

"그리고 그렇게 다시 물어봐 주는 것 자체가 믿을 수 있는 사람이란 증거잖아요. 저도 아무 사람한테나 이러지는 않는다는 거, 알아주세요!"

나는 그녀의 글에 웃으며 고개를 끄덕였고 그녀는 약간의 농담을 담아 휴대폰에 한 문장을 더 짧게 입력했다.

"추우니까 얼른 저 좀 에스코트해 주세요!"

미소 짓게 하는 문장이었다.

"신기한 하루예요. 유카리 씨를 만난 것도 행운이지만, 제가 일본에서 일본 사람을 에스코트하게 될 줄은 몰랐네요."

그녀는 내 글에 고개를 끄덕이며 답했다.

"그러게요. 하지만 현서 씨나 저나, 잊지 못할 추억을 만들고 있네요."

"맞아요. 고마워요."

그렇게 우리는 서로 휴대폰을 번갈아 내밀며 조심스럽게 숙소로 발걸음을 옮겼다.

그 후부터, 나는 평소 같으면 절대 못 했을 친절함을 하나씩 베풀기 위해 휴대폰에 조심스레 문장을 입력하고, 그녀에게 화면을 내밀었다.

"춥죠? 찝찝하고……. 얼른 씻으세요. 제가 1층 로비에 있을 테니까 편하게 씻으세요. 조금 크긴 하겠지만 편한 옷도 준비해 드릴게요. 다 씻고, 아까 교환한 SNS로 메시지 주시면 그때 들어올게요!"

그녀는 눈을 동그랗게 뜨며 당황한 표정을 짓더니, 곧 자신의 휴대폰에 급하게 문장을 입력해 화면을 내보였다.

"무슨 소리예요. 어떻게 그런 민폐를 제가 끼칠 수 있겠어요! 현서 씨도 피곤하실 텐데, 여긴 현서 씨 숙소인데요! 그리고 저는 현서 씨가 계신다고 해서 전혀 불안하지 않아요. 그냥 여기서 조용히 TV나 보고 계세요!"

그녀의 단호함에 웃음이 나왔다.

나를 신뢰하고 있다는 그 글 한 줄이 묘한 기쁨과 책임감을 함께 안겨주었다.

나는 다시 내 휴대폰을 들어 글을 입력했다.

"알겠어요. 그런데 TV는 못 보겠는걸요? 제 일본어는 초등학생보다도 못해서, 무슨 말인지 하나도 못 알아들어요."

화면을 보여주자, 그녀는 입을 가리고 웃으며 고개를 끄덕였다.

곧 그녀도 휴대폰에 문장을 입력해 화면을 내밀었다.

"그렇군요. 그럼 제가 씻고 나오면, TV 대신 제가 더 많은 걸 알려드릴게요!"

그녀는 그렇게 답하고, 욕실로 향했다.

지친 몸과 젖은 옷에도, 씻기 전 마지막으로 보여준 미소는 여전히 밝았다.

묘한 기분이었다.

유카리가 나오면 무슨 이야기를 해야 할지, 나는 어떻게 행동해야 할지……. 그건 정말 어려운 난제였다.

그렇게 5분 정도 고민하고 있었을 즈음, 나는 어느새 의자에 기대어 잠이 들고 말았다.

깊은 잠은 아니었지만, 방 안의 온기와 피로가 나를 서서히 잠에 빠뜨렸다.

얼마나 지났을까.

누군가 어깨를 가볍게 '톡' 치는 느낌에 눈을 떴다.

유카리는 흰색 타월로 머리를 감싼 채, 내가 준비해 둔 옷을 입고 서 있었다.

한결 편안해 보이는 모습이었지만, 나는 잠결이라 멍한 얼굴로 그녀를 바라봤다.

그녀는 얼른 휴대폰을 들어 몇 자를 입력하고는 내게 화면을 내밀었다.

"제가 너무 늦게 나왔죠? 죄송해요. 현서 씨도 많이 피곤했을 텐데! 얼른 씻고 오세요!"

그 비몽사몽한 순간에도 그녀의 배려는 여전히 따뜻했다.

나는 어색하게 웃으며 다시 입력했다.

"괜찮아요. 씻고 나니까 훨씬 편해 보이시네요. 옷은 불편하지 않으세요? 저한테도 좀 큰데요."

그녀는 잠시 망설이다가 내 휴대폰을 가져가 천천히 답을 입력해 보여주었다.

"네, 조금 크긴 한데 정말 편해요. 너무 감사하고……. 죄송해서 어쩌죠?"

나는 피식 웃으며 고개를 끄덕이고, 휴대폰을 다시 들었다.

"별말씀을요. 편하시다니 제가 더 감사하죠. 정말 고마워요. 그럼 저도 씻고 올게요. 편하게 쉬고 계세요."

유카리는 고맙다는 표시를 하며 조심스럽게 소파에 앉았다.

그녀의, 화장을 지운 얼굴은 부드럽고 따뜻한 분위기를 풍기고 있었다.

나는 욕실로 들어갔고, 조용히 물이 흐르는 소리 속에서 생각에 잠겼다.

낯선 나라, 낯선 사람.

어제까지만 해도 상상조차 못 했던 오늘의 만남과 대화들.

이게 정말 현실일까.

"신기하네……."

나는 물소리에 묻혀 혼잣말처럼 중얼거렸다.

샤워를 마치고 방으로 돌아왔을 때, 그녀는 노란 담요를 어깨에 두르고 있었다.

방 안은 고요했지만, 그 고요 속에도 그녀가 만들어내는 온기가 느껴졌다.

나는 조용히 그녀를 바라보다가 휴대폰을 들고 와 입력했다.

"유카리 씨, 침대에서 주무세요. 소파에서 계시다가 몸 상할까 봐 걱정돼요. 제가 첫차 시간쯤 깨워드릴게요."

그녀는 내 글을 읽고 잠시 당황한 듯했지만, 이내 고개를 끄덕이며 손 끝으로 내 손을 살짝 어루만졌다.

그리고 휴대폰을 가져가 천천히 글을 입력했다.

"제가 어떻게 그러겠어요. 고집 좀 부려도 괜찮나요?"

나는 그 글에 잠시 멈칫했다.

소파에서 자는 그녀의 모습을 상상하니 영 불편해 보일 게 뻔했다.

그래서 다시 한 번, 정말로 괜찮으니 침대에서 자라고 설득하려 했다.

그러자 그녀는 다시 휴대폰에 입력해 화면을 내밀었다.

"같이 이 좁은 소파에서 자던가, 아니면 같이 침대에서 자던가 둘 중 하나만 해요.

저 정말 첫차 타고 보내게요?"

그녀는 장난스러운 표정으로 내 눈을 가만히 바라보며 웃었다.

그 웃음은 묘하게 따뜻하고, 묘하게 흔들렸다.

그 순간, 유카리가 천천히 입력을 한 뒤, 화면을 다시 내게 내밀었다.

나는 어안이 벙벙했다. 이게 농담인지 진심인지 분간이 가지 않았다. 하지만 한 가지 확실한 건, 나도 그녀를 보내고 싶지 않다는 사실이었다. 아니, 보내고 싶지 않았다기보다는 더 함께 있고 싶었다.

첫차까지는 이제 1시간도 채 남지 않은 시간. 사실 초조했고, 마음 한 구석엔 아쉬움이 가득했다. 하지만 그런 내게 모든 고민을 풀어주는 듯, 그녀, 아니 유카리는 나에게 안정감을 가져다주는 존재라는 확신을 심어주었다.

나는 이러한 생각에 잠겨 멍하니 그녀를 바라보고 있었다. 그런데 그 순간, 유카리가 조심스레 짧은 문장을 입력하고는 내게 화면을 내밀었다.

"실례되는 얘기였을까요……? 그런 거라면 저는 슬슬 가볼 준비를 해야겠어요. 미안해요."

그 문장을 읽자마자 가슴이 철렁 내려앉았다. 머릿속이 하얘졌다. 그녀가 떠나버릴지도 모른다는 불안감에, 나는 지금 내가 느끼고 있는 이

마음을 그대로 표현하지 않으면 안 된다고 생각했다.

그 순간 나도 모르게 그녀에게 급박하게 소리를 내며 말을 했다.

"아……. 그럴 리가요! 그냥 계세요. 저도 좋아서 같이 있는 거니까요."

그 말은 내 의도와 달리 너무도 갑작스럽고, 단호하게 튀어나왔다. 그리고 내 손이 그녀의 새하얀 얇은 손목을 잡고 있다는 것을 깨달은 순간, 내가 이토록 단순한 행동으로 그녀와의 거리를 좁히고 있다는 사실이 어리둥절하게 느껴졌다. 하지만 그녀가 손을 피하지 않자, 안도와 설렘이 뒤섞인 감정이 나를 지배했다.

유카리는 내가 한 말을 알아들었다는 듯 잠시 놀란 표정을 지었다. 그녀의 눈이 크게 떠졌고, 입술이 살짝 떨리는 것 같았다. 그리곤 이내, 희미한 미소가 그녀의 입가에 떠올랐다.

이윽고 그녀는 몇 번이고 머뭇거리며 글을 입력하기 시작했다. 그리고 곧, 내게 조심스럽게 화면을 내밀었다.

"봐봐요, 현서 씨도 저 보내기 싫으면서……. 얘기는 이렇게 하지만 사실 저도 조금은 긴장을 하고 있다고요:……."

그녀의 희미한 미소는 장난스럽기보다는 어딘가 따뜻하면서도 쑥스러운 기운이 느껴졌다. 마치 나의 진심을 이해하고 있다는 듯한 표정이었다. 나는 그녀의 눈을 바라보며 작게 고개를 끄덕였다. 말로는 표현할 수 없는 감정이 흐르고 있었다. 그녀와 함께 있는 이 순간이, 어떻게든 오래 지속되기를 바랐다.

나는 손에 들고 있던 휴대폰을 조심스럽게 들어, 몇 번이고 문장을 고쳐가며 글을 입력하기 시작했다.

"그……. 고마워요, 유카리 씨. 나는 지금이 정말……."

그 문장을 다 입력하기도 전에, 유카리가 갑작스레 내 손에서 휴대폰을 낚아챘다. 그녀는 빠르게 무언가를 입력하더니, 번역된 화면을 내게 내밀었다.

"구구절절하게 정말. 조용히 하고 제 옆으로 누워요. 번역은 이제 됐어요. 지금은 그냥 누워요."

나는 그 글을 읽는 순간 머릿속이 하얘졌다. 그녀가 가볍게 내 손목을 잡아당겼고, 나는 자연스레 그녀 옆에 눕게 되었다.

"어, 어……." 머뭇거리며 뭐라고 말하려 했지만, 그저 침묵만이 흘렀다. 그녀와 가까이 누운 상태에서 방 안의 고요함이 더욱 선명하게 느껴졌다.

그녀는 나를 등진 채 조용히 있다가, 천천히 입을 열었다.

"현서 씨……. 옆에 누우니까……. 어때요?"

순간, 일본어가 완벽히 들리지는 않았지만, 단어와 말투만으로도 그녀가 무슨 말을 건넸는지는 짐작할 수 있었다.

"좋아요……. 편안하네요."

내 어눌한 일본어 대답에 그녀는 조용히 몸을 돌려 나를 마주 보았다. 그녀의 눈빛이 내 시선을 붙잡았다.

"아니……."

그녀는 웃으며 말을 이었다.

"정말로……. 제 옆에 누우니까, 어떤 기분이에요?"

이번에도 말은 또박또박 들렸지만, 문장의 끝을 다 이해하긴 어려웠다. 다만 지금 그녀와 함께 있는 이 좁은 공간에서 그녀의 목소리 톤만으로 나는 그 의미를 어느 정도 알 수 있었다.

잠시 숨을 고른 뒤, 그녀의 눈을 바라보며 조용히 말했다.

"기뻐요, 좋네요."

내가 구사할 수 있는 일본어로 할 수 있는 대답은 이게 전부였지만 그녀는 내 말을 듣고 희미하게 미소를 지었다. 방 안의 공기는 고요했지만, 그 고요 속에서도 따뜻함이 분명히 흐르고 있었다.

그런데 그 순간, 유카리는 갑작스럽게 웃음을 터뜨리며 말했다.

"그게 끝이에요!? 낯선 여자랑 술을 잔뜩 마시고 같이 누워 있는데?"

이번엔 확실히 이해하지 못했다. 하지만 그 말투와 표정만으로도, 유카리가 놀리고 있다는 건 알 수 있었다. 그녀는 지금, 나에게 장난을 치고 있는 거였다.

나는 당황스러워져서 한국어로 더듬거리며 말했다.

"아니……. 음……. 그게 아니라……. 무슨 말을 해야 하는지……."

머릿속은 복잡했다. 어떤 말을 해야 할지, 어떻게 하면 그녀에게 마음을 전달할 수 있을지 고민이 꼬리를 물었다. 하지만 곧 결단을 내렸다.

무채색

지금 느끼고 있는 솔직한 감정을, 더 이상 망설이지 않고 전해보기로 했다.

"좋아요, 기쁘고……. 행복해요."

방금 전과 비슷한 어눌한 일본어를 들은 그녀는 잠시 멈칫했다. 나는 조심스럽게, 휴대폰을 꺼내 짧은 문장을 입력했다.

"괜찮아요……? 이렇게 말해도?"

그녀는 내 얼굴을 바라보다가, 이내 부드럽게 미소 지었다. 그러고는 말없이 내 손을 가볍게 잡으며 화면을 받아 입력했다.

"응, 당연하죠. 손 줘요. 손잡고 자고 싶어."

심장이 터질 것 같았다. 나는 천천히 손을 내밀었지만, 순간 다한증이라는 사실이 머릿속을 스쳤다. 불안감이 밀려왔다.

나는 급하게 휴대폰을 다시 들고, 손가락으로 조심스럽게 글을 입력했다.

"미안해요. 너무 잡고 싶은데, 제가 다한증이라서요. 유카리 씨가 찝찝하지 않을까요?"

그녀는 화면을 읽고는, 미소를 지으며 아무 말 없이 휴대폰을 등 뒤로 넘겼다. 그러더니 조용히 나를 껴안았다. 그녀의 얼굴이 내 가슴팍에 닿았고, 살짝 풀린 눈망울로 나를 올려다보며 부드럽게 말했다.

"더 좋아요. 이러면 해결되겠다, 그렇죠?"

그 순간, 가슴이 크게 요동쳤다. 역시나 그녀의 말 모두를 이해할 수 없었고 말투는 장난스러웠지만, 그 안에는 따뜻한 진심이 분명 담겨 있었다. 나는 그 말에 이끌리듯 그녀를 조심스럽게 감싸안으며 작게 중얼거렸다.

"아……. 좋네요."

그녀는 다시 내 품으로 얼굴을 묻었다. 그러고는 피곤한 기색 속에서도 눈을 맞추며 부드럽게 말했다.

"따뜻하네요."

그녀는 내가 알아들을 수 있는 그 말을 마지막으로, "잘 자요."라는 짧은 인사를 남기고는 조용히 잠에 들었다.

이상하게도 나 역시, 한국에서 그렇게 잠을 청해도 오지 않던 잠이 그날 밤엔 쉽게 찾아왔다.

얼마나 지났을까. 낯선 소리에 눈을 떴을 때, 그녀는 어느새 옷을 입고 있었다. 나는 정신을 가다듬고 조심스레 휴대폰에 글을 입력하기 시작했다.

"아…… 어제는 음…… 고마웠어요. 술김이었겠지만……. 저는 너무 감사했고, 즐거운 추억이었어요. 이제 돌아가시는 건가요? 배웅해 드리고 싶네요."

익숙하게 그녀는 내 휴대폰을 받아 들고, 여느 때처럼 손가락을 빠르게 움직였다.

"무슨 소리예요, 정말……. 현서 씨는 몰라도, 저는 술김 아니었어요. 그리고 안 돌아갈래요. 현서 씨 내일 귀국이잖아요! 저는 시간이 많으니

무채색 49

까 하루 더 있을래요. 그래도 괜찮죠?"

그녀의 글에 나는 얼떨떨한 기분으로 고개를 들었다. 이런 종류의 행복을 느낀 게 도대체 얼마 만인지. 당장이라도 그녀를 끌어안고 싶었지만, 실례일까 봐 조심스레 어눌한 일본어와 제스처로 내 뜻을 전달했다.

"물론이죠……. 그런데…… 옷은…… 왜 입고 계셨나요? 찝찝하지는 않으세요?"

내 말에 그녀는 조금 과장된 제스처로 고개를 젖히며 휴대폰에 입력을 해 화면을 내게 보여주었다.

"찝찝해요! 현서 씨가 일어나서 술에 잔뜩 취해서 저랑 잤던 걸 기억도 못 하면 어쩌나 싶었거든요! 그래서 놀랄까 봐 옷 입고 있었어요. 근데 다행히 기억하는 것 같아서……."

나는 멍하니 그녀를 바라보았고 화면 안에 담긴 그녀의 배려가 뚜렷하게 전해져 그 진심이 내 안에 조용히 스며들었다.

"알겠어요. 조금만 기다려 주세요. 바로 준비할게요."

나는 서둘러 준비를 마친 뒤, 그녀와 함께 숙소를 나섰다. 가을 아침의 선선한 공기가 얼굴을 스치며 두 사람의 마음을 조금 더 맑게 정리해 주는 듯했다.

걸음을 맞추던 그녀는 고개를 돌려 웃으며 화면을 보여주었다.

"현서 씨, 어디 가고 싶으세요? 아니면 그냥 제가 계획한 대로 따라올래요?"

그녀의 장난기 어린 표정에 나도 미소 지으며 그녀의 휴대폰을 받아 조심스럽게 입력했다.

"계획이 있다면, 따라갈게요. 오늘은 유카리 씨에게 맡길게요."

그녀는 고개를 끄덕이며 휴대폰을 받아 화면을 들여다보았다.

"좋아요. 그럼 오늘 하루, 제가 가이드예요!"

그녀는 화면을 잠시 넘기더니, 무언가를 검색해 내게 화면을 내밀었다.

"여기 어때요? 제가 좋아하는 식당이에요. 분위기도 좋고 음식도 정말 맛있어요."

"좋아요, 정말 로컬이네요."

그녀는 내 일본어에 기분 좋은 웃음을 지으며 손짓으로 길을 가리켰다.

"그럼 가요!"

그렇게 우리는 목적지를 향해 걸음을 옮겼다. 가을바람이 선선하게 불어오고, 거리에는 점점 더 활기가 넘쳤다.

그녀는 걸으면서도 내가 이해하기 어려운 일본어를 사용할 때면 자연스럽게 자신의 화면을 내밀어 주변의 가게나 거리 풍경을 설명해 주었다.

"여기, 이 근처는 현지 사람들이 자주 오는 곳이에요. 관광객은 별로 없어서 조용해요."

"정말 좋은 동네 같아요. 이런 곳은 처음이에요."

그녀는 고개를 끄덕이며 손끝으로 앞을 가리켰다.

"저기예요, 저 식당이요!"

멀리서도 눈에 띄는 따뜻한 분위기의 작은 식당이 보였다. 문 앞에는 빨간색 등이 걸려 있고, 내부에서는 구수한 나베 냄새와 함께 고소한 음식 냄새가 은은하게 풍겨왔다.

나는 그녀가 들고 있던 휴대폰을 가리키며 물었다.

"여기 어떤 음식이 유명한가요? 추천해 주세요."

그녀는 웃으며 입력 중이던 창을 닫고, 빠르게 메뉴 설명을 입력해 보여주었다.

"모든 게 맛있어요! 특히 여기 나베는 깊고 진한 맛이 나요. 한 입 먹으면 깜짝 놀랄 거예요. 현서 씨도 좋아할 거예요!"

나는 고개를 끄덕이며 화면에 짧게 입력했다.

"알겠어요. 그럼 믿고 먹어볼게요."

그녀는 환히 웃으며 문을 열었다. 식당 안의 따뜻한 공기가 우리를 감싸며 포근하게 맞아주었다.

안은 작은 테이블 몇 개와 벽에 걸린 낡은 사진들로 아늑한 분위기를 풍겼다. 창문 가까이에 놓인 테이블은 햇살이 살짝 비치고 있었고, 벽에는 이곳을 찾은 사람들의 흔적이 담긴 낙서와 그림들이 어지럽게 남아 있었다.

특히 눈길을 끈 것은 입구 옆에 자리한 작은 메뉴판이었다. 손으로 쓴 듯한 정겨운 글씨와 함께 추천 메뉴가 적혀 있었다.

"현서 씨도 분명 좋아할 거예요."

그녀는 자리에 앉으며 조심스럽게 휴대폰 화면을 돌려 보여주었다.

"그럼 저는 유카리 씨가 추천한 모츠나베로 할게요."

그녀는 미소를 지으며, 직원에게 주문을 전했다.

음식이 나오기 전까지 우리는 따뜻한 차를 마시며 가벼운 대화를 나눴다. 골목길에서 본 가게들, 오늘의 날씨, 그리고 서로가 몰랐던 것들에 대해 이야기하는 시간은 생각보다 빠르게 흘러갔다.

잠시 후, 김이 모락모락 피어오르는 모츠나베가 테이블에 놓였다. 구수한 냄새가 코끝을 자극하며 식욕을 돋웠다.

"진짜 맛있어 보여요. 잘 먹겠습니다."

나는 그녀를 따라 한 숟가락을 떠먹었다. 부드러운 국물의 풍미가 입 안 가득 퍼지며, 정말 그녀가 추천한 이유를 알 것 같았다.

"정말 맛있네요."

그녀는 환히 웃으며 고개를 끄덕였다.

"그렇죠? 제가 좋아하는 곳이라니까요!"

식사를 마친 뒤, 나는 테이블 위에 놓인 작은 계산서를 집어 들고 조용히 휴대폰에 몇 자를 입력해 그녀에게 화면을 보여주었다.

"오늘 제가 사요. 추천도 해주셨으니까요."

그녀는 잠시 망설이다가 이내 미소를 지으며 휴대폰을 꺼내 짧은 문장을 입력했다.

"아니에요, 제가 초대했으니까 제가 낼게요."

짧은 실랑이 끝에 결국 내가 계산을 맡았다.

식당을 나선 우리는 골목길을 따라 걷기 시작했다. 식당에서 느꼈던 따뜻함은 우리 사이에도 스며들어, 발걸음이 한결 가벼워지는 듯했다.

유카리는 이따금 상점 유리창 앞에 멈춰 서서 물건들을 구경했다. 나는 그녀를 따라가며 조용히 주변을 둘러보았다. 거리의 활기와 사람들의 소리가 가을바람에 섞여 느릿하게 퍼지고 있었다.

문득 그녀의 얇고 약간 구겨진 재킷에 번진 얼룩이 눈에 들어왔다. 아침에 그녀가 했던 "찝찝해요!"라는 답변이 머릿속을 스쳤다.

나는 걸음을 멈추고 휴대폰에 입력했다.

"유카리 씨, 저기 옷 가게가 보여요. 아침에 불편하다고 하셨잖아요. 옷 하나 사죠."

그녀는 화면을 보고는 깜짝 놀란 듯 웃으며 고개를 저었다.

"괜찮아요! 정말이에요. 그 정도로 신경 안 쓰셔도 돼요."

나는 짧게 숨을 고르고 다시 문장을 입력해 보여주었다.

"아니요. 이건 제가 하고 싶은 일이에요. 제가 살게요."

그녀는 잠시 망설이는 듯하더니 결국 조용히 고개를 끄덕였다.

"그럼……. 제가 고르기보다는 현서 씨가 추천해 주세요. 저 잘 몰라서요."

그녀는 살짝 웃으며 휴대폰 화면을 보여줘 내게 답했고, 우리는 근처의 옷 가게로 들어섰다. 가게 안은 깔끔했고, 선반마다 정돈된 옷들이 정갈하게 진열되어 있었다.

나는 그녀를 따라가다 눈에 띄는 흰 셔츠와 간결한 라인의 스커트를 발견했다. 깔끔하면서도 단정한 느낌의 조합이었다. 옷을 집어 들고, 그녀에게 화면을 내밀었다.

"이건 어때요? 흰색이라 깔끔해 보이고, 유카리 씨에게 잘 어울릴 것 같아요."

그녀는 옷을 들여다보며 한참 생각하더니, 살짝 미소를 지으며 고개를 끄덕였다.

"그럼, 이거 입어볼게요."

잠시 후, 그녀는 피팅룸에서 옷을 입고 나왔다. 흰 셔츠와 스커트는 그녀의 차분한 이미지를 한층 돋보이게 했다.

그녀는 내 눈치를 살피며 조용히 화면을 내밀었다.

"어때요? 잘 어울리나요?"

나는 고개를 끄덕이며 짧게 입력해 보였다.

"괜찮아요. 정말 잘 어울리네요."

그녀는 얼굴이 살짝 붉어지며 웃었다.

"고마워요."

나는 가볍게 웃음을 보이고는 계산대로 향했다. 계산을 마치고 나오자, 그녀가 손에 들고 있던 휴대폰 화면을 내게 보여주었다.

"제가 사야 했는데……. 현서 씨, 너무 신경 쓰는 거 아니에요?"

나는 고개를 저으며 답을 입력했다.

"얘기했잖아요. 그냥 제가 사주고 싶어서 산 거예요. 이제 됐으니까, 다른 거 구경하러 가요."

그녀는 조용히 고개를 끄덕였고, 우리는 다시 거리로 나섰다. 그녀의 얼굴에는 여전히 미묘한 미소가 남아 있었다.

우리는 나란히 걷기 시작했다. 그녀는 새로 산 옷이 담긴 쇼핑백과 자신의 가방을 양손에 나눠 들고 있었는데, 한 손으로 가방을 꽉 쥐고, 다른 손으로 쇼핑백을 들고 있는 모습이 어딘가 불편해 보였다.

나는 걸음을 멈추고 화면에 문장을 입력해 그녀에게 내밀었다.

"쇼핑백과 가방이 무거워 보이네요. 제가 들어줄게요."

그녀는 화면을 보고 깜짝 놀란 듯 고개를 저었다. 이내 그녀도 입력을 시작했다.

"쇼핑백은 괜찮아요. 하지만 가방은 절대 안 돼요. 제가 꼭 들어야 해요!"

그녀는 두 팔로 가방을 끌어안듯 안으며 단호한 표정을 지었다. 단순히 예의상 사양하는 느낌이 아니었다.

나는 잠시 그녀를 바라보다가 다시 짧게 입력했다.

"알겠어요. 쇼핑백만 들어줄게요. 무거운 건 나눠 드는 게 낫잖아요."

그녀는 짧은 숨을 쉬며 고개를 끄덕였다.

"그럼, 쇼핑백만 부탁드릴게요. 가방은 정말 제가 들고 있어야 해요."

나는 쇼핑백을 받아 들고 고개를 끄덕였다.

"네 그래요."

그녀는 가방을 단단히 쥔 채 미소를 지으려 했지만, 그 미소는 평소보다 조금 어색해 보였다. 단순한 물건 때문이 아닌 듯한 집착.

나는 더 묻지 않았지만, 머릿속에서 그녀의 반응이 자꾸 맴돌았다. 가방에 뭐가 있는 걸까.

그렇게 어색한 분위기 속에서 15분 정도를 걸었다. 그녀는 말없이 앞장서며 자꾸만 내 시선에서 벗어나려는 듯 걸음을 재촉했다.

나는 더는 참지 못하고, 휴대폰에 천천히 문장을 입력했다.

"유카리 씨, 괜찮아요. 누구든 숨기고 싶은 비밀이 있는 법이니까요. 소중한 것일 수도, 부끄러운 것일 수도 있겠죠. 제가 궁금해하지 않을게요. 그러니 그렇게 앞서가지 않아도 돼요."

그녀는 걸음을 멈추더니 천천히 나를 돌아보았다. 눈빛에는 놀람과 함께, 어딘가 안도한 기색도 섞여 있었다.

가방을 꼭 쥔 손이 살짝 떨리는 듯했다.

잠시 침묵이 흘렀고, 그녀는 입술을 살짝 깨문 채 한동안 나를 바라보았다. 무언가를 전하고 싶은 듯했지만 쉽게 꺼낼 수 없는 표정.

이내 그녀는 화면에 무언가를 천천히 입력해 나에게 내밀었다.

"현서 씨는······. 정말 이상한 사람이에요. 대부분은 더 캐묻거나, 의심하지 않나요?"

그녀는 천천히 입력한 글을 조심스럽게 내게 보여주었다.

무채색

나는 고개를 살짝 저으며 웃었다. 그리고 다시 휴대폰 화면에 글을 입력했다.

"궁금할 수는 있죠. 다만 묻는 게 꼭 옳은 건 아니에요. 누구에게나 자신만의 공간과 경계가 있으니까요."

그녀는 내 문장을 읽고 피식 웃음을 터뜨렸다. 하지만 그 웃음은 약간 쑥스럽고, 어딘가 무거워 보이기도 했다.

"고마워요, 현서 씨가 이렇게 답해줘서……. 조금 편해졌어요. 하지만……. 지금은 아직 답해줄 수 없어요. 언젠가는 얘기할 수 있을지도 모르겠지만, 지금은 아니에요."

그녀는 다시 가방을 두 손으로 꼭 쥐었다. 잠시 고개를 숙인 채 가방을 바라보던 그녀는, 마치 그것을 더 단단히 붙잡으려는 듯 손에 힘을 주었다.

나는 그녀를 바라보며 조용히 고개를 끄덕였다.

휴대폰에 천천히 문장을 입력해 그녀에게 내밀었다.

"괜찮아요. 답하고 싶어질 때가 오면 그때 얘기해 주셔도 돼요. 그리고, 그 순간이 오지 않아도 저는 괜찮아요."

그녀는 아무 말 없이 고개를 숙였고, 약간에 어색함을 가지고 거리를 걸었다.

조금 시간이 흘렀을까, 나는 휴대폰을 다시 들어 웃으며 글을 입력했다.

"그보다, 저 가이드해 주신다면서 그렇게 계속 앞서 나갈 거예요?"

그녀는 그 문장을 읽고는 마침내 웃음을 터뜨렸다. 이번엔 진짜 웃음 같았다.

"알겠어요. 천천히 같이 갈게요. 아, 그보다……. 카페에 가지 않을래요? 이 근처에 좋은 곳을 알아요."

그녀는 조심스레 휴대폰 화면을 내밀며 물었다.

나는 고개를 끄덕이며 짧게 입력했다.

"좋아요. 안내해 주세요."

그녀는 다시 앞장서 걸었지만, 이번엔 아까처럼 서두르지 않았다.

가을 햇살이 퍼진 거리, 작은 가게들 사이로 그녀의 그림자가 길게 늘어졌다.

그녀가 이따금 가방을 꼭 쥐는 모습이 시야에 들어왔고, 그 손끝이 자꾸 눈에 밟혔다.

도착한 카페는 작고 아늑한 공간이었다.

창가 자리에 앉아 우리는 음료를 주문했다.

"이곳 커피는 풍미가 깊어요. 특히 핸드드립이 좋아요."

그녀가 천천히 입력해 내게 보여주자, 나는 고개를 끄덕이며 추천 메뉴를 골랐다.

잠시 후, 김이 피어오르는 커피가 테이블에 놓였다.

잔잔한 음악과 창밖 소음이 어우러진 고요한 분위기 속에서 그녀는 잔을 들고 조용히 한 모금 마셨다.

그녀의 손은 여전히 가방 위에 놓여 있었다.

나는 커피를 마시며 휴대폰을 건넸다.

"유카리 씨, 커피는 자주 마시나요?"

그녀는 고개를 끄덕이며 내 휴대폰을 받아 글을 입력했다.

"네. 카페에서 혼자 생각하는 걸 좋아해요. 그런데 오늘은 혼자가 아니어도 더 좋네요."

그 답에 나도 모르게 미소가 번졌다.

"좋네요. 혼자여도, 함께여도 잘 어울리는 사람 같아요."

그녀는 살짝 고개를 숙이며 얼굴을 붉혔다.

그리고 잠시 후, 휴대폰 화면 위에 문장이 하나씩 채워졌다.

"현서 씨는 비밀이 없어요? 아니면 숨기고 싶은 게 없나요?"

그 질문은 예상 밖이었다.

나는 휴대폰을 들고 천천히 답장을 입력했다.

"비밀이 없는 사람은 없겠죠. 다만 저에겐 그걸 털어놓을 사람이 많지 않았어요."

그녀는 고개를 끄덕이며 다시 글을 입력했다.

"그렇구나. 나도 그래요. 그래서 이 가방도 그런 거예요. 나만 알고 싶은 무언가…… 랄까요……."

그녀는 다시 휴대폰을 내려놓고 가방을 가만히 바라보았다.

손끝으로 가방을 쓰다듬는 그녀의 모습은 평온해 보이기도 했지만,

어딘가 가방에 매달린 사람처럼 느껴지기도 했다.

나는 조용히 잡고 있던 휴대폰에 글을 입력했다.

"괜찮아요. 아까도 답했지만, 얘기하고 싶어질 때가 오면 그때 얘기하세요. 아니면 영영 얘기하지 않아도 돼요."

그녀는 내 눈을 바라보다가, 작게 고개를 끄덕였다.

"그럼……. 언젠가 그럴 수 있을지도 모르겠어요."

그렇게 내게 글을 입력해 보여준 이후에도 그녀는 가방에서 손을 놓지 않았다.

나는 더 이상 묻지 않았지만, 그 가방에 어떤 비밀이 숨어 있는지는 계속 머릿속을 맴돌았다.

우리는 커피를 마시며 시시콜콜한 이야기를 나누었다.

그녀는 일본의 일상적인 것들, 내가 모를 만한 것들을 설명해 주었고, 나는 고개를 끄덕이며 틈틈이 휴대폰에 번역 앱을 통해 대화를 이어갔다.

시간을 확인해보니, 어느새 한 시간이 지나 있었다.

카페를 나선 우리는 그녀가 제안한 아쿠아리움으로 향했다.

수족관 속 커다란 유리 벽 너머로 물고기들이 느릿하게 헤엄치고 있었다.

유카리는 유리 벽에 손끝을 올려놓고 물고기들을 가만히 바라보다가, 작고 낡은 노트를 꺼냈다.

나는 그녀가 조용히 펜을 움직이는 모습을 바라보다가, 휴대폰을 들어 조심스레 문장을 입력했다.

"뭘 적고 있는 거예요?"

화면을 건넬 틈도 없이, 그녀는 고개를 숙인 채 메모에 더욱 몰두하고 있었다.

그 순간만큼은, 아이들의 웃음소리도, 수조의 물소리도 들리지 않았다. 펜 끝이 종이를 스치는 소리만 조용히 공간을 채우고 있었다.

그녀는 몇 번 고개를 끄덕이더니, 노트를 닫아 다시 가방에 넣고는 말없이 물고기들을 바라봤다.

그 모든 동작이 마치 하나의 의식처럼 느껴졌다.

나는 그런 그녀를 바라보며 깊은 생각에 잠겼다.

아쿠아리움의 푸른빛이 유리 너머로 넘실거리며 벽과 바닥을 물들이고 있었다.

그 빛은 유카리의 옆모습에도 은은하게 스며들고 있었다.

이 푸른빛이 왜 이렇게 생생하게 보이는 걸까.

나에게 세상은 늘 무채색이었다. 회색 안개처럼, 의미를 잃은 색들로 가득한 세계.

그런데 이곳, 이 시간만큼은 달랐다. 그녀와 함께 있는 동안만큼은, 무채색의 커튼이 살짝 걷히는 기분이었다.

유카리는 분명 현실 속에 존재하는 사람이었다.

하지만 어쩐지, 손을 뻗으면 사라질 것 같은 허상처럼 느껴졌다.

가까워질수록 멀어지고, 멀어질수록 더욱 선명해지는 존재.

그녀는 그런 사람이었다.

그녀는 유리 벽 너머 물고기들을 바라보며 작은 미소를 지었다.

그 순간 나는 묘한 이질감을 느꼈다.

'이 사람은 정말 나와 같은 현실에 속해 있는 걸까?

아니면 내가 이제는 현실을 감당하지 못할 만큼 무너진 걸까?'

"현서 씨?"

갑작스러운 그녀의 목소리에 나는 정신을 차렸다.

그녀는 장난기 가득한 표정으로 휴대폰 화면을 내밀고 있었다.

"괜찮아요? 혹시 재미가 없어요!?"

나는 서둘러 휴대폰을 꺼내 글을 입력했다.

"아니요, 아무것도 아니에요. 그냥……. 생각이 좀 많았어요."

그녀는 고개를 갸웃하더니 환하게 웃으며 다시 입력했다.

"그럼, 생각은 잠시 멈추고 저랑 더 구경해요. 여기 물고기들 정말 예쁘죠?"

나는 그녀의 권유에 고개를 끄덕이며 함께 수족관 안쪽으로 걸음을 옮겼다.

푸른빛 속에서 유영하는 물고기들을 따라 걷는 동안에도, 내 시선은 여전히 그녀에게 머물러 있었다.

유카리와 함께 있는 시간 동안, 내 세상은 분명히 색을 되찾고 있었다.

아쿠아리움을 나서자 저녁 공기가 피부에 닿았다.

차가운 바람이 뺨을 스치고, 거리는 다시 사람들의 소음으로 가득 차 있었다.

나는 자연스레 그녀의 옆에 나란히 섰고, 그녀는 손에 들고 있던 휴대폰에 문장을 입력하기 시작했다.

"현서 씨, 사실은 아까 또 어두운 생각이 몰려와서 불안해졌죠?"

나는 걸음을 멈췄다.

그녀의 문장은 나를 꿰뚫고 있었다.

내가 스스로도 아직 정리하지 못한 감정을 그녀가 먼저 짚어낸 것 같았다.

유카리는 휴대폰을 쥔 채 고개를 약간 기울이며 장난스럽게 웃었지만, 그녀의 눈빛은 묘하게 진지했다.

마치 자신도 같은 감정을 겪어본 사람처럼.

나는 그녀에게 휴대폰을 받아 들고 천천히 문장을 입력했다.

"아뇨, 불안한 것보다는……. 그냥 신기했어요.

당신, 나랑은 다른 세계 사람 같아서.

아니면, 내가 다른 세계에서 살았던 건지."

그녀는 한참 나를 바라보다가 조용히 고개를 저으며 다시 입력했다.

"잠깐만! 그런 얘기는, 자리 옮겨서 해요. 지금은 이 거리, 이 사람들, 이 건물들……. 눈에 담아둬요.

현서 씨, 주어진 시간이 많이 남지 않았잖아요. 내일, 구렁텅이로 돌아가니까요."

나는 그녀의 글을 읽고 나서 잠시 숨을 고르고, 천천히 문장을 완성했다.

"그러네요. 내일이면……. 전 돌아가야 하죠. 구렁텅이로. 슬프네요."

그녀는 답장을 읽고는 고개를 들어 하늘을 잠시 바라보더니, 다시 휴대폰에 문장을 입력했다.

"구렁텅이로 돌아가도 힘들어하지 마요. 제가 구해줄게요. 지금은 그냥 이 시간을 즐겨요. 벌써 밤이에요."

그러고는 문장을 덧붙였다.

"밥은 어차피 안 먹을 거잖아요. 술이나 한잔 어때요?"

나는 그녀가 내민 휴대폰에 화면을 읽고 작게 웃었다.

그녀의 답은 가볍고 장난스러웠지만, 그 안에는 설명할 수 없는 무언가가 담겨 있었다.

나는 오히려 좋다고 생각해 기쁘게 대답했다.

"네, 좋아요."

우리는 네온사인으로 반짝이는 골목을 따라 걸었다.

수많은 술집 간판들이 줄지어 있었지만, 발길은 자연스레 처음 만났던 그곳을 향했다.

문을 열고 들어서자 익숙한 나무 테이블과 은은한 조명이 우리를 맞았다.

사장님이 반갑게 손을 흔들었고, 유카리는 조용히 고개를 숙이며 웃었다.

그녀는 휴대폰에 글을 입력해 보여주었다.

"다음에 또 오면, 사장님이 우리를 기억하실지도 몰라요."

나는 작게 웃었다.

"여기 정말 자주 오네요. 저는, 3일 연속으로 왔으니까요."

"그러게요. 현서 씨는 확실히 단골손님이에요."

그녀는 내 글에 공감이라도 하듯 휴대폰을 내밀었고, 나는 그 화면을 보며 작게 웃음을 터뜨렸다.

그리고 생각했다.

이 순간이, 이 대화가……. 계속되기를 바랐다.

이 따뜻한 온기를 머금은 색을 보고 느끼고 있는 지금 이 시간이, 끝나지 않도록.

"있잖아요, 현서 씨. 저 궁금한 게 있어요."

"네, 편하게 물어보세요. 어떤 게 궁금한데요?"

유카리는 손안의 휴대폰 화면을 바라보다가 몇 번이고 글을 지우고 다시 입력하기를 반복했다. 그러다 마침내 고개를 들고, 조심스럽게 화면을 내게 내밀었다.

"어제는 왜 또 여기에 왔어요? 정말 저한테 감사 인사를 하려고 기다린 건 아니겠죠?"

그녀는 희미하게 웃었다. 장난스러운 표정이었지만, 그 안엔 어딘가 진심을 알고 싶어 하는 기색이 숨어 있었다.

나는 잠시 멈칫했다. 사실 어제 왜 그곳에 다시 갔는지, 정확히 설명하기는 어려웠다. 그녀를 떠올렸던 건 맞지만, 그 감정을 직접 설명하긴 쉽지 않았다.

나는 휴대폰을 손에 들어 천천히 답을 입력했다.

"글쎄요. 감사 인사였을 수도 있고, 그냥 그 자리가 익숙해서였을 수도 있어요. 솔직히 얘기하면, 저도 잘 모르겠어요."

그녀는 내 메시지를 읽고 한동안 생각에 잠긴 듯했지만, 이내 고개를 들며 웃으며 휴대폰에 글을 입력해 화면을 보여주었다.

"그래요? 알겠어요. 현서 씨는 항상 이렇게 애매하게 전하네요."

장난처럼 보이는 답이었지만, 나는 그 속에 담긴 무언가를 놓치지 않으려 애썼다.

나는 다시 글을 써 그녀에게 보여주었다.

"저도 물어볼게요. 유카리 씨는요? 처음부터 좋은 기억이 있는 장소는 아니었을 텐데, 왜 다시 그곳에 오신 거예요?"

그녀는 이번엔 주저하지 않았다. 금세 손끝으로 문장을 완성하고 화면을 보여주었다.

"저도 같은 대답이에요. 현서 씨랑 조금 비슷한가 봐요. 애매하고 모

무채색 67

호한 거, 저도 잘하거든요."

나는 짧게 웃으며 고개를 끄덕였다.

"그렇네요."

은은한 조명 아래, 그녀의 미소는 조금 더 부드럽게 보였고, 어지럽던 주변 소음도 잦아든 듯했다.

잠시 후 그녀가 다시 휴대폰에 손을 얹었다.

"현서 씨, 그보다 아까 멍하니 있었잖아요. 무슨 생각을 하고 있었어요? 이제는 얘기해줘도 괜찮아요."

나는 한참을 고민하다가, 결국 손끝으로 천천히 입력을 했다.

"음……. 자세히 설명하긴 어렵지만, 저는 세상을 RGB 0으로 보는 느낌이에요. 무채색으로만 가득한 세상 같달까요. 디자이너인데도 이상하죠. 그런데 유카리 씨랑 있으면, 다시 색을 보게 되는 기분이 들어요."

그녀는 화면을 읽고는 살짝 고개를 갸웃하며 웃었다.

"RGB 0? 너무 어려운 말이네요. 역시 디자이너의 언어인가요?"

나는 머쓱하게 웃으며 다시 글을 이어갔다.

"아, 미안해요. RGB 0은 검정이고 255는 흰색이에요. 그 사이에 수많은 색이 존재하죠. 그런데 저는 어느 순간부터 그 사이를 보지 못하게 됐어요. 그냥……. 세상이 온통 검게 느껴졌거든요. 근데 이상하게도……. 유카리 씨랑 있으면 이상하게, 그 색을 다시 바라보고 싶어져요. 번역이 잘 되었으려나요……?"

그녀는 눈을 천천히 깜빡이며 내 휴대폰 화면을 응시했다.

이내 입가에 조용한 웃음이 번졌다.

"그런 색상이 제게서 돌아오는 거라면, 저는 정말 중요한 사람인가 봐요?"

농담처럼 느껴지는 말투였지만, 그녀의 눈빛은 끝까지 농담이 아니었다.

술집의 은은한 조명은 그녀의 표정을 따라 부드럽게 물들고 있었다.

나는 쉽게 반응하지 못한 채 잠시 머뭇거렸다.

손에 든 휴대폰을 내려다보다 조심스레 글을 입력했다.

"네, 그러게요. 중요한 사람이었나 봐요."

그녀는 내가 내민 화면을 조용히 읽고는 고개를 살짝 기울였다.

그리고 본인의 휴대폰을 들어 천천히 입력했다.

잠시 후, 그녀는 화면을 내밀었다.

"과거형이네요? 지금은 아닌가 봐요?"

그 글에 손끝이 잠시 멈췄다.

나는 가볍게 숨을 내쉰 뒤, 천천히 다시 답을 이어갔다.

"아니요. 지금도 분명히 다채로운 색상을 가지고 있어요. 유카리 씨와 함께 있으면, 그 색상들이 더 뚜렷하게 느껴지거든요. 정작 유카리 씨는 무슨 색인지를 모르겠다만……"

그녀는 눈을 가늘게 뜬 채, 내 손에서 건네받은 화면을 천천히 읽었다.

읽고 난 뒤엔, 고개를 약간 갸웃하더니 말없이 자신의 휴대폰을 다시 들었다.

조심스럽고도 신중하게 타자를 쳤다.

그리고 내게 화면을 내밀었다.

"그런 색상을 제가 가지고 있다면……. 제가 생각했던 것보다 훨씬 더 중요한 사람이었나 봐요?"

그 답은 또 한 번 농담처럼 다가왔지만, 눈빛은 여전히 깊었다.

나는 짧게 고개를 숙이고, 다시 글을 입력했다.

"그런가 봐요. 고마워요. 아무튼 저한테 색상을 돌려주고 있어서, 한국에서도 그게 유지될지는 모르겠지만요."

그녀는 그 글을 읽고는 살짝 고개를 끄덕였다.

그리고 다시 천천히 자신의 휴대폰에 손가락을 얹었다.

긴 망설임 끝에 완성된 문장을 조용히 내밀었다.

"그런 얘기는 마세요. 분명히 세상을 다시 RGB 0……. 어두운 색상으로 볼 수 있겠죠. 그래도 현서 씨, 저랑 같이 있는 지금 기억들은 다채로운 색상일 거예요!"

그녀는 곧이어 몇 글자를 더 입력하더니, 다시 나를 바라보며 화면을 내밀었다.

"현서 씨가 RGB 0으로 세상을 본다면, 저는 RGB 255로 보는 사람이겠네요. 세상에 안 좋은 것까지도 너무 좋게만 봐주는……. 음, 착한 아이 콤플렉스 같은 거랄까요? 그런 식으로만 지내니까요."

입꼬리를 올리며 건넨 얘기였지만, 그 눈빛은 무겁게 가라앉아 있었다.

나는 그녀가 건넨 휴대폰을 읽고 천천히 고개를 들었다.

그리고 조용히 입력을 시작했다.

"그런데, 그런 게 꼭 나쁜 것만은 아니에요. 유카리 씨처럼 밝게 세상을 보는 사람도 있어야 하니까요."

그녀는 가볍게 웃었다.

하지만 웃음 너머엔 생각이 길게 드리워져 있었다.

그리고 그녀가 다시 글을 입력했다.

이내 나를 보며 화면을 내밀었다.

"반반 섞이면 딱이네요. 우리 세상을 서로 다채롭게 볼 수 있게."

그 글은 간단한 표현 같았지만, 오래도록 마음을 건드리는 문장이었다.

나는 잠시 멍하니 그녀를 바라보다, 다시 글을 입력했다.

"네, 그런가 봐요. 그래서 우린 마주쳤으려나요?"

그녀는 그 문장을 조용히 읽고, 눈을 천천히 감았다가 고개를 끄덕였다.

그리고 부드러운 미소를 지었다.

그 순간, 술집의 조명은 더욱 그녀를 감싸며, 그 문장 자체가 하나의 색이 된 듯했다.

"아, 현서 씨 미안한데 저 잠깐 화장실 좀 다녀올게요."

그녀는 화면을 보여주고는 가방을 챙겨 들며 자리에서 조심스럽게 일어섰다.

나는 고개를 끄덕였고, 그녀가 걸어가는 모습을 바라보았다.

가방끈을 꼭 쥔 손끝이 어딘가 불안해 보였지만, 깊이 생각할 여유는 없었다.

그녀가 사라진 자리에 조용히 술잔을 굴리던 순간, 소란스러운 소리가 들려왔다.

"앗, 죄송합니다!"

고개를 돌리자, 그녀가 화장실에서 나오다 취객과 부딪히는 장면이 눈에 들어왔다.

가방이 바닥에 떨어지며, 안에 있던 물건들이 사방으로 흩어졌다.

나는 조용히 자리에서 일어나 그녀 쪽으로 다가갔다.

바닥에는 작은 화장품들이 흩어져 있었고,

그 옆으로는 얇은 종이 뭉치가 한쪽에 펼쳐져 있었다.

흘끔 그녀를 바라본 뒤, 나는 조심스럽게 그중 한 장을 집어 들었다.

그 순간, 시선이 종이에 그대로 고정됐다.

눈앞에 놓인 문장이 나를 단숨에 붙잡았다.

그것은 일본어로 쓰여 있었다.

정확히 해석할 수는 없었지만,

짧게 끊긴 문장들과 그 흐름만으로도

무엇에 대한 이야기인지는 어렴풋이 느껴졌다.

'……플라타너스잎……. 뛰어들고 싶었다……?

하지만……. 너무 커져 버린 몸……. 짓눌러버릴까……? 눌러버린?'

뜻은 완전히 연결되지 않았지만,
그 안에 담긴 감정은 이상할 정도로 선명하게 전해졌다.
그건, 어젯밤—
우리가 가로등 아래를 걷다 멈춰 섰던 그 순간과 겹쳐졌다.
그녀가 갑작스럽게 낙엽 더미에 몸을 던지듯 누웠고,
나는 그녀를 일으켜 차가워진 몸을
내 옷으로 덮어주고는 그녀의 손을 감싸쥐었다.
고작 하루.
짧은 시간이었지만,
그녀에게도 그 장면이 깊게 남아 있었던 걸까.
나는 그 글을,
단어 하나하나를 다 이해하진 못하면서도
이상하게 똑바로 느낄 수 있었다.
마치, 언어보다 먼저 감정이 다가온 것처럼.
그러다 갑작스레—
손끝에 전해진 가벼운 충격이 나를 현실로 끌어당겼다.
그녀가 내 손에서 종이를 재빠르게 빼앗았다.
그리고 말없이, 황급히 가방 안에 그것을 밀어 넣었다.
그녀의 얼굴은 붉게 물들어 있었다.
"왜 읽어요……! 부끄럽잖아요."

순간 튀어나온 일본어였다.
꽤나 큰 목소리로 말해서 그 감정이 담긴 떨림이 그대로 전해졌다.
나는 얼떨떨한 채 그녀를 바라보다,
천천히 휴대폰을 꺼내 번역 앱을 켰다.
손가락이 망설이다가, 짧게 글을 입력했다.
"아 정말 미안해요……. 일부러 읽으려고 한 건 아니에요…….
다 읽은 건 아니에요……. 그런데 이 글……."
입력을 마친 나는 화면을 조심스레 그녀에게 내밀었다.
그녀는 조용히 화면을 들여다보았다.
짧은 문장이었지만, 그 안에 담긴 내 마음을 읽은 듯
살짝 고개를 숙이더니, 부끄러운 듯 입꼬리를 작게 올렸다.
얼굴은 여전히 붉었고, 그 표정엔 감정이 갑자기 들켜버린 사람의 당혹스러움이 비쳐 있었다.
잠시 가만히 있던 그녀는 조심스럽게 휴대폰을 들어
천천히 글을 입력하기 시작했다.
손끝이 살짝 떨리고 있었고, 글을 입력하는 속도는 아주 느렸다.
그리고 이내, 망설이다가 화면을 내밀었다.
"맞아요……. 당연히 기억나죠? 어제는 저에게 정말 특별했어요.
그래서 글로 남겼어요.
근데……. 현서 씨를 제 개인의 소재거리로 쓴 것 같아서 조금 걱정되기도 했어요."

그 글을 읽는 순간, 마음이 먹먹해졌다.

무엇이 쓰여 있었는지는 전부 알 수 없었지만,

그녀가 그 순간을 얼마나 깊게 담아두고 있었는지는

왠지 그대로 전해졌다.

나는 천천히 휴대폰을 들고,

짧은 글을 입력해 다시 화면을 내밀었다.

"글을 정확히 읽지는 못했어요. 그냥……. 무슨 마음인지는 조금 느껴졌어요. 단어만 봐도 따뜻한데, 어딘가 조금 아픈 느낌이었어요."

그녀는 내 문장을 천천히 읽고, 조용히 고개를 끄덕였다.

그리고 한동안, 말없이 내 얼굴을 바라보았다.

그 눈빛에는 말로 설명할 수 없는 무언가가 담겨 있었다.

이내 그녀는 다시 휴대폰을 들었다.

천천히, 그러나 주저 없이 글을 입력하기 시작했다.

글이 완성되자, 그녀는 다시 화면을 내밀었다.

"그렇지만, 받아줬잖아요.

잎사귀들도, 현서 씨도요.

현서 씨는 플라타너스잎 같은 사람 같아요."

나는 그 문장을 천천히 읽었다.

무슨 얘기를 하는지 또렷하게 이해되는 건 아니었지만,

그 문장들이 내게 건네는 온도만큼은 분명하게 느껴졌다.

'받아줬다'는 글······.

그녀가 어떤 감정으로 이 글을 쓴 건지, 전혀 알 수 없는데도······.

그런데도······. 그 문장 속엔 분명히 누군가에게 다가가고 싶었던 마음, 어딘가 기대고 싶었던 마음이 아주 조용하고 간절하게 담겨 있었다.

그녀는 곧이어 다시 손끝을 움직였다.

그리고 이어진 문장을 내게 보여주었다.

"시간이 지나면서 잎사귀들은 떨어지고,

대부분은 지나가는 잎사귀에 관심을 주지 않을지 모르지만,

저 같은 사람을 위로해 주는 그런 사람이 있는 것 같아요.

저는······. 현서 씨가 그런 사람이라고 생각하고 그런 현서 씨가, 참 고맙네요."

그녀의 답은 조용하면서도 단단하게 가슴을 울렸다.

나는 무심코 작게 웃으며 고개를 끄덕였다.

그녀의 글을 이해하기는 여전히 어려웠지만,

그 문장엔 조용하고도 단단한 감정이 담겨 있었고

어딘가 마음 깊숙한 곳을 부드럽게 두드리는 듯한 글이었다.

그녀가 본 내 모습이 정확히 어떤 것인지는 여전히 알 수 없었지만 그녀가 그렇게 나를 봐준다는 사실 하나만으로, 마음 한쪽이 이상하게 따뜻해지는 느낌이었다. 그 감정은 분명 기뻤다.

그러나 동시에, 설명할 수 없는 불안도 함께 따라왔다.

마치, 그녀의 시선 속에서 내가 어떤 사람이어야만 할 것 같고,

혹은 정말 그런 사람이 맞는지 스스로도 확신할 수 없어서일까.

그저, 아주 조용히 가슴 어딘가를 쿡쿡 건드리는 감정이었다.

나는 결국 투박한 한마디만 휴대폰에 입력해 건넬 수밖에 없었다.

"그렇게 봐줘서 고마워요. 하지만 저는……. 그런 사람은 아니에요."

그녀는 잠시 멈칫했다. 찰나의 서운함이 그녀의 얼굴을 스쳐갔고, 이내 억지로 웃는 듯한 표정으로 그 기색을 덮었다.

"그렇군요." 짧은 일본어 대답이었다.

그 뒤로 잠시 침묵이 흐르더니, 그녀가 화면을 들었다.

"현서 씨는 디자이너잖아요?

영감은 주로 어디서 나와요?"

익숙한 질문이었다.

어쩌면 디자이너라면 누구나 한 번쯤 들어봤을 질문.

그러나 그녀가 건넨 그 질문은 나를 또다시 멈춰 서게 만들었다. 나는 알고 있었다. 내 작업의 시작점은 언제나 그리움과 외로움이었다.

무언가를 그리워하는 마음이 커질수록, 외로움은 깊어졌고,

그 외로움이 깊어질수록 내 머릿속은 이상할 정도로 맑아졌다.

그리움과 외로움이 겹쳐질수록, 나는 세상에 없던 것들을 만들 수 있었다. 그렇게라도 하지 않으면

그 마음을 어디에도 둘 수 없었으니까.

나는 천천히 손가락을 움직였다.

"저는 외로움에서 영감을 얻어요. 그리워하는 게 많을수록, 그 마음이 커질수록……. 영감이 또렷하게 떠올라요."

그녀는 내 화면을 조용히 읽고서는 고개를 살짝 기울이며 물었다.

"정말요?"

그러고는 내 휴대폰에 입력을 하더니 보여주었다.

"…… 그럼, 외롭지 않으면 아무것도 안 떠오르는 거예요?"

나는 잠시 말을 잃었다. 질문은 짧았지만, 그 눈빛은 내 속을 들여다보는 것 같았다. 그녀가 원하는 건 단순히 번역 앱을 통한 답이 아니라, 내 마음을 묻고 있는 느낌이었다.

나는 잠시 뜸을 들인 뒤, 다시 조심스럽게 휴대폰 화면을 그녀에게 보여주었다.

"꼭 그런 건 아닌데요……. 억지로 밝은 걸 만들려고 하면, 스스로도 좀……. 마음에 안 들어요. 결국엔 어두운 느낌으로 흘러가게 되고……. 밝은 이미지를 그려도, 사람들이 텅 빈 느낌이 난다고 하더라고요. 공허하대요."

그녀는 화면에 글을 읽고 나를 보며 고개를 끄덕였다.

그 조용한 동의가, 오히려 더 깊게 스며들었다.

그러고는 화면에 조심스럽게 글을 입력했다.

"공허함이라니……. 그건 현서 씨가 일부러 만든 건가요? 아니면, 현서 씨 자신이 그렇게 느끼고 있는 건가요?"
질문은 짧았지만,
그 눈빛 속에는 단순한 호기심 이상의 무언가가 담겨 있었다.
그녀는 정말로 알고 싶어 하는 사람처럼 보였다.
나는 잠시 고민하다가,
천천히 휴대폰을 들어 조심스레 입력을 시작했다.
"저도 잘 모르겠어요. 그냥……. 제 안에 있는 게 그대로 나오는 것 같아요. 저도 모르게……. 아마도 제가 보는 세상 그대로 드러나는 거겠죠."
그녀는 그 문장을 읽고는 우울한 표정을 짓기보다는,
오히려 장난스럽게 웃으며 곧바로 빠르게 휴대폰에 답을 입력하더니 화면을 들어 보여주었다.
"현서 씨, 실례가 안 된다면……. 아니, 실례여도 괜찮을 것 같아요. 저한텐 보여주셨으면 좋겠어요. 제 글도 보셨잖아요? 그럼, 값은 받아야죠."
장난스러운 얘기 같았지만, 나를 쳐다보는 그 눈빛은 진지했다.
마치, 내가 만든 세계를 정말로 보고 싶다는 듯한 눈빛이었다.
나는 잠시 그녀를 바라보았다. 내 작업물을 보여주는 건 단순한 결과물을 공개하는 게 아니었다. 그건— 내 마음속을 그대로 열어 보이는 일이었다. 특히 유카리처럼 글을 쓰는 섬세한 감각을 지닌 사람에게는 더더욱. 하지만 그녀의 시선은 이상하리만치 편안했다.

거절하기엔, 그 요청이 지나치게 다정했고 지나치게 진심이었다.

나는 천천히 다시 휴대폰을 들고 글을 입력했다.

"알겠어요. 근데……. 제 작업 전부를 보여드려도 그 예쁜 글의 값에는 못 미칠 것 같아요. 조금 어두운 작업들이에요.

난해하고……. 실망하실지도 몰라요……. 부끄럽기도 하고요."

그녀는 내가 건넨 글을 읽고는 웃으며 고개를 끄덕였다.

내 휴대폰을 받아 천천히 글을 입력해 내게 보여 주었다.

"저, 현서 씨 작업물에 실망할 사람 아니에요. 저를 아직도 모르나요!"

화면 속 문장은 활기찬 느낌이었지만, 그 안에는 그녀의 기대와 진심이 그대로 담겨 있었다. 그 안에는 내가 만든 세상을 마주할 준비가 되어 있다는 어떤 강한 의지가 느껴졌다.

나는 깊게 숨을 들이마시고, 조심스럽게 휴대폰을 건네받은 뒤, 내가 작업물을 올려둔 SNS 계정으로 들어갔다.

손끝이 약간 떨렸다.

"제 SNS에요."

화면을 조심스럽게 그녀에게 내밀며,

나는 그녀에게 내 작품을 공유하기로 마음먹었다.

그녀는 내 손에서 화면을 받아 들고 조용히 들여다보았다.

화면 속에는 어두운 색조의 포스터, 감정을 시각적으로 쏟아낸 아트워크, 텅 빈 공간 속에서 울리는 듯한 조용한 외침이 담긴 디자인들이 있었다. 한참을 바라보던 그녀는 작은 목소리로 일본어를 조심스럽게 내뱉었다. "이거……. 정말 멋져요."

그건 글자가 아니라, 감정이 먼저 움직인 말이었다.

휴대폰을 들어 번역 앱을 사용하기에는 마음이 너무 앞서 있었고, 그녀는 아마도 이 말만큼은 직접 전하고 싶었던 걸지도 모른다. 그녀의 목소리에는 감탄과 함께 어딘가 슬픈 기운이 묻어 있었다. 마치, 내가 만든 작업 속에서 자신의 감정을 발견한 사람처럼. 나는 그녀의 반응을 조용히 지켜보다가 그녀에게 휴대폰을 건네받고는 입력을 시작했다.

"너무 어둡지 않아요? 보기 좋은 디자인은 아니죠……?"

그녀는 고개를 천천히 저으며, 다시 미소 지었다.

잠시 생각에 잠긴 듯하더니,

휴대폰을 들어 짧게 무언가를 입력하고 내게 화면을 보여주었다.

"아니요. 저한텐……. 이건 어둡지 않아요. 오히려 진짜 감정 같아요. 현서 씨가 보는 세상이 어떤지, 조금은 알 것 같아요."

그녀의 답은 나를 놀라게 했다.

단순한 칭찬을 넘어서—

내가 담으려 했던 무언가를

정말로 이해하고 있는 게 아닐까 싶은 순간이었다.

그게 오히려 더 조심스럽고 낯설게 느껴졌다.

잠시 뜸을 들이다가,

나도 휴대폰에 조심스레 글을 입력해 그녀에게 내밀었다.

"고마워요……. 유카리 씨가 쓴 글과는 전혀 상반된 느낌이죠?"

그녀는 화면을 보고 작게 웃으며 고개를 끄덕였다.

곧바로 짧은 글을 입력해 보여주었다.

"네, 그런 느낌이 있네요. 그래서 더 끌리는 것 같아요."

나는 다시 화면을 바라보다가

잠깐 머뭇거리며 손끝을 움직였다.

"그런가요? 고맙네요. 사실 이런 디자인을 보여주는 게 많이 부끄럽기도 해요." 그녀는 내 문장을 읽고, 입꼬리를 올리며 글을 입력하고는 내게 건넸다.

"부끄러운 감정을 느낄 줄 아는 사람이었군요 현서 씨가요?"

뜻밖의 답에 나는 멍하니 그녀를 바라보다가

작게 숨을 고르며 미소를 짓고 휴대폰에 글을 입력했다.

"그럼요. 사람이라면 누구나 느끼지 않을까요?"

그녀는 고개를 갸웃하더니

장난스러운 표정으로 글을 덧붙였다.

"그럴까요? 저는 현서 씨는 좀 다를 줄 알았어요. 조용하고, 감정을 잘 안 드러내는 사람처럼 보여서요……. 그런데 부끄러움도 느끼고, 그걸 또 이렇게 얘기할 수 있다는 게… 조금 의외네요."

나는 그녀의 글을 보고 잠시 생각에 잠겼다.

정말 나 자신도 모르게 감정을 숨기며 살아온 것 같았다.

나는 천천히 손가락을 움직여 글을 입력했다.

"유카리 씨 얘기처럼······. 뭐라고 표현을 해야할지는 모르겠지만, 제 디자인은 제 감정일까요······? 잘은 모르겠지만······. 이제 와서 부끄러움도, 외로움도······. 어쩌면 그런 것들이 다 녹아 있을지도 모른다는 생각이 드네요······."

그녀는 화면을 응시한 채 한참 동안 말이 없었다.

그러다 천천히, 입가에 잔잔한 미소가 번졌다.

곧이어 내게 문장을 건넸다.

"그렇네요. 현서 씨의 디자인이 그런 걸 담고 있을 수 있겠네요. 부끄러움조차도 특별하게 보일 수 있다니······. 현서 씨는 정말 흥미로운 사람 같아요."

그녀의 대답에, 나는 잠시 말을 잃었다. 그 글속에 담긴 진심이 내가 느끼던 부끄러움조차 누군가에게는 의미 있는 것으로 보일 수 있다는 사실이 어딘가 따뜻하게 다가왔다.

작게 웃으며 답했다.

"기분 좋은 답이네요. 그러고 보니, 유카리 씨는 글을 언제부터 썼어요?"

그녀는 살짝 뜸을 들이며 미소를 지었다. 그리고 휴대폰 화면을 보여주었다.

"글쎄요······. 자세한 기억은 나지 않아요. 그냥 제가 보고 느끼는

무채색

걸 쓰고 싶었고, 오래 간직하고 싶었어요. 그러기에는 글만 한 게 없었고……. 글을 쓰면 세상에 없던 문장이 생긴다는 게 참 좋았거든요."

그녀의 대답은 단순했지만,

그 안에는 글을 사랑하는 사람의 조용한 진심이 담겨 있었다.

나는 고개를 끄덕이며 휴대폰에 천천히 입력했다.

"세상에 없던 문장이라……. 정말 멋진 표현이네요."

그녀의 마음과, 글이라는 행위에 대한 철학이 새삼 놀랍게 느껴졌다.

조금 머뭇거리던 그녀는 이내 다시 문장을 입력했다.

"그리고요……. 가지고 있지 않았던 감정을 생기게 하는 것도, 글이에요."

나는 그 문장을 읽고, 잠시 생각에 잠겨 아무 말 없이 그녀를 바라보았다.

이런 나를 보고 그녀는 살짝 웃으며, 다시 휴대폰을 건넸다.

"현서 씨는……. 책을 뭐라고 생각하세요?"

그 뜻밖의 질문에 나는 잠시 망설이다가,

천천히 손끝을 움직였다.

"음……. 글쎄요. 책은…….

글쎄요, 마음의 양식이라는 얘기는 들어본 것 같네요.

책을 쓰는 분에게는 실례되는 답인가요?"

그녀는 화면을 읽고 작게 웃었다.

그 웃음엔 장난기와 따뜻함이 함께 배어 있었다.

"아니요, 실례라니요.

오히려 그 표현이 재미있게 느껴졌어요.

마음의 양식이라…….

현서 씨에게 책은 진짜 그런 건가요?"

나는 고개를 살짝 기울이며 생각에 잠겼다.

그녀의 질문은 가벼운 듯했지만,

그 안에는 책에 대한 내 마음을 조심스레 묻는 진심이 담겨 있었다.

잠시 후, 나는 조용히 손을 움직였다.

"정말 잘 모르겠네요.

답을……. 알려주실 수 있나요?"

그녀는 잠시 시선을 다른 곳에 두었다가,

손에 쥐고 있던 휴대폰을 살짝 들어 화면을 내밀었다.

"정답은 없어요.

다만 저는 책을……. 마지막 남은 낭만이라고 생각해요.

부끄러운 표현일 수도 있지만,

답을 내놔야만 하는 세상에서

과정만으로도 충분히 아름다울 수 있는 게 글이니까요."

나는 그 글을 읽고 한동안 답을 하지 못했다.

'낭만'이라는 단어를 참 오랜만에 들어보는 것 같았다.

나는 잠시 멍하니 화면을 바라보다가,

천천히 입력을 시작했다.

"낭만이라……. 그렇게 생각해 본 적은 없지만, 듣고 보니 이해가 돼요. 낭만이라는 건……. 조금 잊고 있었던 것 같아요."

그녀는 고개를 조용히 끄덕이며 작게 웃으며 입력된 문장을 건넸다.

"현서 씨도 아마 책에서 낭만을 찾을 수 있을 거예요.

아니면……. 이미 저와는 다른 답을

사실은 찾았을지도 모르죠."

나는 잠시 고민하다가,

무심결에 짧은 단어 하나를 내뱉듯 입력했다.

"양심."

그 단어가 화면에 떠오르는 순간,

조금 당황스러웠다.

속마음이 너무 쉽게 드러나 버린 것 같았다.

그런데 그녀는 눈을 휘둥그레 뜨더니,

곧 환하게 웃었다.

그리고 짧은 문장을 다시 입력해 내게 건넸다.

"양심이라니, 좋네요!

혹시 왜 그렇게 생각하실까요?"

나는 그녀의 반응에 잠깐 머뭇하다가,

천천히 글을 입력해 내려갔다

"유카리 씨 얘기처럼,

지금 사회는 결과만 좋으면

과정은 아무렇지 않아도 괜찮다고 생각하는 세상이잖아요.

모두가 피곤해하고, 상처받고…….

하지만 책은 그런 걸 느낀 사람들이

그런 걸 느낀 사람들에게

조용히 건네는 마지막 희망 같아요."

잠시 손을 멈췄다가, 다시 이어 썼다.

"내용도 없이 결말만 있는 책은 없잖아요.

책은 결국, 과정으로 이루어진 거니까요."

그녀는 화면을 조용히 응시하며

잠시 아무런 반응도 하지 않았고

고개를 살짝 숙인 채,

생각에 잠긴 듯 보였다.

그러다 천천히 시선을 들어 나를 바라보았다.

그리고 아주 부드러운 미소를 머금은 채,

글을 입력해 건넸다.

"현서 씨……. 정말 멋진 생각이네요.

저도 같은 생각을 해요.

그래서 책은……. 단순히 이야기를 적어 보여주는 게 아니라,

그 사람의 마음을 전달하는 거라고 믿어요."

나는 그녀가 쓴 글을 읽고,

작게 숨을 내쉰 뒤 고개를 끄덕였다.

그리고 조심스럽게 손끝을 움직였다.

"맞아요.

그래서 책이 특별한 거겠죠.

요즘은 과정보다 결과가 더 중요하게 여겨지지만,

책은……. 그 과정 자체가 본질이잖아요."

그녀는 환하게 웃으며 고개를 끄덕였다.

그리고 곧 문장을 입력해 내게 보여주었다.

"그렇죠. 현서 씨도 알고 있네요.

그래서 저는 책을 쓸 때,

항상 제 마음을 진솔하게 담으려고 해요.

사람들이 제 글을 읽으며

조금이라도 위로를 받을 수 있다면, 그걸로 충분하니까요."

나는 그녀의 대답을 읽으며

그녀가 왜 글을 쓰는지,

그 마음의 방향을 조금은 이해할 수 있을 것 같았다.

잠시 손을 멈췄다가,

나는 천천히 입력을 시작했다.

"유카리 씨의 글은 분명 훌륭한 글일 거예요.

제가 일본어를 잘하는 편이 아니라서
전부를 이해하진 못했지만…….
띄엄띄엄 눈에 들어온 단어들만으로도
저는 분명한 울림을 느꼈어요.
그 글에서 위로를 받았고요."
조금 더 마음을 담아,
나는 문장을 덧붙였다.
"그 단어들이 하나의 문장으로 엮였을 때,
그 글은 훨씬 더 깊고 좋은 글이었을 거라고…….
저는 그렇게 믿어요."
한참 망설이다가,
조심스럽게 다음 문장을 이어 입력했다.
"그래서 여쭤보고 싶었어요.
왜 그렇게……. 작가라는 사실을 숨기셨는지……."
그녀는 내 글을 읽고는
잠시 말을 잃은 듯 보였다.
눈동자가 아주 살짝 흔들렸다.
그러고는 조용히 숨을 내쉰 뒤,
짧은 문장을 입력했다.
"숨겼다기보다는……. 굳이 얘기할 필요가 없다고 생각했어요.

작가라기보다는 작가 지망생이니까요……. 사람들이 보는 그 시선이 좀…… 두려웠거든요."

나는 천천히 고개를 저었다.

그리고 다시 화면을 바라보며 조심스레 글을 입력했다.

"아뇨,

정말로 그 이유만은 아닐 거라고 생각해요. 실례되는 얘기일 수도 있지만……. 굳이 답하지 않으셔도 괜찮아요.

저는—

그 흔들리는 눈빛을 봤으니까요."

그녀는 화면을 보고는

살짝 당황한 듯 고개를 들었다.

잠깐 나를 바라보다가,

손끝으로 테이블 가장자리를 톡톡 두드렸다.

그러고는 작게 웃으며, 글을 입력했다.

"눈빛이 흔들렸다고요?

현서 씨……. 관찰력이 대단하시네요.

하지만 그건 그냥,

제가 이런 이야기를 잘 안 해서 그래요.

진짜예요."

그녀는 억지로 웃는 듯했지만,

그 눈빛만큼은 여전히 어딘가 복잡해 보였다.

나는 더 캐묻지 않기로 했다.

그녀가 전하고 싶어질 때까지 기다리기로.

"알겠습니다.

더 묻지는 않을게요.

하지만 언젠가……. 고민을 털어놓고 싶어지면,

그때는 언제든 편하게 이야기해 주세요."

그녀는 내 화면을 보고,

천천히 고개를 끄덕였다.

그리고 아주 조용히,

빛이 흐린 유리창에 맺힌 물방울처럼

작은 미소를 지었다.

그 순간, 그녀가 화면에 다시 손을 얹었다.

"현서 씨,

현서 씨는 제가 궁금한가요?"

그녀는 고개를 살짝 기울이며,

장난스러운 듯한 눈빛으로 나를 바라봤다.

하지만 그 안엔 어딘가 단단한 결심이 숨어 있었다.

나는 잠시 망설이다가,

천천히 글을 입력했다.

"네, 안 궁금하다면 거짓말이겠죠,
오늘이 아니면 저는
유카리 씨를 '위로만 해준 사람'으로만 기억할지도 모르거든요.
늘 밝은 얼굴 뒤에 뭔가를 감추고 계신 거,
저는 조금 느껴졌어요.
그러니까 저한테만이라도—
가끔은, 한숨도 쉬고, 사람 욕도 하고,
한풀이도 좀 해보세요.
쌓인 게 많아 보이니까요."
그녀는 그 문장을 읽고
잠시 조용해졌다.
휴대폰을 내려놓고,
손끝으로 테이블 가장자리를 천천히 문질렀다. 그녀의 작은 습관인 듯했다. 이상하게도 그 작은 습관이 어쩐지 조용한 대답처럼 느껴졌다.
잠시 후, 그녀는
깊은숨을 내쉬고 휴대폰에 글을 입력했다.
"현서 씨,
저를 그렇게 생각해 주는 사람이 있다는 게…….
좀 신기하네요. 그것도 어제 만난 사람인데."
조금 더 천천히 이어지는 문장이 도착했다.

"사실, 저도 누군가에게 그런 얘기 한번 해보고 싶었어요.
그런데 항상 웃고 넘기는 게 더 편하더라고요.
제가 나쁜 사람처럼 보이는 건……. 싫으니까요."
그 글을 읽으며 나는 잠시 고민하다가,
조심스럽게 휴대폰 화면에 손가락을 움직였다.
"누구나 나쁜 사람이 될 때가 있어요.
그게 꼭 나쁘다는 뜻은 아니잖아요.
그러니까……. 유카리 씨도 괜찮아요.
저한테는요."
그녀는 고요하게 나를 바라보다가,
작은 한숨을 내쉰 뒤 쥐고 있던 휴대폰을 보며 입력을 시작했다.
잠시 후, 그녀가 화면을 내밀었다.
"그렇게 생각해 줘서 고마워요."
"그럼……. 우선 건배할까요?
술 좀 더 마시면,
어쩌면 정말 뭐가 나올지도 모르니까요."
나는 미소를 지으며 고개를 끄덕였다.
잔을 들고 그녀를 바라봤다.
"좋아요.
그럼, 건배."

잔이 부딪치는 소리는
낯설게 따뜻했다.
그녀는 한 모금 마신 뒤,
장난기 어린 눈빛으로 나를 바라보더니
다시 화면에 손가락을 움직였다.
"현서 씨도 더 마셔요.
제가 무슨 얘기 할지 모를 테니까요.
미리 대비하는 게 좋을걸요?"
나는 잔을 내려놓으며 가볍게 웃었다.
그리고 천천히 입력했다.
"괜찮겠어요?
저, 꽤 술 잘 마시는 편인데요."
그녀는 익숙한 듯 웃으며
재빠르게 다시 글을 입력했다.
곧 화면에 짧은 문장이 떠올랐다.
"어제 보니까 저랑 별 차이 없던데요?"
나는 피식 웃으며 덧붙였다.
"그럼 오늘 제가 이기면,
들을 얘기가 아주 많아지겠네요."
그녀는 잔을 천천히 돌리며

조용히 나를 바라보다가,
문득 낮은 톤으로 묻듯 글을 입력하기 시작했다.
"있잖아요, 현서 씨.
죽을 만큼 노력했는데…….
안 됐던 적 있어요?"
나는 잔을 내려놓고
곧바로 글을 입력했다.
"당연하죠.
누구나 그런 순간 있잖아요.
특히……. 저희 같은 사람들은, 더 자주 그렇고요."
그녀는 고개를 천천히 끄덕이며
내게 다시 화면을 내밀었다.
"그게 언제였어요?"
나는 잠시 고민하다가,
천천히 글을 이어갔다.
"지금이요.
그래서…….
저는 이곳으로 도피를 한 거니까요.
내일 다시 돌아가야 하지만."
그녀는 내 글을 읽고는

잔을 내려놓은 채 한동안 아무 말이 없었다.

테이블 가장자리를 천천히 문지르며

휴대폰을 들었다가 놓았다가를 반복했다.

그리고 나서야

조용히 글을 입력했다.

"그렇군요…….

저도 비슷해요.

사실은 저도 도피한 거예요.

그런데, 도망쳐도 문제는 그대로 따라오더라고요.

그게……. 제일 무서운 점이었어요."

잠시 숨을 고른 뒤,

그녀는 글을 이어갔다.

"그래서 그곳에서

그 사람을 기다렸어요.

차버렸던 사람.

그 후 터놓고 말하진 못해도…….

누군가에게 위로받고 싶었으니까요."

나는 천천히 잔을 내려놓고

그녀의 얼굴을 바라봤다.

표정은 담담했지만,

그 안에는 외로움과 작은 불안이 섞여 있었다.

잠시 망설였지만,

이 순간만큼은 피하지 않기로 했다.

"역시 유카리 씨도…….

늘 밝을 수는 없죠.

지금 그 표정,

솔직해서 오히려 더 보기 좋아요.

밝게만 웃고 있는 것보다,

힘들면 힘들다고 하는 그 얼굴이요.

무례한 얘기일지도 모르지만……."

그녀는 내 글을 읽고

잠시 고개를 숙였다.

그러고는 아주 조용히,

부드럽고 약간은 쓸쓸한 미소를 지었다.

곧 짧은 문장을 보여주었다.

"그렇게 얘기해 주는 사람은 처음이에요.

무례하다니요,

오히려 고맙네요. 정말로."

그녀의 미소는 여전히 약간 흔들리고 있었지만,

그 안엔 작고 단단한 따뜻함이 있었다.

잠시 후, 그녀는 다시 입력했다.
"현서 씨도 그래요.
내내 어두운 표정만 짓던 사람이
지금은 얼굴이 훨씬 밝아졌어요.
그 모습이 저는 더 보기 좋아요."
그 답을 읽은 나는
잠시 멍해졌다.
'내 얼굴이 밝아졌다고······?'
스스로는 전혀 몰랐던 변화였다.
나는 천천히 글을 입력했다.
"그래요?
저도 몰랐네요.
유카리 씨 덕분인가 봐요.
이렇게 웃어본 게······.
얼마 만인지 모르겠어요."
그녀는 고개를 끄덕이며 조용히 웃고는 휴대폰에 글을 입력했다.
"현서 씨한테는······. 얘기할 수 있을 것 같아요."
그녀의 표정은 밝았지만, 눈빛에는 어딘가 결심이 서린 듯한 기운이 느껴졌다.
마치 오래 품고 있던 이야기를 꺼낼 준비를 마친 사람처럼 보였다.

그녀는 무언가 결심을 한 듯 휴대폰을 들었다.

신중하게 한 글자 한 글자를 입력해 내려갔다.

의도가 잘못 전달되면 안 된다는 듯, 자주 화면을 확인하며 수정을 거듭했다.

나는 조용히 그녀를 바라보며 기다렸다.

그녀의 손끝이 조금씩 떨리는 것을 보고,

이 순간이 그녀에게 얼마나 중요한지 짐작할 수 있었다.

마침내 그녀는 휴대폰 화면을 내밀었다.

짧은 문장이었지만, 그 무게는 결코 가볍지 않았다.

"사실 저는…… 계속 글을 쓰는 게 두려워요.

그냥…… 지망생일 뿐이니까요. 정말 작가가 될 수 있을까, 막연한 생각뿐이에요. 글이 저를 구해줬지만, 동시에 저를 갇히게 만들었거든요."

나는 그녀의 답을 읽고 천천히 고개를 들었다.

그녀는 잔을 들고 조용히 나를 바라보고 있었다.

표정은 담담했지만, 그 안에는 오래된 갈등과 아픔이 서려 있었다.

그녀는 한숨을 내쉰 뒤, 다시 입력을 시작했다.

"정말 정말 열심히 썼어요.

제 모든 걸 담아서 이번에는 되겠지,

이번에는 내 원고를 채택해 주겠지…….

그렇게 꿈에 부풀며 열심히 기대했어요.

하지만 연락은 오지 않았어요.

부모님을 포함한 주변 사람들은 저에게

현실을 살아가라고 말하네요.

그럴 때마다 저 자신이 초라해지는 기분이 들지만,

그래도 글을 놓을 수 없었어요.

글을 쓰지 않으면……. 제가 더 이상 저 같지 않으니까요."

나는 그녀가 보여준 화면을 보며 천천히 숨을 들이마셨다.

휴대폰을 내려놓은 그녀의 손끝이 살짝 떨리고 있는 것이 보였다.

그녀가 이 고백을 꺼내기까지 얼마나 많은 시간이 걸렸을지, 짐작할 수 있었다.

나는 조심스럽게 손을 움직였다.

"힘든 시간을 보냈겠어요.

그런데도 그런 밝은 모습을 유지한 이유가 무엇인가요?

유카리 씨 본인이 무너지면서까지

애써 웃는 이유랄까요……?"

그녀는 내 글을 읽고 잔을 내려놓았다.

잠시 눈을 감고 생각에 잠긴 듯했다.

테이블을 문지르던 손끝이 미세하게 떨리고 있었다.

이내 그녀는 다시 휴대폰에 글을 입력하기 시작했다.

한 글자 한 글자, 조심스럽게.

"늘 그렇게 밝은 모습을 보여야
미움받지 않을 거라고 생각했어요.
혼자 무수히 많은 시간을 글을 써가며 보내면서⋯⋯.
지인들이 저를 떠나지 않길 바랐거든요.
글을 쓰는 저를 응원해 주길 바라면서⋯⋯."
나는 조용히 답을 입력했다.
"그렇게 노력했던 건 정말 대단한 일이에요.
하지만 그 밝음이 오히려
유카리 씨를 더 힘들게 했을지도 모르겠어요.
지금, 그 지인들은 정말
유카리 씨의 글을 응원하고 계신가요?
아니면⋯⋯. 이제 그만두라고만 하시나요?"
그녀는 고개를 살짝 숙였다.
손끝이 잔을 밀어내며 작게 떨렸다.
곧 화면에 문장이 올라왔다.
"아니요⋯⋯.
이제는 아무도 제 글을 응원하지 않아요.
처음에는 다들 좋아해 줬지만,
지금은 그만두라고 말하는 사람이 더 많아요.
현실을 살아야 한다고요."

그녀의 답은 생각보다 담담했지만,

그 안에는 깊은 무력감과 외로움이 담겨 있었다.

나는 조심스럽게 입력했다.

"그래요, 현실을 살아요."

그녀는 그 문장을 읽고 잠시 멍해졌다가,

슬픈 표정을 지으며 다시 화면을 내밀었다.

"역시……. 현서 씨도 그렇게 생각하시는군요."

나는 곧바로 입력을 이어갔다.

"아니요. 한국에는요……. 한국어는 끝까지 들어야 한다는 말이 있어요.

아, 여기선 읽어야 한다고 해야겠네요.

뭐, 어차피 일본어로 번역되긴 하겠지만요."

그녀가 의아한 표정으로 내 화면을 읽자,

나는 곧장 다음 문장을 덧붙였다.

"현실을 살아야죠.

하지만 그 안에서도

유카리 씨는 글을 계속 써야 한다고 생각해요.

당신을 응원해 주는 사람들이

어딘가엔 분명히 있을 거예요.

그리고, 설령 아무도 응원하지 않더라도…….

당신 자신을 위해서, 계속 써야 해요.

지금까지…….

글이 당신을 지켜줬던 것처럼요."

나는 마지막 문장을 천천히 덧붙였다.

"그런데 가만히 생각해 보면요……."

고개를 들어 그녀를 바라보며,

조심스럽게 글을 마저 이어갔다.

"어쩌면…….

유카리 씨의 현실은,

이미 유카리 씨 글 안에 있는 게 아닐까요?"

그녀는 화면을 조용히 바라보다가,

잠시 멈춰 섰다.

표정에는 당혹감과 함께 희미한 흔들림이 스쳐 지나갔다.

천천히 숨을 들이쉬고, 잔을 손끝으로 살짝 밀어내며 조용히 생각에 잠긴 듯했다.

나는 그녀를 바라보며 조심스레 답을 더 이어갔다.

"끝까지 지켜주세요.

그러면 글도 언젠가 당신을 지켜줄 날이 올 거예요.

다른 사람은 몰라도,

저는 응원하고 있을 거니까요."

그녀의 눈빛이 흔들렸다.

작은 한숨과 함께 잔을 들었다가 조용히 내려놓았다.

나는 마지막 문장을 덧붙였다.

"당신 글을 믿어봐요.

유카리 씨를 응원하는 사람이 벌써 둘이나 있어요.

유카리 씨, 그리고 저."

그녀는 내 글을 읽고 한참 동안 아무 말 없이 나를 바라보았다.

그러고는 이내 작게 웃으며, 고개를 천천히 끄덕였다.

"현서 씨……. 정말 이상한 사람이네요.

하지만……. 고맙습니다."

그 글이 어쩐지 오래 남았다.

나는 천천히 다시 손을 움직이며 답을 입력했다.

생각보다 마음이 차분했다.

내가 이런 얘기를 하게 될 줄은 몰랐지만—

그녀에게, 그리고 어쩌면 나 자신에게도

꼭 필요한 하나의 답이라는 생각이 들었다.

"아뇨, 고마워할 일 아니에요.

저도 이렇게까지 얘기할 수 있다는 게 놀라워요. 사실, 저도 비슷한 상황이라……

마치 스스로에게 건네는 말 같기도 했거든요.

당신을 진심으로 응원해요."

그녀는 조용히 내 문장을 읽고는
잠시 눈을 깜빡이며 나를 바라보았다.
그리고 천천히 고개를 끄덕이며 미소를 지었다.
그 미소는 부드럽고,
조금은 쓸쓸한 여운을 남기고 있었다.
그리고—
잠시 망설이던 그녀가 고개를 살짝 기울이며,
다시 화면에 짧은 문장을 올렸다.
"현서 씨는…….
어떤 일이 있었는지 자세하게 얘기해 주시지 않으려나요?"
유카리는 갑작스럽게 눈을 반짝이며 화면을 내밀었다.
나는 가볍게 웃으며 천천히 글을 입력했다.
"얘기해 드려야죠, 당연히."
그녀는 화면을 읽고는 작게 웃으며
손을 턱에 괴고 나를 바라봤다.
"얘기해 봐요.
나도 힘내라고 좀 해주게요."
그 화면을 보고 나는 깊은 생각에 잠겼다.
어디서부터 이야기를 시작해야 할까.
가볍게 웃어 보이려 했지만,

속에서는 묘한 긴장감이 피어올랐다.

어떻게 전해도 그녀가 내 마음을

온전히 이해하긴 어렵겠지.

하지만, 그렇다고 숨길 수도 없었다.

나는 잠시 눈을 감았다.

그리고—

그날의 기억이 천천히 떠올랐다.

그 뜨거운 여름에도 차가워지는 공기, 코끝을 스치는 싸늘한 에어컨 바람, 그리고 그날 나를 두 번 죽인 사람의 목소리까지-

2

지난 초겨울, 다니던 직장에서 잘렸다.

정확히 말하면, 내가 속한 부서가 해체되었다. 망했다는 표현이 더 맞을지도 모른다. 그런데도 나는 그때 기뻐했던 걸로 기억한다.

배우고 싶은 게 있었다. 단순한 이미지 디자인이 아니라, 영상 디자인까지 다뤄보고 싶었다. 하지만 회사에 다니느라 시간에 쫓겨 그 바람을 계속 미뤄야만 했다. 그러다 회사가 망하면서 실업급여를 받으며 학원을 다닐 기회가 생겼다. 어쩌면, 이런 결과를 바라고 있었던 걸지도 모른다.

그날, 눈이 유난히 많이 내렸다. 거리 곳곳이 하얗게 덮였다. 놀기만 해도 좋았지만, 졸업을 앞둔 고등학생처럼 막연한 아쉬움이 남아 있었다.

한때 무용을 했던 나는, 멈춰 있는 이미지를 보는 것보다 움직임 속에 담긴 이야기를 더 좋아했다. 하지만 다친 다리는 무용을 영원히 멀게 만들었다. 더 이상 무대를 설 수 없는 내가, 작은 컴퓨터 화면 속이지만 움직이는 무언가를 더 선호하게 된 건 어쩌면 당연한 일이었을지도 모른다. 영상 속의 끝없는 흐름은 내가 잃어버린 무언가를 대체해 주는 듯했다.

뭐, 크게 중요한 이야기는 아니다. 단지 과거의 영광과 자잘한 추억들, 그런 유치한 감정이었을 뿐이다. 아무튼 나는 그렇게 학원을 다녔다.

더 많은 돈을 벌기 위해서도, 더 좋은 회사에 가기 위해서도 아니었다. 그저 내가 하고 싶은 걸 하고 싶었고, 여러 가지를 알게 된다면 좋겠다는 이유였다.

1월의 차가운 공기 속에서 시작한 학원 생활은 어느덧 7월의 뜨거운 햇살 속으로 이어졌다. 낯을 가리는 내가 굳이 인간관계를 더 늘릴 필요는 없었기에, 혼자 점심을 먹으며 버텨냈다. 그렇게 나는, 짧지만 긴 7개월을 보냈다.

본격적인 취업 활동을 시작했다.

누구에게나 취업은 끝이 없는 싸움일 테지만, 나에게는 그 싸움이 유독 더 가혹하게 느껴졌다.

특히 디자이너인 나는 단순히 경력과 포트폴리오만이 아니라, 내 감각과 철학까지 평가받아야 했다. 상업적인 디자인을 싫어했던 나는, 당연히 아트 디자인으로 포트폴리오를 채웠다. 그 결과는 뻔했다. 대부분의 회사가 기피했다. 하지만 알량한 자존심 때문이었을까? 아니면 평생 예술을 동경해 온 내가 나를 부정하는 것 같아서였을까? 나는 끝까지 아트 디자인을 고집했다.

그렇게 나는 싸우고 있었다. 아니, 사실은 지쳐가고 있었다.

불경기 속 이어지는 취업난, 서류 탈락, 간신히 통과한 면접에서도 탈락. 그리고 모아둔 돈은 점점 끝을 향해 갔고, 마음은 점점 더 조급해졌다.

어느새 밤이 와도 잠이 오지 않았다. 새벽까지 화면을 바라보며, 나 자신과 싸우고 또 싸우고 있었다. 하지만 그 싸움이 전부 외롭지만은 않았다.

내 곁에는 나를 믿어주고 지지해 주는 여자 친구가 있었다. "밥은 먹었어?", "잠은 좀 잘 자고 있어?" 하루하루 나를 걱정하고 챙겨주는 그녀의 말은, 무더운 여름날의 그늘처럼 나를 잠시나마 쉬게 했다. 그녀가 있었기에, 나는 무너질 듯하면서도 끝끝내 버틸 수 있었다.

그렇게 뜨거운 여름은 8월 중순에 이르러 절정에 다다랐다. 머리 위로는 뜨겁게 내리쬐는 태양이 모든 것을 삼킬 듯했지만, 나는 여전히 취업이라는 또 다른 싸움 속에 있었다. 몇몇 회사에서 합격 통보를 받고 출근했지만, 업무가 맞지 않는다는 이유로, 체계가 없다는 이유로, 혹은 내가 이런 곳을 다니려고 공부를 한 게 아니었다는 어리석고도 어린 마음으로 결국 모든 걸 포기하고 다시 길 위에 섰다.

그러던 어느 날이었다.

기적처럼, 내가 간절히 원하고 바라던 회사에서 합격 통보를 받았다. 꿈에서나 그리던 그곳이었다.

그 소식을 그녀에게 전했을 때, 그녀는 나만큼이나 기뻐하며 환히 웃었다. 그 순간, 그녀의 미소는 그동안의 모든 실패와 좌절을 위로해 주는 듯했다.

출근 첫날, 나는 회사의 기본적인 교육을 받았다. 하지만 교육 내용은 귀에 들어오지 않았다. 오랜 기다림 끝에 찾아온 이 자리가 진짜 나의 무대인지, 아니면 또다시 잠깐의 오아시스에 불과한지 알 수 없었다. 그럼에도 나는 기대와 불안이 뒤섞인 감정을 안고 묵묵히 그 하루를 시작했다.

첫날은 어느 회사나 그렇듯 무난했다. 낯선 자리와 새로운 얼굴들 속에서, 나는 드디어 다시 사회인의 자리로 돌아왔다는 안도감을 느꼈다. 작은 기쁨이 마음 한편에 스며들었다.

둘째 날이 되자, 실질적인 업무 지시가 내려오기 시작했다.

"이 파일, 오늘 안으로 작업해 주세요."

책상 위에 놓인 서류 대신 컴퓨터 화면에 띄워진 수많은 파일들이, 마치 나를 시험이라도 하려는 듯 줄지어 있었다.

내 눈은 한 파일의 이름에 멈췄다.

RGB_Final_000.psd

'000……?' 그 이름이 단순한 파일 이름인지, 아니면 어딘가 나를 비꼬는 것 같은 우연의 장난인지 알 수 없었다. 하지만 파일을 열어본 순간, 나는 그 속에 펼쳐진 이미지의 구조와 색감에 압도당했다.

나는 경력직으로 입사했으니, 이 정도는 당연하다고 생각했다.

처음 맡아보는 프로젝트라 어딘가 서툴렀지만, 솔직히 말하자면 나는 일을 꽤 잘하는 편이다. (자랑 같을 수 있겠지만, 정말이다.) 색 보정, 레이아웃 조정, 세밀한 디테일 수정에 손이 익어가며 점차 파일 속 디자인이 나의 손끝에서 살아났다.

하지만 마음 한편에서는 작고 낯선 불안감이 고개를 들고 있었다.

'RGB……. 빨강, 초록, 파랑. 모든 색을 만들어내는 완전한 기본 요소지만, 어째서 이 이름이 나를 이렇게 불안하게 만들까? 이 회사는 정말 내가 찾던 곳일까? 이번엔 정말 괜찮을까?' 스스로 쓸데없는 생각을 하며 나는 잠시 멈추고 파일 이름을 다시 바라봤다.

그 이름은 마치 새로운 시작을 예고하는 듯 보였다. 그렇기에 그 이름이 정말로 'Final'일지는, 여전히 알 수 없었다.

나는 고개를 저으며 다시 작업에 집중했다. 불안을 밀어내며 묵묵히 손끝에 힘을 주었다. 지금은 그저, 내가 할 수 있는 것을 할 뿐이었다.

결과는 정말 좋았다. 팀장님은 크게 칭찬을 해주었다.

"역시 아트워크를 했던 사람이라 그런가 특별하면서도 좋은 결과물이네요. 고생했어요."

그 순간의 행복은 말로 다 표현하기 어려웠다. 나는 하루 종일 주변 사람들에게 자랑했다.

"이번 회사 정말 사람도 좋고 일도 괜찮네. 첫날부터 칭찬받았어."

아이처럼 떠들었다.

그날 밤만큼은 오랜만에 푹 잘 수 있을 것 같았다.

다음 날은 많은 업무가 나에게 전달되었다.

"이 작업은 오늘 안으로 완료 부탁드립니다."

그날도 문제없이 업무를 처리했다. 나는 스스로가 대견하기까지 했다. 그렇게 무사히 퇴근길에 오르며 엘리베이터를 탔다.

퇴근길이라 엘리베이터 안은 사람들로 꽉 차 있었다. 내 바로 앞에는 선임과 파트장이 서 있었다. 둘은 잘 어울려 다니는 모습이었기에 자연스러웠다.

엘리베이터 문이 닫히고, 우리는 같은 출구를 향했다.

그 순간, 듣지 말아야 할 소리가 들려왔다.

"웬……. 고아놈이 들어와서 일을 다 가져가잖아. 눈치도 없고 성과금도 물 건너갔겠네."

천 마리의 까마귀 떼가 귀를 찢으며 울부짖는 것 같았다. 아니, 그것은 바늘이 귀를 관통해 심장을 찌르는 듯한 통증이었다.

나는 숨을 멈췄다. 좁은 공간 안에서, 사람들은 각자 앞만 보고 있었지만, 나만이 그 말의 무게를 온전히 느끼고 있었다.

애써 부정하고 싶었던 말이었다.

나는 10년 전, 어머니와 아버지가 합의하에 이혼하셨다.

그 후 나와 남동생, 여동생은 자연스럽게 아버지의 호적에 올라갔다. 하지만 어머니와의 왕래는 꾸준히 이어졌다.

2년 전, 아버지가 돌아가셨다.

가장 가슴을 파고들었던 것은 아버지가 돌아가신 슬픔이 아니었다.

동생들이 나를 지켜보고 있었다. 그리고 이혼 후 의지할 곳이 없었던 어머니가 나만 바라보고 있다는 것을, 나는 너무나도 잘 알고 있었다. 그래서 아버지가 떠나셨을 때조차 나는 눈물 한 방울 흘릴 수 없었다.

그런 내가 너무 스스로가 불쌍했던……. 그런 슬픔이었던 거 같다.

아버지가 남긴 사업은 빚투성이였다. 그 무게는 고스란히 우리 삼 남매의 몫이 되었다.

동생들이 어렸다. 나는 이미 다 커버렸고.

닥치는 대로 일을 해야 했다. 가진 재능, 능력, 체력 내가 가진 모든 것을 쏟아부어야 했다. 주위 사람들에게는 애써 밝은 척을 해야 했다.

서류상에 찍힌 '고아'라는 딱지가 내게 붙었지만, 나는 그것이 무색할 정도로 모든 것을 증명해야만 했다. 세상에 맞서, 내 자리를 만들기 위해. 그렇기에, 나는 능력을 키웠다. 누구도 나를 무시할 수 없게.

어릴 때 촉망받던 무용수, 이제 그딴 과거는 아무런 의미가 없었다.

무용은 나를 떠났고, 나는 다른 것을 얻기 위해 달려왔다. 결과는? 그저 '일 잘하는 사원'이었다. 그저라는 말이 아니겠다. 회사원이 가질 수 있는 최고의 타이틀이었다.

하지만 그 타이틀을 준 회사는 이미 망해버렸고, 새로 들어온 이 회사에서는 이런 말을 듣고 있다.

파트장은 내 면접관 중 한 명이었다. 그리고 파트장의 입사 동기는 인사과 파트장이었다.

내 가정사를 모르는 게 오히려 이상할 정도였다.

대학 재학 시절부터 찍혀 있던 회사 이력.

가족관계증명서에 선명히 드러난 빈칸들.

그 모든 기록이 나를 '고아'로 정의하고 있었다.

그 말을 들어버린 출구 앞에서 나는 멈춰 섰다. 화를 낼 자신감도 없었다. 말할 용기도 없었다. 그대로 고개를 들어 하늘을 아니, 천장을 바라봤다. 높고 차가운 형광등의 불빛이 눈에 스쳤다. 아무리 노력해도 닿지 않을 높이에서 나를 내려다보고 있는 듯했다.

나는 속으로 외쳤다.

'하늘이 안 보여, 보는 것조차 허락되지가 않네. 슬프다.'

그날, 나는 인사과에 간략히 그날의 일을 전한 뒤 퇴사를 결심했다.

그렇게 모든 걸 내려놓았다고 생각했지만, 문제는 그때부터였다.

퇴사 후, 우울증이 찾아왔다.

수면제를 아무리 들이부어도 잠이 오지 않았다.

잠이 든다 해도 일어나는 게 싫어서 수면제를 입에 통째로 집어넣은 적도 있다. 괜히 응급실에 실려 가 속만 안 좋았다.

디자인은 점점 어두워지고 심오해졌다. 내 작업물은 더 이상 누군가를 위한 것이 아니었다.

마치 나 스스로를 묻어버리는 관 속의 마지막 조각처럼 보였다.

새로운 회사를 찾으려 노력했지만, 면접이 끝나면 화장실로 뛰어가 구토를 하곤 했다.

간신히 입사한 회사들에서도 사람들의 시선을 마주하지 못했다. 책상 위의 서류와 모니터 화면만 바라보며, 나는 점점 더 깊은 구멍 속으로 빠져들었다. 결국 몇 주를 버티지 못하고 퇴사를 반복했다.

그렇게 무너져가던 어느 날, 믿었던 그녀에게 전화를 걸며 털어놓았다.

"내가 잘못한 걸까? 아니면 그냥⋯⋯. 내가 그런 사람인 걸까?"

그녀는 잠시 침묵하다가, 나를 바라보며 차갑게 말했다.

"그런 소리를 들었던 건 스스로한테 문제가 있었던 거겠지. 정신 좀 차려. 한심하게."

그 순간, 그녀의 말은 마치 칼날처럼 내 가슴을 찔렀다.

믿었던 사람에게조차 인정받지 못한다는 사실이 나를 더 깊은 어둠으로 밀어 넣었다.

그 상태로도 나는 말을 침착하게 이어가려 했다. 아니, 이어가고 싶었을지도 모른다.

"있잖아⋯⋯. 그래도 그런 말은 나한테는 하지 않아도 되지 않았을까?"

내 목소리는 떨리고 있었다.

하지만 그녀는 아무렇지도 않게 대답했다.

"피곤해. 나 먼저 잘게."

"조금만 더⋯⋯. 잠깐 전화하면 안⋯⋯."

뚝.

전화를 끊는 소리가 그렇게 날카롭게 들릴 줄은 몰랐다.

나는 휴대폰을 바라보며, 조용히 몇 마디를 남겼다.

"잘 지내."

"미안해."

"역시 내가 회사도 못 다니는 이런 상황에서 너를 붙잡을 수는 없을 것 같아. 너의 소중한 시간을 너 자신에게 써. 나 같은 사람에게 허비하지 말고."

그녀는 다음날 다른 남자와 여행을 떠났다. 이별이 슬픈 건 아니었다. 이번에도 내가 찾던 사람이 아니었다.

그리고 내가 해온 모든 것들이 나를 조금씩 갉아먹는 것이 아니라, 갑작스럽게 무너뜨리려는 듯한 폭력적인 힘으로 나를 덮친다는 사실이 괴로웠다.

나는 마음에 벽을 쌓았다. 문을 닫고, 커튼을 친 채로. 푸르러야 했을 올해의 여름은 내게는 보이지 않았다.

매미 소리는 멀게만 들렸고, 커튼 틈 사이로 비치는 햇살은 차가운 칼날처럼 나를 스쳐 갔다.

창밖의 여름은 여전히 생동감으로 가득했지만, 그 모든 것은 나와 상관없는 세계처럼 느껴졌다.

온 세상은 꺼진 화면 같았고, 내 안의 시간은 끝도 없이 멈춰 있었다.

그 끝에서, 나는 더 이상 이 방 안에 남아 있을 수도 없었다.

고립된 시간은 나를 잠식했고, 숨을 쉴수록 가슴속의 공허함과 끝없이 부풀어 오르는 허무함은 더 이상 견딜 수 없는 무게가 되었다.

멈춰 있던 시간을 움직이기 위해 내가 선택한 것은, 다름 아닌 '도피'였다.

하지만 그 선택조차 내 의지가 아닌, 어쩔 수 없이 밀려난 마지막 길처럼 느껴졌다.

그곳에 무엇이 기다릴지조차 알 수 없었고, 사실 더 이상 기대하지도 않았다.

'도피'라는 단어는, 비어 있는 캔버스 위에 그어진 마지막 선이었는지도 모른다. 그 선은 방향도 없었고, 의미를 찾으려는 노력조차 사치처럼 느껴졌다. 하지만 그조차 내게 남은 유일한 선택이었다.

모든 것을 무채색으로 보고 싶었고, 결국 그렇게 보이기 시작했다.

이 사회도 사람도 이제는 싫고 믿을 수 없게 되었다.

검은 여름……. 그래, 검은 여름이었다.

3

손가락이 아플 정도로 휴대폰 번역 앱에 글을 입력했다.

그녀에게 전하려는 내 얘기가 제대로 전달되길 바라는 마음으로,

하나하나 신중히 단어를 골랐다.

그런데, 훌쩍이는 소리가 들려왔다.

"울어요? 미안해요. 울릴 생각은 아니었어요.

그리고 '나는 불쌍한 사람이에요'라는 건 더 아니었어요."

내가 보낸 글을 읽은 그녀는 천천히 고개를 숙였다.

눈물을 닦아내는 모습이 선명하게 보였다.

계속 눈가를 훔치는 그녀를 보며,

나는 괜히 답답한 기분이 들었다.

그녀가 궁금하다고 해서 꺼낸 이야기였을 뿐인데,

일본어로 제대로 전하지 못하는 현실이 참 씁쓸했다.

무지의 죄는 이런 걸까?

나는 다시 조심스럽게 글을 입력해 화면을 내밀었다.

"술 먹고 울면 아마도 평생 흑역사로 남을 거예요."

그녀는 글을 읽고 울다 말고 피식 웃음을 터뜨렸다.

그 웃음은 짧고 어색했지만, 그 순간만큼은 눈물이 조금 잦아드는 듯했다.

그녀는 눈물을 닦고는 휴대폰을 들고 입력을 시작했고

잠시 후, 그녀가 화면을 내밀었다.

"너무 속상하잖아요. 슬프고……. 우린 아직 너무 어려요……."

나는 짧게 숨을 고른 뒤, 천천히 입력해 답장을 입력했다.

"그런가요? 어리다, 서툴다……. 그러게요. 그렇네요."

나는 잠시 생각에 잠긴 뒤, 다시 휴대폰에 손을 얹고 입력을 이어갔다.

"그렇다고 해서 멈춰 있을 수는 없어요. 저는 한국 사람이니까요. 한국에서는 계속 남들과 경쟁하며 살아가야 하거든요. 물론 일본도 비슷하겠지만요. 제가 잘 몰라서 그런 걸 수도 있지만, 멈추면 진다고 생각해요. 도태되는 거죠. 그리고 저는 이미 저버린 거겠지만……."

내가 입력을 마치자, 그녀는 천천히 화면을 읽었다.

그녀의 눈빛에는 단순한 동의 이상의 무언가가 담겨 있었다.

잠시 후, 그녀는 고개를 끄덕이고 다시 휴대폰을 들었다.

몇 번이나 입력을 고쳐가며 조심스럽게 문장을 완성한 뒤, 화면을 내밀었다.

"저버린 거겠다라……. 슬픈 표현이네요."

그녀는 화면을 보여주며, 잔잔한 미소를 지었다.

그리고 조금 더 긴 문장을 조심스럽게 덧붙였다.

"하지만 그런 현서 씨를 불쌍하다고 생각하지는 않을게요. 제가 불쌍하다고 하면, 현서 씨는 정말로 패배자가 되는 거잖아요.

저는 그렇게 생각하지 않아요."

말하지 못한 울음이 눈가에 조용히 내려앉았다.

한국에서 수없이 형식적인 위로를 받아왔지만,

이런 표현은 들어본 적이 없었다.

짧은 글이었지만, 그 어떤 위로보다도 마음 깊은 곳에 닿았다.

아픈 흉터에 약을 바르거나 치료를 강요하는 것이 아니라,

그저 따뜻한 손길로 흉터를 감싸주는 느낌이었다.

그녀의 문장은 그렇게 나를 어루만졌다.

나는 천천히 입력한 글을 건넸다.

"그렇게 얘기해 줘서 고마워요."

그러자 그녀가 짧은 문장을 입력해 보여주었다.

"끝……? 끝이에요? 열심히 위로한 건데!"

나는 그 글을 보고 피식 웃음을 터뜨렸다.

다시 휴대폰을 입력하며 건넸다.

"아, 미안해요. 정말 고마워요, 진심으로.

제가 감정 표현이 서투르기도 하고……. 여러 생각이 드네요."

그녀는 그 글을 읽고는 장난스러운 눈빛으로 글을 입력해 건넸다.

"그럼 더 솔직히 표현해 봐요.

여기선 아무도 신경 안 쓰니까요."

그 글은 가볍게 건네는 농담 같았지만,

어쩐지 깊은 울림이 있었다.

나는 희미하게 웃으며 천천히 입력했다.

"조금만 더……. 시간이 조금만 더 지나면요.

제가 그렇게 쉽게 마음을 드러내는 사람은 아니라서요……."

그녀는 휴대폰 화면을 조용히 내려다보며, 문장을 천천히 읽었다.

그러다 고개를 들고, 짧은 숨을 내쉰 뒤 일본어로 말했다.

"그래요. 그럼! 그렇게라도 해요!"

나는 그런 그녀를 한동안 바라보다가,

다시 고개를 숙이고 조심스럽게 입력을 이어갔다.

"네, 꼭 얘기할게요.

우리가 함께할 수 있는 시간이 많지는 않겠지만……."

그녀는 내 글을 읽고 난 뒤 화면을 그대로 응시한 채 잠시 동안 반응이 없었다.

그러다 천천히 고개를 숙여 휴대폰에 글을 입력한 후 내게 화면을 보여주었다.

그 눈빛에는 짧은 슬픔과 묘한 따뜻함이 동시에 깃들어 있었다.

"이번이 마지막이 아닐 수도 있는 거죠? 그런 거라면 슬플 것 같아요"
"그런가요……. 정말 마지막이 아니면 좋겠네요."
나는 그렇게 휴대폰을 통해 대답했지만,
어렴풋이 느끼고 있었다.
이번이 현실적으로 마지막이라는 것을.
이런 만남은 흔하지 않으니까.
마치 한여름의 소나기처럼,
지나가면 다시는 만날 수 없을지도 모른다는 예감이
자꾸만 가슴을 건드렸다.
그렇기에, 이 순간이 더욱 소중하게 느껴졌다.
'아리다.
마음이 아리고도 너무 아려,
숨이 막힐 정도로 고통스러워.'
약으로는 치료할 수 없는,
그저 가만히 견뎌야만 하는 통증.
오늘이 지나고, 내가 귀국하면
우리는 각자의 세계로 돌아갈 것이다.
흘러가는 대로 살아가면서,
서로를 기억에서 점점 희미하게 밀어내겠지.
마치 손끝에서 놓친 모래알처럼—

한 번 떨어지면, 다시는 주울 수 없는.

시간이 지나면

그녀의 웃음소리와 말투도

서서히 흐릿해질 것이다.

그렇게, 우리는 서로를 잊어가게 될 것이다……

"유카리 씨."

"현서 씨."

우리는 동시에 서로를 불렀다.

각자의 언어로, 휴대폰 번역 앱 없이.

"유카리 씨 먼저 얘기하세요."

그녀는 조심스럽게 휴대폰을 들어

천천히 글을 입력하고는 내게 보여주었다.

"아, 그럼 제가 먼저 얘기할게요!

저희 서로 잊지 말아요.

둘 중 한 명이 먼저 기억을 잃고,

나머지 한 명도 잊어버리면…….

우리가 이번에 만난 일은

세상에 없던 일이 되어버려요.

그 모든 게 사라져 버리는 거예요.

너무 슬프지 않나요?"

그녀의 눈빛은 깊은 곳에서 잔잔하게 흔들리고 있었다.

나는 그녀의 눈동자를 가만히 바라보다가,

이내 천천히 휴대폰 화면에 서로가 글을 입력해 주고받았다.

"맞아요. 정말 슬픈 일이죠.

그래서 저도 잊지 않을게요. 절대요."

"그럼 저랑 약속해요.

꼭 잊지 않겠다고."

"네, 약속해요."

"꼭이에요. 정말."

"네, 꼭이요. 잊지 않을게요."

허상이었다.

이 상황은 허구이자 허상이었다.

잊지 않을 리가 없다.

그렇게 한 약속들은 결국 모두 무색해지고,

언젠가는 서로가 지금과 같은 약속을 했던 사람들이 분명 있었을 것이다.

있었겠지만, 지금은 유카리가 얘기한 대로 다 잊어버려서 없던 사실이 된 거니까.

약속이란, 기억의 한 조각을 붙잡아 두려는 손짓에 불과한 걸지도 모른다.

그렇다 해도……. 정말 그렇다 해도,
허구고 허상이어도 나는 약속을 지키고 싶었다.
비록 언젠가는 잊더라도,
지금 이 순간만큼은 잊지 않겠다고 분명히 전하고 싶었다.
그러고는 휴대폰 화면을 그녀에게 보여주었다.
"유카리 씨, 슬슬 2차 갈까요?"
"네! 좋아요."라며 목소리를 들려주었다.
그렇게 우리는 술집을 나와 늦가을의 거리를 걸었다.
붉게 물든 단풍이 바람에 흩날리며 거리 곳곳을 물들였다.
그녀는 잠시 걸음을 멈추더니,
휴대폰에 조용히 무언가를 입력하기 시작했다.
그리고 천천히 화면을 내밀었다.
"현서 씨, 단풍이 너무 예쁘게 피었네요."
그러고는 가방에서 작은 수첩을 꺼내,
조용히 무언가를 적기 시작했다.
나는 그녀가 집중하는 모습을 바라보다가,
휴대폰에 짧게 글을 입력해 화면을 보여주었다.
"유카리 씨, 또 어떤 영감이 떠올랐나 봐요?"
그녀는 내 글을 읽고, 얼굴이 살짝 붉어지더니
수첩을 슬쩍 감추었다.

나는 웃으며 다시 글을 입력했다.

"굳이 숨길 필요는 없어요.

나중에 훌륭한 글이 나오면 꼭 보내주세요."

그녀는 나를 올려다보며, 작은 미소를 지었다.

우리는 꽤나 높아 보이는 건물 5층에 위치한 술집으로 향했다.

입구를 지나자마자 들려오는 웃음소리와 짧은 건배 소리가 귀를 때렸다.

테이블마다 사람들이 빽빽이 앉아 있었고, 아르바이트 직원은 눈코 뜰 새 없이 움직이고 있었다.

천장에는 작은 전구들이 길게 늘어져 있었고,

노란 조명은 공간 전체를 따뜻하게 채우고 있었다.

벽 한편에는 오래된 포스터와 낙서 같은 글귀들이 가득해

마치 젊음과 자유를 표현한 캔버스 같았다.

우리가 창가 쪽 자리에 자리를 잡자마자,

그녀는 휴대폰 화면을 내게 내밀었다.

"여기 분위기 정말 좋네요. 현서 씨도 그렇지 않아요?"

술집은 여전히 북적였고,

테이블마다 웃음소리와 잔을 부딪치는 소리가 가득했다.

나는 그녀가 보여준 문장을 읽고 고개를 끄덕이며 웃었다.

"그러게요. 사람이 많아서 소리가 잘 안 들리지만, 그래도 즐겁네요."

내가 보여준 답을 읽은 그녀는 고개를 끄덕이며 잔을 들었다.

잠시 후, 다시 휴대폰을 들고 조심스럽게 입력을 시작했다.
그리고 익숙한 손짓으로 화면을 내밀었다.
"현서 씨 그거 알아요?
저희는 주로 이렇게 휴대폰으로만 얘기하니까,
이렇게 시끄러운 데서도 대화할 수 있다는 거요."
그녀의 글을 읽고 피식 웃음이 났다.
나는 짧게 입력해 다시 화면을 보여주었다.
"그러네요. 이렇게 시끄러운데도
의사소통에 아무 문제가 없이 대화를 나누고 있네요."
그녀는 다시 글을 입력해 건넸다.
"생각해 보니, 이거 정말 특별하지 않아요?
시끄러운 세상 속에서도 우리 대화엔
다른 소음들이 끼어들 자리가 없다는 뜻이잖아요."
그 순간, 술집의 소음이
배경처럼 천천히 물러나는 기분이 들었다.
잔을 부딪치는 소리, 사람들의 웃음,
음악마저도 뿌옇게 뒤로 물러났다.
그녀가 적은 문장이, 내 안에서 선명히 울렸다.
나는 조용히 웃으며 입력을 시작했다.
"이쁜 표현이네요.

이렇게 시끄러운 곳에서도

유카리 씨 문장은 귀에 들리는 것처럼 선명하게 느껴지네요."

그녀는 화면을 보고는 눈을 동그랗게 뜨며 웃었다.

"문장이 귀에 들린다니……. 멋진 표현이네요."

그렇게 우리는 술을 마시며

한참을 조용히, 그리고 깊게 소통했다.

술집은 여전히 소란스러웠지만,

그녀와의 의사소통 속에서 나는 그 모든 소음이

점점 더 멀어지는 걸 느꼈다.

가게에서 사람들이 하나둘 빠져나가기 시작했을 무렵,

우리는 동시에 창밖으로 시선을 돌렸다.

늦가을의 단풍잎들이

서늘한 바람에 잔잔히 흔들리고 있었다.

그녀는 풍경을 잠시 바라보다,

다시 휴대폰에 무언가를 조심스레 입력했다.

그리고 고개를 살짝 기울이며 화면을 건넸다.

"여기 풍경도 참 좋네요. 현서 씨는 어때요?"

나는 가만히 바깥을 바라보다

잡고 있던 휴대폰에 글을 입력해 보여주었다.

"좋네요. 겨울이 오기 전에 이곳에 와서,

그리고 유카리 씨를 만나서 정말 다행이에요.
저는 겨울이 싫거든요.
…… 아까 얘기했던 지독했던 여름보다는 아니지만요."
그녀는 화면을 보더니
고개를 살짝 기울이며 묘한 눈빛을 지었다.
그러고는 약간의 망설임 끝에,
천천히 휴대폰을 내게 내밀었다.
"이유가……. 있을까요?"
그녀의 질문을 받은 나는 잠시 멈칫했다.
그리고 아주 천천히 글을 입력했다.
"아……. 아니요. 그냥 큰 이유는 없어요.
겨울은 뭔가 외로운 느낌이 들잖아요.
차갑고, 텅 빈 그런……. 춥고요."
잠시 멈췄다가 덧붙였다.
"그냥 흔한 얘기예요. 특별한 이유는 없어요."
그녀는 고개를 살짝 끄덕이며
조심스럽게 다시 글을 입력했다.
"저는 봄이 싫어요. 같은 이유예요.
봄이 되면 이상하게 외로워져요.
단순히 연애를 못 해서? 그런 건 아니에요.

여러 글들이 떠오르지만, 써지지 않는 그런 느낌이랄까……?"

그녀가 휴대폰 화면을 내밀었다.

나는 그 글을 읽고 잠시 멈춰 있었다.

봄이라는 계절이 그녀에게 어떤 기억을 남겼을까.

글이 떠오르는데도 써지지 않는 감정이란, 얼마나 깊은 걸까.

나는 조심스럽게 입력했다.

"이상하게 보일지도 모르겠지만, 조금은 이해할 것 같아요."

그녀는 미소를 지으며 고개를 끄덕였다.

그리고 천천히 화면을 내밀었다.

"서로 좋은 계절에 좋은 사람을 만나서 좋은 시간을 보내고 있는 거네요."

나는 조용히 고개를 끄덕였다.

그녀는 이어서 또박또박 꽤나 긴

글을 입력해 보여주었다.

"밖에 보이는 붉게 물든 단풍 같아요. 얼굴까지 붉히면서 짧게 강렬한 여운을 남기고 숨어버리잖아요. 저한테는 현서 씨와 있는 시간이 그렇게 느껴지네요. 짧은 시간이지만 정말 많은 여운을 줄 것 같아요."

나는 휴대폰을 잠시 내려놓고 창밖을 바라봤다.

가을바람에 단풍잎이 하나둘씩 흔들리며 떨어졌다.

그녀의 답은 보기만 해도 가슴을 조였다.

이 사람이 글을 쓰는 사람이기에 가능한 표현일까, 아니면 단지 이 사람이어서 가능한 걸까.

그녀가 입력해 보여준 글처럼, 시간이 지나 자연스레 서로에게 서로가 잊히면 이 순간도 그렇게 세상에 없던 일이 되는 걸까

'……안 돼.'

우린 약속했다.

잊지 않겠다고.

이 순간을, 마음에 새기겠다고.

나는 그녀를 바라보다가 휴대폰 대신 조용히 손을 내밀며 말을 걸었다.

"잠시 손 좀 줄 수 있을까요."

그녀가 조금 의아한 표정으로 조심스레 손을 내밀었다.

나는 그 손을 가볍게 감싸 쥐었다.

심장이 뛰는 소리가 귀까지 들릴 듯했다.

"…… 좋아해요."

나는 마주 보며, 천천히 말을 이었다.

"좋아합니다. 분명히, 저는 유카리 씨를 좋아해요. 이제는 인정하기로 했어요. 당신을, 좋아해요."

한숨처럼 이어진 말.

"어제 처음 본 사이지만……. 정말, 마음이 아플 정도로요."

그녀는 알아들을 수 없었다.

고개를 갸웃거리며 내 손을 보았다가, 다시 눈을 마주쳤다.

그리고 조심스럽게 휴대폰을 가리켰다.

"번역……?"

나는 고개를 저었다.

이건……. 겨우 휴대폰 번역 앱에 담을 수는 없는 감정이고 글로 설명할 수 없는 마음이었다.

나는 잠시 망설이다가, 휴대폰에 무심한 듯 입력을 했다

"아……! 손금이요……. 심리테스트 비슷한 그런 거요."

그녀는 화면을 읽고 작게 웃더니, 이내 자신의 손바닥을 펼쳐 내밀고는 곧바로 유카리 휴대폰의 화면이 내 눈앞으로 돌아왔다.

"아! 현서 씨, 손금 볼 줄 알아요? 저는 어떤가요?"

그 문장을 읽는 순간, 가슴이 미묘하게 내려앉았다.

방금 꺼낸 고백이 농담처럼 스쳐 지나가 버린 느낌.

마음 한구석이 은근히 아렸지만, 아무렇지 않은 척 짧은 글을 입력해 그녀에게 보여주었다.

"건강운도 좋고, 명예운도 좋고, 재물운도 좋네요. 아무래도 유명한 작가가 되시겠어요."

그녀는 그 글을 읽고 다시 한 번 환히 웃었다.

그 웃음은 어둠 속에 반짝이는 별빛처럼, 아주 짧지만 깊은 잔상을 남겼다.

말은 닿지 못했지만, 우리는 계속해서 휴대폰을 사이에 둔 채 몇 마디

씩 글을 주고받았다.

술집은 어느새 조용해졌고, 조명도 희미해졌다.

잔 속의 마지막 남은 술이 바닥을 드러내고 있었다.

나는 조심스레 입력한 글을 그녀에게 보여주었다.

"유카리 씨, 이제 슬슬 일어나야 할 것 같아요. 여기 우리밖에 안 남았네요."

그녀는 고개를 끄덕인 뒤, 문장을 입력해 내게 보여줬다.

"그렇네요. 아쉽네요……. 시간이 이렇게 빨리 가다니. 벌써 한 시간 뒤면 첫차 시간이라니요. 그래도, 밖을 조금 더 걸어요. 새벽 공기도 느끼고 싶어요."

나는 다시 짧게 입력해 화면을 내밀었다.

"좋아요. 저도 아쉬워요. 대신 오늘은 바닥에 누우면 안 돼요. 약속이에요."

그녀는 키득 웃으며 고개를 끄덕이고, 화면에 또박또박 글을 입력해 내게 보여주었다.

"네, 오늘은 안 누울게요!"

우리는 술집을 나와 단풍으로 붉게 물든 거리를 천천히 걸었다. 가을바람이 단풍잎을 흩날리며 길 위를 덮고 있었다.

휴대폰 번역으로 대화를 나누며 걷는 동안에도, 마음은 점점 더 무거워졌다. 이제는 정말 유카리와 헤어질 시간이 다가왔다는 것을 알고 있었기 때문이다.

가슴이 아려왔다. 눈가에는 눈물이 맺히고, 목이 메어왔다. 이 순간만큼은 직접 대화를 나누지 않고, 휴대폰 화면을 통해 글을 주고받을 수 있다는 것이 다행이라는 생각이 들었다.

직접 목소리로 말한다면 감정을 억누를 수 없을 것 같았으니까.

'이대로 시간이 멈춰버렸으면…….' 하는 생각이 들었지만, 시간이 흐르는 것을 막을 수 없다는 사실이 더 아프게 다가왔다.

"현서 씨, 무슨 생각해요? 취한 걸까요?

유카리는 휴대폰을 내 얼굴 가까이 들며 화면을 보여주었다.

그녀의 순진무구한 표정이 너무나도 잔인하게 느껴졌다. 마치 아무것도 모른다는 듯한 그 얼굴이.

나는 화면에 천천히 글을 입력해 그녀에게 보여주었다.

"아뇨……. 아무것도. 단지 헤어지는 게 왜 이렇게 아쉬운 걸까요? 왜 이렇게……. 마음이 아픈 걸까요?"

그녀는 조용히 내 글을 읽고, 잠시 나를 바라보더니, 희미한 미소를 띠며 다시 휴대폰에 무언가를 입력해 건넸다.

"너무 춥게 입었어요, 현서 씨. 일로 와요."

그러고는 자신의 겉옷을 풀어, 나를 살며시 안아주었다.

그 순간 그녀의 체온이 조용히 스며들었고.

차가웠던 새벽 공기가, 그 온기 앞에서 조금씩 풀어졌다.

멀리서 어슴푸레 빛이 올라오기 시작하고
어둠에 잠겨 있던 하늘 끝자락이, 은은한 주황빛으로 물들며
마치 오래 기다려온 무언가가 처음 모습을 드러내는 듯했다.
가로등 불빛은 여전히 희미했지만, 새벽은 그것마저 서서히 삼키고 있었다.
나는 그녀의 품에서 느껴지는 온기에 잠시 눈을 감았다.
그녀가 가진 색들이, 마치 빛처럼 내게도 번져오는 기분이었다.
방금 그녀가 보여준 글은 짧았지만, 이상하리만큼 마음을 울렸다.
말보다 솔직했고, 어떤 위로보다 따뜻했다.
그녀를 제외한 모든 색을 지워버렸던 내 세상이,
그 순간만큼은 다시 모든 색을 기억하는 중이었다.
그 아주 짧고 선명한 그 감정의 순간에,
나는 더 이상 세상을 무채색으로만 보지 않아도 될 것 같다는 생각이 들었다.
그녀는 말하지 않았지만, 나는 느낄 수 있었다.
그녀는 내가 무채색으로 세상을 본 뒤로 처음 스며든 따뜻한 색이었다.
그 색은 짧고도 강렬했기에, 더 오래 마음에 남을 것 같았다.
'끝나지 않았으면 좋겠어, 이 시간이.'
몇 번이나 속으로 되뇌며, 나는 조용히 그녀를 안았다.
얼마나 시간이 흘렀는지도 모르게, 나는 그녀의 온기 속에 머물러 있

었다.

그러다 그녀가 살며시 몸을 조금 떼더니, 휴대폰 화면을 내밀었다.

"현서 씨, 곧 떨어질 시간이네요. 마지막은 인형 뽑기라도 할까요? 그래도 일본에 왔는데 그 정도는 하고 가도 좋잖아요. 현서 씨랑은 전혀 어울리지도 않겠지만."

나는 그녀가 보여준 화면의 문장을 읽고 잠시 웃었다. 이토록 감정적인 순간 뒤에 이런 엉뚱한 제안을 던질 수 있는 사람이었다니.

그녀의 제안은 너무나도 유카리다웠다. 묘하게 엉뚱하면서도, 그 안에 따뜻한 배려가 담겨 있었다.

나는 그녀의 휴대폰을 받아, 짧게 문장을 써서 건넸다.

"좋아요. 전혀 어울리지 않아도, 같이 해봐요. 성공한 적은 없지만……."

그녀는 글을 읽고 피식 웃더니, 다시 조용히 화면을 내밀었다.

"해봤다는 게 더 놀라워요."

나는 웃으며 가볍게 고개를 끄덕였다.

그리고 장난스럽게 내 휴대폰에 한 문장을 입력해서 건넸다.

"한 번도 성공한 적은 없다는 점은 꼭 전하고 싶네요."

우리는 나란히 인형 뽑기 오락실을 향해 걸어갔다.

새벽의 정적과는 달리, 오락실 안은 밝은 네온과 경쾌한 소리로 가득했다.

기계 속 인형들은 익살스러운 표정으로 '잡아봐'라는 듯이 유혹하듯 자리하고 있었다.

그녀는 잠시 기계를 들여다보다가, 우스꽝스러운 인형 하나를 가리키며 작은 미소와 함께 그녀의 언어로 말했다.

"이거요. 정말 귀엽지 않아요?"

나는 웃음을 참으며 휴대폰을 통해 입력 후 답했다.

"그 인형을 고르다니, 정말 유카리 씨 답네요."

그녀는 눈을 동그랗게 뜨며 내 얼굴을 바라보다가, 다시 휴대폰을 들어 입력 후 화면을 내밀었다.

"이제 현서 씨가 저한테 장난도 치네요?"

나는 희미하게 웃으며 어눌한 일본어로 대답했다.

"아니요, 아니요 그냥, 정말 귀여워서요."

가로등 불빛이 창문 너머로 스며드는 가운데, 우리는 기계 앞에 나란히 서서 인형을 뽑아보려 했다.

결국 전부 실패했지만, 그녀의 웃음소리는 실패조차도 즐거운 순간으로 만들어주었다.

나는 조용히 휴대폰을 들어 짧게 입력한 뒤 그녀에게 건넸다.

"아쉽네요……. 다음번에는 뽑아드릴게요. 제가 또 게임의 민족이니까요."

그녀는 내 메시지를 받아 읽고, 고개를 살짝 끄덕인 뒤 다시 몇 글자를 입력해 보여주었다.

"그러게요. 아쉽네요. 다음번에는 꼭 뽑아주세요!"

'다음번'⋯⋯. 다음번이라.

과연 우리는 정말 다음번을 가질 수 있을까.

그 단어가 머릿속을 맴도는 동안, 우리는 조용히 오락실을 나와 신주쿠의 붉게 물든 거리를 걸었다.

서로 언제 웃고 떠들었냐는 듯, 조용히 신주쿠역 앞까지 걸어갔다.

그녀가 잠시 멈춰 서더니, 손에 쥔 화면을 조심스레 내게 내밀었다.

"현서 씨, 이제는 정말 떨어져야 하는 시간이겠네요. 출국 시간은 언제인가요?"

나는 그녀의 손끝 너머로 시선을 옮기며 답을 입력했다.

"오후 1시 30분이에요. 아마도 잠을 자고 나면 바로 공항으로 가야 해요."

그녀는 잠깐 멈칫하더니, 화면을 바라본 채 천천히 고개를 끄덕였다.

"그렇군요⋯⋯."

"네⋯⋯. 그렇네요."

그렇게 우리는 침묵을 지키며 거리를 걷다

역 앞에서 조용히 걸음을 멈췄다.

그녀는 잠시 망설이다 내게 화면을 건넸다.

"현서 씨, 다시 놀러 와요. 제가 좋다면서요."

"⋯⋯ 네?"

"좋다고 했잖아요, 아까.

"그럼 행동으로 보여줘요."

그 순간, 머릿속이 하얘졌다.

취기가 순식간에 가셨고, 나는 화면을 다시 확인하며 말을 더듬었다.

"그걸……. 어떻게 아셨어요……? 아, 하긴……. 워낙 잘 알려진 표현이긴 하죠. 알고 있었군요……."

그녀는 쑥스러운 듯 웃으며, 조심스럽게 한국어로 말했다.

"현서 씨, 사실……. 저 한국어, 어느 정도는 할 줄 알아요.
속이려고 했던 건 아니에요. 혹시 기분 나쁘셨다면 정말 미안해요."

나는 말문이 막혔다.

"…… 아뇨, 전혀요. 그냥……. 민망해서요.
진작 말해주셨으면……. 그동안 번역하면서 대화 나누기 불편하셨을 텐데요."

그녀는 고개를 저었다.

"불편하진 않았어요.
오히려……. 현서 씨랑 번역으로 얘기하는 게 좋았어요.
글로 소통하니까, 오히려 더 솔직해질 수 있을 것 같았거든요."

나는 멍하니 그녀를 바라보다가, 이내 조용히 고개를 끄덕였다.

"…… 그렇군요. 그런데, 지금은 왜 말해주신 거예요?"

그녀는 나를 바라보다가, 작게 숨을 고르며 말했다.

"그야……. 현서 씨가, 제가 좋다고 해놓고는 도망가니까요."

그녀의 눈빛이 흔들렸다.

"제가 좋아요?"

그 질문에 나는 순간 멈칫했다.

짧은 시간이었지만, 머릿속에 수많은 생각이 휘몰아쳤다.

그래……. 나는 이 사람을 좋아한다.

내 앞에 있는 그녀가 없다면,

내 세상은 다시 잿빛으로 물들 것이다.

하지만—

좋아한다고 해서, 그 사람과 함께할 수 있는 자격이 내게 있을까?

내가 만약 그녀 곁에 남는다면,

언젠가 우리는 서로를 통해 외로움을 느끼게 될지도 모른다.

내 알 수 없는 그리움과 끝없는 감정의 깊이가

그녀를 지치게 할지도 모른다.

그리고 언젠가는—

그녀도 나를 떠나게 되겠지.

그러면 나는 다시,

그 혹독했던 검은 여름으로 돌아가게 될 것이다.

타국의 사람에게 이렇게 깊은 호감을 느낀다는 건—

아니, 타국을 떠나 내가 사람에게 이렇게 깊은 감정을 느낀 적이 있었을까?

지금 내 앞에 있는 이 사람, 유카리.

혹시 정말 잘 된다 해도…….

우리는 결국 서로에게 '외국인'이다.

그 말은, 이별이 닿는 순간

어쩌면 우연조차 허락되지 않는 영원한 작별일 수 있다는 뜻이다.

이 감정은 내게도 낯설고 처음이다. 그리고 그 '처음'을 마주하는 공포가 나를 망설이게 만든다.

나는 휴대폰을 들고 그녀를 바라보았다.

그녀는 여전히 대답을 기다리는 눈빛으로 나를 보고 있었다.

"저는……."

말을 꺼내려했지만, 입안에서 맴도는 말은 끝내 나오지 않았다.

결국, 나는 다시 휴대폰 화면 위에 손을 올렸다.

그 순간, 손끝이 미세하게 떨렸다.

"이제는 직접 말로 해주세요. 현서 씨."

그녀의 말에 나는 순간 숨이 막힌 듯 멈췄다.

"저는……. 사람을 믿지 못해요. 좋아한다는 건……. 이제는 그냥 유치한 감정일 거라고 생각해요. 잠깐 스쳐가는……. 그런 감정이라고요."

내 말을 들은 그녀는 잠시 나를 바라보다가, 조용히 질문을 던졌다. "그게 정말 진심인가요? 그게 현서 씨가 저를 좋아한다고 말했으면서도 느끼는 감정이에요?"

나는 고개를 숙이며, 떨리는 목소리로 대답했다.

"네……. 당신을 좋아한다는 건 정말 진심이에요……. 하지만……. 저는 역시 사람을 믿지 못해요……. 믿어봤자 결국엔 다 떠나버리는 걸 아니까. 그리고……. 그런 걸 다시 버텨낼 자신이 없어요."

그녀는 잠시 침묵하더니, 고개를 살짝 기울였다.

그리고 조용히 물었다.

"그렇게 말해도 제가 좋죠?"

나는 대답 대신 고개를 천천히 끄덕였다.

그녀는 내 표정을 한참 바라보다가, 또렷하게 말했다.

"그럼, 놀러와요. 다시."

그 말에 나는 형식적인 핑계를 댈 수밖에 없었다.

"일이 바빠서……. 시간이 안 될지도 몰라요."

내 말에 그녀는 잠시 웃었다.

하지만 그 웃음에는 어딘가 쓸쓸한 기색이 어렸다.

"그럼, 제가 좋은 게 아닌가 보네요."

"그건……."

나는 끝내 말을 잇지 못했다.

그녀의 눈빛엔 묘한 단단함이 맺혀 있었다.

"현서 씨, 저 좋아한다면서요.

그럼 말뿐만 아니라 행동으로 보여줘야죠.

좋아한다고 말하는 것만으론, 아무것도 못 바꿔요."

그 말은 조용했지만,

그 안에 담긴 진심이 가슴 한가운데를 눌렀다.

나는 잠시 시선을 피했다가, 마주 보며 말했다.

"언젠간……. 정말 기회가 온다면, 꼭 다시 올게요. 약속할게요."

그녀는 고개를 살짝 돌리며, 짧게 웃었다.

그 웃음엔 익숙한 장난기가 담겨 있었지만,

그 끝에는 조금의 서운함이 가라앉아 있었다.

"거봐요, 내가 좋은 게 아니에요."

나는 그 말에 조용히 웃으며 고개를 저었다.

"…… 그보다, 유카리 씨. 이제 슬슬 들어가 봐야죠.

이틀 동안……. 정말 신세 많이 졌어요. 고마웠어요."

그렇게 우리는 역 앞에서, 매듭지어지지 않은 인사를 나눈 채 서로를 떠나보냈다.

그 순간, 그녀의 뒷모습이 멀어지는 것을 바라보며 마음 한구석이 무너져 내리는 것 같았다. 이별은 이렇게도 갑작스럽고 무력하게 찾아오는구나, 라고 생각하며 나도 천천히 발길을 돌렸다.

숙소로 돌아와 짧은 시간이지만 잠을 자기 위해 간단히 준비를 마쳤다. 침대에 몸을 던지며 나는 우선은 모든 감정을 머리 밖으로 밀어내려 했다. 하지만 그녀와 함께했던 시간들이 머릿속을 맴돌았다. 단풍길을 걷던 기억, 인형 뽑기 기계 앞에서 웃던 얼굴, 마지막으로 내게 다가와 건넨 따뜻한 말들까지……

'만약 기회가 온다면, 정말 그 약속을 지킬 수 있을까?'

그렇게 스스로에게 되묻는 동안, 나는 머릿속이 흐려지며 서서히 잠에 들었다.

얼마 지나지 않아 알람 소리가 울렸고, 나는 천천히 잠에서 깼다.

어제 함께했던 유카리가 있던 방. 혼자 쓰기에는 꽤나 넓었던 공간.

그 방 한구석에는 그녀가 덮었던 노란 담요가 가지런히 접혀 있었다.

나는 잠시 담요를 바라보다가 고개를 돌렸다.

침대 옆에 놓아둔 짐들을 정리하며, 머릿속은 기이할 정도로 조용했다.

'생각보다 덤덤하네.'

스스로에게 그렇게 말하며, 나는 방을 마지막으로 둘러보았다.

창밖으로 보이는 도시의 풍경은 어제와 크게 다르지 않았다.

하지만 어딘가, 색이 바랜 듯한 느낌이 들었다.

창문 틈으로 스며드는 아침 햇살마저도 차갑게 느껴졌다.

짐을 다 챙기고 방을 나서며 문을 천천히 닫았다.

눈.

첫눈이 내린다. 늦가을의 도쿄, 좀처럼 눈이 내리지 않기로 유명한 이곳에서……

하지만 내겐 전혀 상관없는 일이다.

땅에 닿기도 전에 녹아 사라질 저 하얀 조각들이,

마치 처음부터 존재하지 않았던 것처럼 허무하게 사라질 저것들이,

어쩐지 나와 닮았다는 생각이 들었다.

그렇게, 정말 아무렇지 않다는 듯 나는 공항으로 발길을 향했다.

짐을 든 손끝은 가벼웠지만, 마음 한구석은 이상하게도 무거웠다.

"구렁텅이로 가야 되네."

입가에 떠오른 혼잣말은 건조했지만, 그 단어는 곧바로 머릿속을 메웠다.

구렁텅이, 구렁텅이…….

이틀 전까지만 해도 단순히 웃으며 말장난처럼 뱉었던 그 단어가,

왜 이렇게 아프게 들리는 걸까.

다시, 내가 떠나온 세계로 돌아갈 시간이었다.

내게 돌아온 색들은 다시 어두워지고 있다.

구렁텅이.

그곳엔 단풍도, 새벽의 온기도, 그녀도 없다.

그리고 이 눈도.

어차피 이곳의 첫눈은, 내가 떠나면 곧 녹아버릴 테니까.

그녀에게 나는 단순히 여행객일 뿐이고 여행 온 한국인이랑

놀았었다. 정도로만 끝나는 그저 그런 흔한 이야기일 뿐일 것이다.

4

 혹독한 겨울이 지나고, 다시 봄이 찾아왔다. 나 말고 이런 날을 싫어할 사람이 세상에 있을까? 나긋나긋한 바람이 꽃내음을 실어 나르고, 거리 곳곳에 아이들의 웃음소리가 물결처럼 번지는 완벽한 하루. 새 학기를 맞아 분주하게 뛰어다니는 교복 차림의 학생들. 희망과 설렘이 가득한 이 계절은 모든 시작을 노래하는 듯했다.
 하지만 내게 이 봄날은 그저 평범한 하루에 불과했다.
 나는 봄이 싫으니까. 반년 전이었다. 결코 기억에서 사라지지 않을 경험을 했다. 이상한 남자를 만났다. 그에게는 미안하지만, 나에게 있어서 '이상한 사람'의 기준에 딱 맞는 사람이었다. 자주 보이는 한국인이었지만 이상하게 낯선 외국인. 여행을 와서도 우울해 보이는 얼굴. 머리부터 발끝까지 온통 검은색으로 맞춰 입은 착장. 눈매는 날카로워 고양이를 닮았다고 하기엔 부족했다. 아니, 그 정도면 뱀에 더 가까웠다. 까칠하고 무뚝뚝한 성격. 그런데, 어딘가 모르게 따뜻한 구석이 있었다. 나는 기억력이 좋은 편이 아니다. 그럼에도, 그 이틀은 선명하게 남아 있다. 아마도 전 남자 친구에게 다시 한번 차였던 그날. 그리고, 다음 날 누군가는 나를 좋아한다고 말했던 날이었으니까. 그것도 만난 지 이틀 만에.

그 남자는 나에게 SNS 계정을 물어봤다. 그러고는 연락을 주지 않았다. 혹시나 해서, 그가 귀국한 뒤 한 달 후에 내가 먼저 메시지를 보냈다. 하루, 이틀. 읽음 표시도 뜨지 않았다. 내가 사실은 한국어를 할 줄 아는데 장난을 친 거라고 생각해서 기분이 나빴던 걸까? 아니면, 결국 이 남자도 말뿐인 남자였던 걸까. 그런 사람 같지는 않았는데. 뭐, 이런 생각을 꽤나 하고 지내왔다. 글을 다시 쓰면서부터 더 그랬다. 그도 그럴 게, 그 남자는 유일하게 나에게 "당신 글을 믿어봐요"라고 얘기해 준 사람이었다.

그는 내 글을 읽고 감동했다고 했다. 그때 나는 그 얘기를 정말 믿었었다. 그래서일까. 이제 글을 쓸 때마다, 내 글은 단순히 노트북 속에 저장되는 문장이 아니라, 마치 내 마음속을 조금씩 찌르는 듯한 감각이 되었다. 어쩌면, 나는 여전히 그 글을 붙잡고 있는 걸지도 모른다. 그가 내 글을 읽고 감동했다는 그 순간을.

그렇다면, 나는 내 글이 아니라 그 남자가 입력했던 그저 휴대폰 화면 속 번역된 문장을 믿고 싶은 걸까? 아니, 그보다 그 남자는 나를 기억이나 할까? 그럴 리가 없겠지.

만난 지 고작 이틀. 헤어진 지 반년. 그 시간 동안 그는 어떤 삶을 살았을까. 나는 여전히 그를 '이상한 사람'이라고 정의하고 있지만, 그는 나를 기억하거나 할까. 그에게 나는 그냥 일본에서 잠깐 만났던 사람. 술자리에서 우연히 대화를 나눴던 여행지의 사람일 뿐이겠지.

그런데도, 나는. 여전히 그가 내 글을 읽고 감동했다고 했던 그 순간을 붙잡고 있다. 내 글을 믿어보라고 했던 그의 응원을. 정말, 단순한 형식적인 응원이었을 뿐이었던 걸까. 그러나 단순히 화면 속 번역 글뿐이었다면, 그 문장을 이렇게까지 곱씹고 있을 이유가 없었다. 나는 그 남자가 아니라, 그 번역된 글을 보았던 그 순간의 나 자신을 믿고 싶었던 걸까.

노트북을 열어 글을 쓴다. 문장들이 마음속을 쿡쿡 긁어댄다. 아픈데, 그래서 더 쓰고 싶었다. 그가 해준 말들을 다시 생각하면, 그 말을 들었던 그때의 나를 기억하면, 다시 한번 꿈을 키우며 모험을 할 수 있을 것만 같았다. 내가 쓴 글자들이 하나하나 모여 세상에 없던 문장이 되고, 그 문장들을 누군가가 읽어 감동하는 순간을 바라보는 나. 그런 삶을— 사실, 그에게는 끝내 말하지 못한 사실이 있었다. 그날, 기다리던 내 전 남자 친구 이야기. 차마 용기가 없어 말을 할 수 없었다. 내 전 남자 친구는 내게 안정감을 주는 사람이었다. 고등학교 동창으로 나와 같은 문예부 출신이었는데 우연히 아르바이트에서 만나 나처럼 작가를 꿈꾸는 사람. 료타. 동그란 눈매와 단정한 얼굴. 누구에게나 호감을 살 만한 인상이었지만, 나에게만은 감정을 깊이 드러내지 않았다. 그의 말투는 가끔 무심하게 들리기도 했지만, 그런 점마저도 익숙해져 있었다. 나는 그가 차갑다고 생각하지 않았다. '쌀쌀한 듯하지만, 그게 그의 방식일지도 몰라.' 라고, 그렇게 믿어왔다.

그날도 봄이었다. 오늘 같은 화창한 봄날. 그날은 그와 데이트를 하는 날이었다. 나는 좋아하는 니트에 숏팬츠, 롱부츠를 신고 집을 나섰다. 기분 좋은 바람이 피부를 스치고, 거리에는 꽃내음이 가득했다. 하지만, 봄이 모든 사람에게 따스한 햇살과 꽃내음을 전해준다고 해서, 모든 사람에게 좋은 날을 선물해 주는 건 아니었다. 분위기 좋은 카페에 앉아, 남자 친구를 기다리며 글을 쓰고 있었다. 약속 시간이 지나고 30분. 1시간. 그리고 2시간 30분. 그제야 메시지가 도착했다.

"미안, 너무 늦어서 미안해. 오늘 너무 피곤해서 늦게 일어나 버렸어. 약속은 다음으로 미루자."

화면 속 짧은 문장을 한참 동안 바라봤다. 가벼운 변명 같은 말. 기다린 시간만큼이나 마음이 무거워졌다. 조금만 더 기다려볼까, 하는 생각도 의미가 없어졌다. 기대했던 하루는 허무하게 끝나버렸다. 화창한 봄날도, 꽃내음도, 지금 내겐 아무 의미가 없었다.

그러나 애써 밝은 척 메시지를 보냈다. 나는 의지할 곳 없는 작가 지망생이니까.

"괜찮아, 료타. 그럴 수도 있지. 어제 아르바이트가 늦게 끝났잖아? 오늘은 푹 쉬고, 다음번에 보자. 푹 쉬어."

사실, 괜찮지 않았다. 하지만 현실과 이상 사이에서 흔들리는 나는 점점 혼자가 되어가고 있었다. 평생을 함께할 짝을 만나 결혼한 친구, 커리

어를 쌓느라 바빠진 친구, 학업을 이어가기 위해 유학을 떠나 연락이 끊긴 친구. 그리고 이제는 부모님마저도 내 꿈을 응원해 주지 않으신다. 그런 내게 남아 있는 사람은 많지 않았다. 그래서, 그에게 화를 낼 수 없었다. 내 글을 읽으며 조용히 미소 짓던 모습. 그 하나만으로도, 나에게는 소중한 사람이니까.

'아, 신 님. 료타가 나에게 좀 더 다정하게 대해주면 좋을 텐데요.'

늘 마음속으로 외쳤지만, 역시 신 같은 건 없는 걸지도 모르겠다. 료타는 나와 같은 신인 작가 응모전에 소설을 출품하기 위해 노력하고 있다. 아마 나보다 더 현실적인 고통을 견디고 있을 테니, 이해해야 한다.

그렇게 화창했던 봄날의 데이트는 완벽하게 망가졌고, 그 기억조차 점점 희미해져 갔다.

그러던 어느 날, 분홍빛을 머금던 봄이 점점 여름을 향해 노란빛으로 익어갈 무렵, 료타의 집에서 노트북이 고장 나버렸다. 이유도 원인도 알 수 없었다. 그냥, 고장 나버렸다. 신인 작가 응모전 출품 마감이 얼마 남지 않은 시점이었다. 그리고 내 소중한 원고는 복구조차 할 수 없게 사라져 버렸다. 정말, 눈물이 멈추지 않을 정도로 크게 울었다. 그런데 이상하게도, 눈앞이 흐려질 만큼 울고 있는 나를 보고 당황해하는 료타를 보며, 나는 내심 기뻤던 것 같다. 나에게는 무뚝뚝한 남자 친구지만, 그래도 속으로는 내 편이었구나. 그런 생각이 드는 순간, 왠지 모르게 봄날 막바지의 따뜻함이 내 안에서도 스며드는 것 같았다. 많은 시간을

들여 쓴 원고였고, 이제는 하얀 도화지처럼 백지가 되어 버렸지만

 이상하게도, 낙담만 하지는 않았다. 나를 생각해 주는 그의 마음, 그리고 그런 마음을 내게 보여주는 그가 곁에 있다면 나는 계속해서 글을 쓸 수 있을 것 같았다. 그리고 언젠가 더 좋은 글이 나올지도 모른다고 생각했다.

 그 일이 있고 이틀 후, 료타는 출품 날까지는 글에만 집중하고 싶다며 잠시 연락을 쉬겠다고 했다. 그의 글에 결말이 궁금했던 나는 내심 서운했지만, 같은 꿈을 가진 사람이기에 이해할 수 있었다. 그저 좋은 결과만 있길 바랄 뿐이었다. 그렇게 각자의 시간을 가진 지 일주일. 출품 마감날, 료타에게서 메시지가 왔다.

 "글에 몰두한 나머지 체력적으로 회복이 필요해. 출품 결과가 나올 때까지 조금만 더 시간을 가지게 해줄 수 있을까?"

 기다릴 수 있다. 역시 같은 꿈을 가진 사람이니까. 긴장도 되고, 나에게 좋은 모습을 보이고 싶기 때문이겠지. 많은 부담을 혼자 이겨내고 있으니까. 그렇게 스스로 생각했다. 아니, 그렇게 믿고 싶었다. 그리 길지 않은 시간이었지만, 나에겐 한없이 긴 기다림처럼 느껴졌다.

 그리고 마침내, 결과 발표 날이 되었다. 남자 친구는 신인 작가 응모전에서 상을 받지는 못했지만, 특별상으로 등단하게 되었다. 정말 기뻐했다. 마치 내가 수상한 것처럼.

 그에게 줄 선물을 몰래 준비하고, 곧바로 연락을 했다. 가장 기뻐해

주고, 가장 축하해 주고 싶었다. 하지만 남자 친구는 그 후, 끝내 연락하지 않았다. 축하하고 싶었던 내 마음만이, 공허하게 허공에 남겨졌다.

늦봄의 바람이 무거워지고, 햇살이 녹아내리기 시작해 여름이 코앞으로 다가옴을 느꼈을 때. 그의 필명이 적힌 책이 서점에 놓여 있는 걸 보았다. 그 순간, 나는 모든 것을 알게 되었다.

내 글이었다. 내 손끝에서 태어난 글들이, 이제는 내 것이 아니었다. 나에게 사랑한다고 말했던 그. 작가로 등단하면, 그동안 못 했던 데이트도 하고 나에게 행복을 선물해 주겠다고 했다. 하지만 그는 결국, 말과 글로만 사랑을 이야기했을 뿐이었다. 행동으로 보여주지는 않았다. 오히려, 내 글을 훔쳐 갔다.

나는 인터넷에 많은 글을 올렸다. 하지만 돌아온 건 차가운 비난뿐이었다. 그렇게 나는 글쓰기를 멈췄다. 분홍빛으로 가득했어야 할 나의 봄은 내 원고들처럼 텅텅 비어버렸다…….

노란빛으로 익어 가는 여름도, 내게는 아무런 의미가 없었다. 여름에 무엇을 했는지 정확하게 설명할 수 없다. 그저 정신적인 고통을 육체적으로 피곤하면 덜 괴로울 것 같아 아르바이트를 늘리고 일만 하며 지냈다. 그러나 그러한 시기를 보냈음에도 불구하고 나는 료타가 그리웠다. 지금이라도 나에게 사과를 한다면 나는 용서해 줄 수 있다고 생각했다. 나는 그에게 아직 의지하고 있었다. 그렇게 여름을 지나 가을도 끝자락에서도 정신없이 하루하루를 아르바이트를 하며 보내던 평소와 다를

게 없던 날 료타에게 연락이 왔다. 그동안 정말 미안하다며 개인적인 이유가 있고 사정에 대해서 설명하겠다며, 료타는 도쿄에서 미팅이 있어 시간을 내준다면 꼭 얼굴을 보고 얘기하고 싶다고 내게 말했다. 그 순간 멈춰있던 내 시간과 마음이 움직였다. 그가 나에게 드디어 행동으로 보여준다는 생각을 했다. 나는 고민할 것도 없이 아르바이트 사장님께 급하게 휴가를 받아 다음날 도쿄로 가는 신칸센 표를 구매해 도쿄로 갔다

도쿄로 가는 신칸센 안에서, 나는 많은 생각을 했다.
'그를 만나면 화를 내야 할까?'
'지금이라도 연락해 줘서 고맙다고 해야 할까?'
'내 원고를 가져간 이유를 물어볼까?'
'솔직히 말하면 용서해 줄게?'
머릿속이 엉켜 버렸다. 하지만 이 복잡한 생각들을 정리하고 나니, 결국 내 마음은 하나였다.
설렜다.
정말 오랜만에, 내 마음이 다시 움직이고 있었다. 다른 사람들이 나를 바보라고 비웃는다 해도, 나는 내 마음이 향하는 곳으로 가고 있었다.
알록달록한 네온사인이 가득한 도쿄 신주쿠로—
들뜬 마음으로, 그를 만나기로 한 약속 시간이 한참 남아 있었다. 나는 작은 수첩과 종합장을 구매해 카페로 향했다. 오랫동안 손을 놓았

던 글. 하지만 그를 만나면, 다시 쓸 수 있을지도 모른다고 생각했다. 30분 전. 괜찮다. 아직 여유가 있다. 15분 전. 아직 15분이나 남았네. 10분 전. 괜히 휴대폰을 켜고 다시 끈다. 5분 전. 가슴이 점점 조여온다. 초조한 마음에 가만히 있을 수 없었다. 괜스레 화장실로 가서 앞머리를 정리하고, 화장을 고쳤다. 물을 한 모금 마시고, 다시 자리로 돌아왔다. 그러나 결국, 그는 오지 않았다. 휴대폰을 확인했다. 아무런 연락도 없었다. 메시지를 보냈다. 답장은 오지 않았다. 휴대폰 화면을 바라보며 조용히 웃었다. 바보 같았다. 이 모든 기대가, 이 기다림이, 결국은 혼자만의 것이었다.

"신 님, 나는 이제 어디로 가야 하나요? 아니, 신 님……. 당신, 있긴 한 거예요?"

수첩을 만지작거리다가, 한 장씩 찢었다. 낙서를 하고, 다시 찢었다. 그리고 구겼다. 손바닥 안에 뭉쳐진 종잇조각들을 보며, 문득 깨달았다.

나는 글이 아닌 쓰레기를 만들고 있었다.

그런데도, 크게 낙담하지는 않았다. 사실, 마음 한편에서는 이미 알고 있었던 것 같다. 그와 잘되지 않을 거라는걸. 그래. 차라리 잘된 일이다. 나를 속이고, 내 원고까지 훔쳐 간 사람을 믿고 도쿄까지 간 내가 바보였다. 그래, 이쯤에서 포기하자. 더는 낙담하지 말자. 여기까지 왔는데, 술이나 진탕 마시고 한풀이나 하자. 남자 같은 건 없어도 괜찮다. 좋아하는 가수나 보면 된다. 연예인이 훨씬 잘생겼다. 이런 유치하고 시시한 생각을 하면서, 휴대폰을 휙휙 넘기며 대충 찾아낸 지하 1층 술집으로 향했다.

그렇게 나는, 이현서를 만났다.

처음 본 나에게, 한국이 좋다던 나에게, 자기 나라는 구렁텅이라며 시큰둥하게 답했던 그 이상한 사람. 어쩌면 다른 사람이 보기에는 나에게 무례하게 대했던 것처럼 보일 수도 있겠지만, 나는 그의 얘기에서 묘한 진심을 느꼈다. 그 진심이 이상하게 끌렸던 것 같다. 그와 보낸 이틀은 내 인생에서 기이할 정도로 신기한 연속이었다. 낯선 사람과 술을 마셨고, 낯선 사람과 거리를 걸었고, 심지어는 함께 밤을 보내기도 했다. 그때의 나는 충동적이었다. 신주쿠의 밤이 나를 그렇게 만들었을까. 아니면, 그 순간만큼은 현실에서 벗어나고 싶었던 걸까. 내 인생에는 두 번 다시 오지 않을 상황과 기억이었다. 하지만 이제 와서는 그 모든 것들이, 그저 한때의 방황이었다고 생각한다.

이현서도 결국, 말뿐이었던 사람이었으니까.

결국, 열심히 써 내려갔지만 사라져 버린 내 하얀 원고지처럼, 이 기억도 희미해져 가겠지. 나에게도, 그리고 그에게도. 그럼에도 나에게 해준 얘기가 있으니.

지금은, 다시 글을 쓰는 수밖에.

5

 사무실에 키보드를 누르는 소리가 들린다. 아니, '누른다'라는 표현은 적절하지 않다. 두들겨 패고 부수는 소리에 가깝다. 명백한 소음. 아침 9시부터 퇴근하는 6시까지, 이 소리는 내 하루를 갉아먹는다. 그렇게 된 지, 벌써 2년. 꼴 보기 싫은 상사. 옆자리에 있는 불편한 여사원. 귀에 박히는 소음들. 어쩌면, 아픈 시기가 있었다고 말할 수도 있겠다. 지금은……. 잘 이겨내고 있는 것 같기도 하다. 아마도.
 점심시간이 끝난 뒤, 두 시간이 지나면 나는 사무실을 나와 창문 앞에 선다. 딱 10분. 멍하니, 바깥을 바라본다. 눈이 내린다. 올해는 늦가을부터 한겨울인 지금까지, 멈출 줄 모르고 내리고 있다. 여전히, 내게 눈은 예쁘지도, 낭만적이지도 않다. 그럼에도 계절을 타는 성격 때문인지, 가슴이 쿡쿡 찔려온다. 창문을 바라볼 때마다 떠오르는 생각은 하나.
 재미없다.
 아니, 창문을 바라볼 때만이 아니다. 이 순간이, 하루가, 아니 사는 게 재미가 없다. 늘, 같은 생각을 한다. 결국 전에 배운 영상 기술은 내게는 아무런 도움이 되지 않았고, 현실과 타협해 적당한 회사에 취직해 산업 디자인을 시작한 뒤로, 나는 공장에서 찍어내는 부속품처럼, 기계적으로 살아간다. 하나씩 조립되고, 하나씩 정해진 틀에 맞춰져 가는 느낌. 나는 원하지 않는 삶을 설계하고, 원하지 않는 디자인을 만든다. 세상을 검은색으로만 보고 싶은 내게는 어쩌면 좋은 조건일지도 모른다. 이 무미건조한 삶이 더 나아질 거라는 희망도, 없다. 그러니, 재미없을 수밖에.

눈이 이렇게 내릴 때면 떠오르는 기억이 있다. 신기한 사람……. 그녀에게는 미안하지만, 나에게는 '신기한 사람'이라는 말이 딱 맞는 사람이었다. 무뚝뚝한 내가 사람에게 이끌리게 되었다는 것. 그것만으로도, 그녀는 나에게 충분히 신기한 사람이었다. 그때의 나는 누구나 한 번쯤 겪는 지독하게 힘든 시기를 지나고 있었다. 나는 그 시기를 스스로 유치한 이름을 붙여 부르기도 했었다. 어쩌면 그저, 도망쳤던 것뿐이었을지도.

아무튼, 그 시기에 나는 도쿄로 도피했고, 유카리를 만났다. 물론, 그녀와 함께 눈을 본 적은 없었다. 하지만, 한국으로 돌아가던 날. 그해 늦가을에 내리던 첫눈의 쓸쓸함을 기억한다. 차갑게 흩날리다, 어느새 스며들어 사라진 하얀 조각들처럼. 아마도, 그녀에게 나는 그날 녹아버린 눈처럼, 지금은 흔적조차 남아 있지 않을 것이다.

서울로 돌아온 뒤, 도쿄로 떠나기 전과는 비교할 수 없을 정도로 힘든 시기가 찾아왔다. 직업 때문도 아니고, 현실적인 문제 때문도 아니었다. 사춘기 중학생이나 할 법한, 유치한 사랑앓이. 그런 비슷한 감정이었다. 많은 후회를 했다.

'왜 다시 돌아오겠다고 확신을 주지 않았을까?'

'그 사람도 내게 호감이 있었을까?'

'왜 좋아한다고 다시 말하지 못했을까?'

'SNS⋯⋯. 연락 한 번 해볼까⋯⋯?'

끊임없이 생각이 맴돌았다. 그런데도, 결론은 하나였다.

'나는 여전히 사람을 믿지 못한다. 그리고 만약, 그녀가 정말 내가 그리워하는 감정의 정체라면⋯⋯. 그런 사람을 잃는다면, 나는 지금보다 더 힘들어질 거야.'

그러니, 결국 아무것도 하지 않았다. 그녀가 내 기억에서 천천히 희미해지는 걸 바라며, 그저 지켜보기만 했다.

그렇게, 한 달 정도가 흘렀다. 그리고, 그녀에게서 연락이 왔다. 그런데도, 나는 답할 수 없었다. 이 사람, 유카리와 가까워질수록 오히려 서로의 거리보다 더 멀어질까 봐 두려웠다. 확신 없는 관계. 불완전한 감정. 나는 스스로 경계를 만들었고, 그 경계를 넘지 않았다. 유카리가 보낸 메시지는 읽지 않은 채, SNS를 삭제했다. 단순한 연락이었을지도 모른다. 그저 안부를 묻는 연락이었을지도. 아니면, 정말 나를 찾는 마음이었을지도 모른다. 하지만 나는, 그 가능성마저도 감당할 자신이 없었다. 그런 시간을 보낸 뒤, 얼마 지나지 않아 나는 지금의 회사에 취직했다. 물론 현실적인 금전적인 이유도 있었지만, 사실 가장 큰 이유는 유카리를 잊기 위해서였다. 그녀와 함께했던 단 이틀. 그 짧은 시간 동안, 내 세계는 낯선 색들로 채워졌다. 선명했던 색들이 번지던 순간들. 붉게 타오르고, 푸르게 깊어지고, 노랗게 물들다가, 분홍빛으로 스며들던 시간들. 나는 그 다채로운 기억들을 잊어버리기 위해, 그날의 감정을 덮어버리기 위해, 미친 듯이 일에 파묻혔다.

그러나, 그날의 기억들과 색들은 결코 흐려지지 않았다. 오히려, 지우려 할수록 더욱 선명해졌다. 마치 스며든 물감이 덧칠할수록 더 깊어지듯, 책장에 남겨진 잉크가 시간이 지나도 흐려지지 않듯. 한 장씩 넘길수록 희미해질 거라 믿었지만, 그 순간들은 오히려 또렷한 문장과 색채로 각인되었다. 결국, 나는 그 색들을 덮을 수도, 그 문장들을 지울 수도 없었다. 그것들은 내 안에서, 지울 수 없는……. 후회라는 이름으로 다시 읽히는 페이지가 되어버렸다. 하지만, 그 후회는 그녀에게 답장을 하지 않은 것에 대한 것이 아니었다. 오히려, '왜 일본으로 도피를 했을까.' 그 선택이 옳았는지, 아니면 잘못된 것이었는지, 이제 와서도 답을 알 수 없는, 그러한 후회들이었다.

"현서 씨, 또 여기 있네요. 오늘 송별회 오시는 거죠?"

익숙한 목소리. 옆자리에 불편한 여직원이다. 꼭 이렇게 눈치 없이 내 사색을 방해해야만 이 사람의 하루가 끝나는 걸까. 나는 고개를 돌려 그녀를 바라보았다. 억지로 미소를 지으며 대답했다.

"네, 가야죠. 제 송별회인데."

"그렇죠! 이번 회식은 꼭 참석해야죠. 얼른 들어와요, 일 바쁘니까!"
"네."

 퇴근 후까지 회사 사람들과 마주해야 한다는 건, 생각만으로도 끔찍하다. 그래서 지금까지 단 한 번도 회식에 참석하지 않은, 눈치 없는 사원이었다. 하지만, 오늘만큼은 마지막이니까. 한 번쯤은 어울려 줘야겠다고 생각했다. 나는 퇴사를 결심해 사직서를 제출했었다. 그 이유는 단순했다. 역시나, 재미없기 때문이다. 하루 종일 틀에 박힌 작업을 반복하며, 공장에서 찍어내듯 만들어지는 디자인들. 그 안에서, 나는 더 이상 '나만의 것'을 창조할 수 없었다. 그래서, 다시 원래 자리로 돌아가기로 했다. 방 안에서 혼자 디자인을 하며, 개인 전시를 열어보겠다는 생각. 언제나 머릿속에서만 맴돌던 꿈이었지만, 이번에는 정말로 그 꿈을 붙잡아 보기로 했다. 내 입에서 이런 말이 나온다는 게, 왠지 어색하고 낯설게 느껴지지만— 유카리에게 "당신 글을 믿어봐요"라고 얘기했던 나는, 정작 내 디자인을 믿지 못하고 있었다. 거창할 필요도, 누군가의 인정을 받을 필요도 없다. 그저, 나 스스로 '내 것'을 만들어보고 싶다. 그렇게, 한 번쯤은, 나도 내 디자인을 '믿어보기로' 했다. 그 생각을 하니, 조금은 후련한 기분이 들었다. 앞으로 무엇을 해야 할지 명확해진 느낌. 하지만, 그런 감상에 오래 빠져 있을 틈은 없었다. 퇴근 시간이 가까워지자, 어김없이 들려오는 목소리.

"현서 씨, 얼른 가죠! 마지막 날인데 야근하시게요?"

회식 장소는 삼겹살집이었다. 매번 같은 곳을 간다고, 옆자리 불편한 여직원이 불만을 늘어놓았지만, 나에게는 처음 가는 곳이었다. 그렇다고 기대가 되는 건 절대 아니다. 단지, 고기를 내가 구워야 한다는 게 귀찮을 뿐. 사람들이 불편하기도 하고……. 그리고, 자리는……. 부장 옆자리. 더할 나위 없이, 끔찍한 마지막 회식이 될 것 같았다. 술이 한두 잔 들어가자, 부장은 언제나처럼 말이 많아졌다.
"현서 씨, 그래서 퇴사하고 뭐 할 예정이야?"
역시 나올 줄 알았다. 잔을 천천히 내려놓으며, 대충 둘러대듯 대답했다.
"글쎄요. 공부를 좀 더 해보려고요. 구체적인 계획은 없지만, 당분간은 그냥 자기개발 책이나 읽을 생각이에요. 현재까지는."
괜히 솔직하게 말하면, 잔소리가 길어질 테니까. 웬일로 부장은 조용히 고개를 끄덕이며 술잔을 들었다. 별다른 반응 없이, 그냥 흘려듣는 표정. 그냥 형식적인 질문이었겠지. 그렇다면, 나도 형식적인 대답이면 충분했다. 그러나 사회는 역시 호락호락하지 않다. 평소 말수가 적었던 나에게 유난히 많은 질문들이 쏟아졌다.
"현서 씨, 취미가 뭐에요?"
"그래도 현서 씨 송별회라고 오늘은 나오셨네요?"
"현서 씨, 여자 친구는 없어요?"
"현서 씨, 다른 회사 가는 거 아니에요?"
무슨 질문이 그렇게 많은지, 하나하나 대답하는 것도 일이었다. 그냥 조용히 술이나 마시고, 영원히 작별을 하고 싶었을 뿐인데. 그렇게 1시간, 2시간. 형식적인 웃음과 건조한 대화들 속에서 자리를 지켰다. 그리고 결국,

"2차 갈까?"

부장의 말이 터져 나왔다. 예상했던 흐름. 딱히 놀랍지도 않았다.

"아, 저는 오늘 여기까지 할게요. 많이 취해서요"

미련 없이 자리를 털고 일어났다. 마지막이라고, 딱히 의미 부여를 하며 2차까지 갈 마음은 없었다. 그저, 이 회사에서의 마지막은 이 정도 거리감이면 충분하다고 생각했다. 내일부터는, 새로운 형식의 하루가 시작될 것이다. 여전히 재미없고, 여전히 흑백 톤에 무미건조한 나날들이겠지만— 내 안에 선명하게 남아 있는 단 이틀. 그때의 색채만큼, 그때의 온기만큼, 나를 온전히 즐겁게 해준 순간은 세상 어디에도 없다. 그저, 우선은 의미 없더라도 디자인을 해야겠다는 생각뿐.

지긋지긋한 알람 소리에 눈을 떴다. 더 이상 출근할 회사조차 없어진 지 꽤 지났지만 평소 생활 리듬이 그렇게 맞춰져 있어서인지 일어나는 데 큰 어려움은 없었다. 다만, 어젯밤 술 때문인지 그렇게 많이 마신 것 같지는 않은데도 속이 이상하게 매스꺼웠다. 이제 퇴사한 몸이지만, 누군가처럼 여행을 떠나겠다거나 '이제야 자유다!' 같은 해방감을 느끼지는 않았다. 그저, 퇴근 후 하던 일을 이제는 눈을 뜨자마자 하는 것뿐.

아침 대신, 집 앞의 작은 개인 카페에서 커피를 사 와 디자인을 하고

작업물에 그리고 지우기를 반복했다. 무의미한 선을 긋고, 또 지우는 반복적인 작업. 그것이 이제 나의 하루가 되었다.

지이이잉—

휴대폰 진동이 조용한 방 안에 울렸다. 화면을 보니, 여자 친구에게 온 메시지였다. 이렇게 무미건조한 일상 속에서도 그래도 혼자 외로이 있고 싶지는 않았던 것 같다. 애석하게도, 나는 그녀를 그리 좋아하지 않는 것 같은데도. 그렇다면, 이 관계는 무엇일까? 외로움 때문일까, 아니면 그냥 무언가를 붙잡고 싶어서일까.

나는 한동안 휴대폰 화면을 바라보다, 메시지를 열지 않은 채 다시 내려놓았다. 창밖에는 회색빛 하늘이 펼쳐져 있었다.

지이이잉—

진동이 다시 울렸다. 이내 속마음이 입 밖으로 튀어나왔다.

"귀찮다……. 너무 귀찮아—"

사람이 귀찮아진 지가 꽤 오래되었다. 연락도, 만남도, 대화도. 전부다. 그럼에도 지금 만나는 사람은 내 어떤 점이 그리 좋았는지는 알 수 없지만, 끈덕지게 나에게 연락을 해 왔고, 몇 번이고 만나자는 말을 놓지 않던 사람이었다. 그렇게 해서 이 관계가 시작되었다. 어느새 익숙해진 이름, 익숙해진 목소리. 그러나, 마음은 여전히 낯설었다. 나는 다시 휴대폰을 들어 메시지를 열었다.

"오늘 저녁 잊지 않았지?"

잠시 고민하다, 손가락을 움직였다.

"응, 저녁에 보자."

보내기 버튼을 누르고, 휴대폰을 천천히 내려놓았다. 창밖을 다시 바라보았다. 길가에는 바쁘게 걸어가는 사람들, 어딘가로 향하는 버스와 택시들, 각자의 하루를 채워가는 무심한 도시. 나는 문득, 이 만남이 얼마나 오래 지속될 수 있을지 생각했다. 이 사람이 딱히 싫지도, 그렇다고 특별히 좋지도 않았다. 그저 나를 귀찮게 하는 요소 중 하나일 뿐이라고, 그렇게 생각하고 있었다.

그렇다고 먼저 헤어지자고 할 생각도 없었다. 그런 말을 꺼냈다가는 더 귀찮아질 게 뻔했으니까. 그냥, 이렇게 만나는 게 가장 덜 피곤한 방법이라고 판단했다. 그러니 지금처럼, 적당한 거리를 유지한 채 그녀가 원하면 만나고, 그녀가 연락하면 답장을 하고, 그렇게 시간을 흘려보내는 것이다. 미안한 감정이 전혀 없는 건 아니었다. 하지만, 그렇다고 해서 크게 죄책감을 느끼지도 않았다.

나는 약속 시간이 가까워지자 옷을 갈아입고 서둘러 집을 나섰다. 그녀는 항상 약속 시간보다 10분 먼저 도착한다. 아니, 정확히는 나보다는 10분 먼저 도착한다고 해야 할까. 한 번은 그 이유를 물은 적이 있다.

"그냥, 오빠가 시간 약속을 중요하게 생각한다고 했으니까."

그녀는 아무렇지 않게 웃으며 그렇게 말했다. 정말 그 이유 때문일까, 아니면 원래 그런 성격일까.

나는 지하철역으로 향하며, 무심코 유리창에 비친 내 얼굴을 바라보았다. 오늘도, 유난히 더 무표정했다. 약속 장소인 식당에 도착하자, 그녀는 언제나처럼 먼저 와 있었다. 나는 발걸음을 멈추고, 짧은 한숨을 내쉬며 그녀에게 다가갔다.

"또 기다리게 했네."

"아니야, 신경 쓰지 마. 내가 먼저 오는 게 더 편해서 그런 거니까."

그녀는 웃으며 말했다. 나는 가볍게 고개를 끄덕였다. 굳이 사과를 반복할 필요는 없었다. 어차피 그녀는 늘 나보다 먼저 와 있었으니까.

"그보다, 퇴사하고 나니까 어때? 좋아?"

그녀가 자연스럽게 화제를 돌렸다. 나는 잠시 생각에 잠겼다. 좋을까? 나는 솔직히 그 감정을 정의 내릴 수 없었다. 하지만 그녀에게 굳이 그렇게 말할 필요는 없었다.

"글쎄. 아직 잘 모르겠어."

나는 그렇게 아무렇지 않게 대답했다.

"그래? 난 너무 부러운데. 나라면 퇴사하고 잠깐이라도 여행 다녀올 것 같아."

그녀는 짧은 한숨을 쉬며 말했다.

"좀 쉬어야지. 오빠도 많이 지쳤잖아. 디자인도 잘 안 풀린다며."

나는 순간, 짧게 숨을 들이마셨다. 그리고, 아무렇지 않은 척 웃으며 말했다.

"아니야. 그럴 시간도 없고, 딱히 가보고 싶은 곳도 없어서."

거짓말이었다. 나는 그날 이후로, 공항을 가는 것이 싫어졌다. 출국장 앞에서 짐을 들고 서 있던 그날. 출국 게이트를 통과하는 순간, 다시는 돌아올 수 없을 것만 같아서, 나는 한 걸음 한 걸음이 무겁게 느껴졌다. 비행기 탑승을 알리는 방송이 울릴 때도, 비행기 창문 너머로 일본 땅이 점점 작아질 때도, 나는 눈을 감아버렸다. 떠올리기 싫었다. 떠올리는 순간, 그 이틀이 또렷해질 테니까. 나는 짧게 숨을 내쉬고, 고개를 돌렸다. 굳이 이 사람에게까지 그런 얘기를 할 필요는 없었다. 어차피 이해할 수 없는 이야기고, 나는 굳이 문제를 만드는 성격이 아니니까.

"그보다, 밥도 다 먹은 것 같은데 뭐 할까?" 나는 무심하게 물었다.

"음……. 글쎄, 오빠는?"

그녀가 고개를 갸웃하며 되물었다.

"딱히. 커피나 한잔할까."

나는 자연스럽게 시선을 돌리며 말했다. 그녀는 익숙하다는 듯이 가볍게 웃으며 고개를 끄덕였다.

"그래. 가자."

그렇게, 특별할 것 없는 하루가 계속되었다. 금요일이라 그런지 카페는 사람들이 꽤나 많았다. 사람 많은 곳을 싫어하는 내게는 그리 달가운 상황은 아니었다.

"오빠 뭐 마실래? 커피는 내가 살게."

그녀가 밝은 목소리로 말했다.

"아니야, 됐어. 내가 살게. 먹고 싶은 거 골라."

"응, 고마워."

그녀는 환하게 웃었고, 나는 그저 무심히 계산을 마쳤다. 우리는 커피를 받아 자리로 향했다. 그리고, 아무 말도 하지 않았다. 잔을 한 번 들었다가 내려놓고, 마음이 복잡해지는 것도 같았다. 조금 전까지는 그저 하루의 일부 같은 만남이었다. 그런데 막상 이렇게 마주하고 있으니, 그녀와 나는 무슨 대화를 해야 하는지조차 몰랐다. 그녀는 휴대폰을 들여다보며 무언가를 읽고 있었다. 그 침묵을 깬 것은 그녀였다.

"오빠, 사실 있잖아······. 우리가 만난 지도 꽤 오래됐고, 퇴사도 했고······. 여태 시간이 없어서 같이 여행도 못 가봤는데······."

나는 그녀를 바라보았다. 조금 망설이는 듯한 표정이었다.

"도쿄 가지 않을래?"

그 순간, 시간이 멈춘 것 같았다.

도쿄.

그녀의 목소리는 가볍고 경쾌했지만, 그 단어는 너무 무겁게 떨어졌다. 그때, 가로등 불빛 아래 흩어지던 빗방울들이 기억나면서 거칠게 머릿속으로 밀려들었다. 나는 순간, 숨을 삼켰다.

"음, 도쿄, 글쎄······."

애써 태연한 척, 무심한 듯 말을 흘렸다.

"아직 한국에서도 못 해본 게 많은 것 같은데."

그 말이 끝나자마자, 나도 모르게 커피잔을 손끝으로 굴렸다. 그녀는 눈을 깜빡이며 내 얼굴을 살폈다. 그러나 깊이 생각하지 않은 듯, 금세 밝게 웃으며 고개를 끄덕였다.

"그렇긴 하지! 그럼 다른 곳도 생각해 볼까?"

익숙한 듯한 미소. 다정한 듯한 말투. 그녀는 테이블에 팔을 괴고, 즐거운 듯 휴대폰을 열어 국내 여행지들을 검색하기 시작했다. 나는 문득, 자신도 모르게 그녀의 손끝이 가벼이 떨리는 것을 보았다. 다만, 그것을 깊이 생각하지 않기로 했다. 나는 눈앞의 커피잔을 바라보며 조용히 숨을 들이마셨다. 커피는 미지근해져 있었고, 마음은 차갑게 가라앉아 있었다. 그 순간, 도쿄에서 마지막으로 마셨던 술의 온도가 떠올랐다.

차가웠다.

그때처럼.

"혜은아."

테이블에 시선을 둔 채, 낮은 목소리로 말을 꺼냈다.

"여행지는 천천히 정해 보기로 하고, 오늘은 이만 집에 갈까?"

그녀는 의아한 표정으로 나를 바라보았다.

"벌써……?"

그 순간, 짧은 침묵이 흘렀다. 나는 시선을 피하며 컵을 가볍게 굴렸다.

"응, 미안해. 몸이 좀 안 좋은 것 같아서. 옷을 너무 얇게 입고 왔나 봐."

거짓말이었다. 그녀가 걱정할 필요도, 묻고 따질 필요도 없는 이유를 만들어야 했다. 그냥, 오늘은 이대로 그만두고 싶었다. 그녀는 살짝 입술을 깨물더니, 이내 가볍게 한숨을 내쉬었다.

"옷 좀 따뜻하게 입고 다니라니까. 어쩔 수 없지. 오늘만 날도 아닌데."

그녀는 곧 익숙한 듯, 담담하게 웃으며 가방을 챙겼다. 나는 자리에서 일어나며 조용히, 그리고 아무렇지 않은 척 텅 빈 커피잔을 한 번 더 바라보았다. 거기엔, 남아 있는 것도, 마실 것도 없었다. 마치, 이 관계처럼.

집으로 돌아와, 나는 늘 하던 대로 컴퓨터를 켰다. 화면 속에는 이미 수십 개의 레이어가 겹쳐진 복잡한 선들이 어지럽게 얽혀 있었다. 늘 비슷한 디자인. 형태를 알아볼 수 없는, 난잡한 패턴들. 나는 단순한 걸 좋아하는데, 왜 이렇게 복잡하게 만들어지는 걸까.

손가락을 움직여 또 하나의 디자인을 그려 넣었다. 그러다 문득, 아주 오래전 작업하다가 중단한 디자인들을 멍하니 바라보았다. 그리고, 또 다시 나를 괴롭히는 그 얼굴.

유카리.

그녀는 이 어둡고 칙칙한 디자인들을 보고 나에게 얘기했다.

"진짜 감정 같아요."

그녀는 내 디자인의 어떤 부분을 보고 그렇게 표현했던 걸까.

그때는 그저 의문이었지만, 지금 다시 떠올려 보면, 그녀의 답이 아주 조금은 이해될 것 같기도 했다. 진짜 감정……. 만약 이 혼란스러운 선들이 내 감정이라면, 나는 지금 어떤 감정을 가지고 있는 걸까.

나는 고개를 숙이고, 화면 속 디자인을 바라보았다. 무채색의 선들이 어지럽게 뒤엉켜 있었다.

"감정이라……."

입안에서 나지막이 되뇌었다. 정확히 무슨 감정을 의미하는 걸까. 디자인에 감정이 담긴다면, 나는 그동안 어떤 감정을 쏟아왔던 걸까.

그때—

지이이잉.

책상 위에 올려둔 휴대폰 화면이 희미한 불빛을 내뿜었다.

진동이 멎고, 화면 위로 익숙한 이름이 떠올랐다.

"잘 들어간 거지……? 몸은 괜찮은 걸까? 안색이 안 좋아 보여서."

그녀였다.

나는 한동안 화면을 바라보다가, 조용히 한숨을 내쉬었다.

손가락을 들어 메시지를 확인한 뒤, 짧게 답장을 남겼다.

"응, 미안해. 연락이 늦었네. 잘 들어갔어?"

그녀의 걱정이 싫지는 않았다. 아니, 어쩌면 이런 식의 관심을 받는 것도 나쁘진 않았다. 하지만, 그 걱정에 답을 하는 것조차 이제는 귀찮았다. 이 관계를 언제까지 이어가야 할까. 가끔은 그런 생각이 들었다. 하지만 그 생각조차도, 이젠 너무 피곤했다. 나는 휴대폰을 뒤집어 책상 위에 내려놓았다. 그리고 다시 노트북 화면을 바라보았다. 아까와 똑같은 어둡고 복잡하게 얽힌 선들. 형체를 알 수 없는, 난잡한 패턴들. 디자인이라기보다는 그냥 쌓여 있는 선들뿐이었다. 얼마나 많은 시간을 들여 이걸 만들었던가. 그런데도 정작 내 마음에 드는 건 하나도 없었다. 한참을 그렇게 멍하니 바라보다가, 나는 천천히 마우스를 움직였다.

Ctrl + A

Delete.

순식간에 화면이 하얗게 비워졌다. 검게 뒤덮였던 화면이 사라지고, 텅 빈 캔버스가 눈앞에 펼쳐졌다. 하얀 화면 속에는 아무것도 없었다. 흰색, 텅 빈 감정, 공허한 관계, 어디로도 나아가지 못한 채 맴도는 시간들.

혜은과의 관계도 그랬다. 따뜻하지도, 차갑지도 않은 애매한 색. 그저 덧칠할 수 있는, 의미 없는 흰색.

지이이잉—

휴대폰이 울렸다.

"오빠, 나 지금 오빠 집 앞이야."

나는 화면을 멍하니 바라보다, 창밖을 내다봤다. 어둑한 가로등 아래, 익숙한 실루엣이 보였다. 바람에 흔들리는 머리카락, 코트를 여미며 초조하게 휴대폰을 쥐고 있는 손. 문득, 너무도 익숙한 감각이 스쳐 지나갔다.

도쿄의 어느 밤, 플라타너스잎들이 흩날리던 거리에서, 가로등 불빛 아래 나를 바라보던 또 다른 시선. 그날, 그녀도 흰색이었다. 텅 빈 듯한 색이면서도, 어쩌면 가장 깊은 색. 가만히 들여다보면, 그 속에는 수많은 감정들이 녹아 있었다. 맑은 색이면서도, 아프게 잔상으로 남는 색.

나는 고개를 가볍게 흔들며 그 기억을 떨쳐냈다. 그리고 천천히 자리에서 일어났다. 문을 열자, 혜은이 서 있었다. 얇은 코트를 여미며 나를 올려다봤다. 눈이 살짝 젖어 있었다.

"너, 왜 여기까지 왔어?"

"왜? 내가 오면 안 돼?"

그녀는 작은 목소리로 말했다. 그러고는 그대로 집 안으로 들어섰다. 나는 한숨을 쉬며 문을 닫았다. 그녀는 익숙하게 거실로 걸어가더니, 소파에 털썩 주저앉았다.

"혜은아, 무슨 일이야?"

"오빠는······. 나 좋아해?"

나는 순간 말문이 막혔다. 그녀는 나를 똑바로 바라보고 있었다. 가벼운 농담도 아니고, 평소처럼 투정을 부리는 것도 아니었다. 이건, 진짜였다.

"갑자기 왜 그래?"

"오빠가 날 귀찮아하는 거, 나도 알아."

"······."

"난, 오빠가 정말 나를 좋아하는지, 아니면 그냥······. 있는 게 편해서 두는 건지, 이제 더는 모르겠어."

그녀의 목소리는 차분했지만, 흔들리고 있었다. 나는 눈을 감았다가 다시 떴다. 머릿속이 복잡했다. 이 관계를 언제까지 이어나가야 할까. 언제쯤 솔직해질 수 있을까. 아니, 나는 이 사람에게 도대체 어떤 감정을 가지고 있는 걸까. 나는 순간 아무 말도 할 수 없었다. 혜은의 목소리는 흔들리고 있었다. 하지만 그 속에는 분명한 감정이 담겨 있었다. 나는 침묵을 깨고 그녀에게 말했다.

"우리……. 나중에 얘기할까?"

그녀는 조용히 숨을 들이마시고는, 더 이상 참지 못하겠다는 듯 말을 했다.

"언제? 또 나중에? 나는 가끔 오빠를 보면, 빈 껍데기랑 만나는 느낌이 들어. 항상 나 혼자 좋아하고, 나 혼자 기다려지고……. 오빠는 나한테서 뭘 원하는 거야? 내가 먼저 연락 안 하면, 오빠는 연락한 적도 없고, 내가 만나자고 하면 만나는 거고……. 기대를 해도……. 오빠에게서는 아무것도 먼저 오지 않아……."

나는 말없이 그녀를 바라보았다. 혜은의 눈은 붉어져 있었다.

"난 오빠한테 어떤 존재야?"

그 한마디가, 예상보다 깊게 파고들었다. 텅 빈 캔버스처럼, 텅 빈 관계. 나는 혜은에게 어떤 의미였을까. 아니, 나는 이 관계를 대체 뭘로 생각했던 걸까. 그녀는 내 대답을 기다렸다. 그러나 나는 아무 말도 할 수 없었다. 애초에, 내 안에 대답이 없었다.

"미안해. 그런 건 아닌데."

결국, 나올 수 있는 말은 그것뿐이었다. 그녀는 작게 웃었다.

"그래. 그럴 줄 알았어."

마치, 이미 예상하고 있었다는 듯한 웃음. 그러나 그 안에는 더 이상 기대도, 희망도 남아 있지 않았다. 그녀는 천천히 자리에서 일어났다. 의자는 가벼운 마찰음을 내며 뒤로 밀렸다.

"오늘은 몸도 안 좋은데……. 미안해. 내가 너무 예민했나 봐. 집 가서 연락할게."

그녀는 어색하게 웃으며 가방을 들었다. 그 순간마저도, 나는 그녀를 붙잡아야겠다는 생각조차 들지 않았다.

"내가 데려다줄게. 오늘은."

그녀는 멈칫했지만, 곧 가볍게 고개를 저었다.

"아니야. 오빠 몸도 안 좋고, 오늘은 혼자 돌아가고 싶네."

그녀의 목소리는 평소처럼 차분했지만, 그 안에서 묘한 단절감이 느껴졌다. 나는 그녀를 바라봤다. 평소처럼 그녀는 나를 한 번 더 바라보더니, 미소를 지으며 아주 가볍게 손을 흔들었다.

"그럼, 잘 쉬어."

그렇게 말하고, 그녀는 천천히 돌아섰다. 나는 그녀가 문을 나서는 모습을 그저 바라볼 수밖에 없었다. 문이 닫히는 순간, 방 안에는 다시 정적이 내려앉았다. 그 정적 속에서, 나는 흰색 캔버스를 바라보았다. 여전히 비어 있는 화면. 그리고, 처음부터 다시 그려야 할 무언가. 나는 한

동안을 멍하니 화면을 바라보았다. 마치 방 안에 혼자 남겨졌다는 사실을 이제야 실감하는 듯이. 그리고, 문득 창문 밖을 바라보았다. 서울의 밤은 여전히 회색빛이었다. 차가운 조명 아래, 빠르게 지나가는 차들, 표정 없는 얼굴로 걷는 사람들.

나는 무심코 옷을 집어 들고 문을 나섰다. 걸으면서 생각했다. 지금까지 이 관계를 왜 계속 이어온 걸까. 정말 외로워서였을까, 아니면 단순히 익숙해서였을까. 그녀는 언제나 나보다 먼저 도착해 나를 기다렸다. 그녀는 나에게 많은 것을 물었지만, 나는 언제나 피상적인 대답만을 내놓았다. 나는 진심을 다하지 않았다. 아니, 다할 수 없었다. 그렇다면, 나는 언제 마지막으로 진심을 다했던 걸까.

지이이잉—

주머니 속에서 휴대폰이 짧게 울렸다. 나는 무심코 휴대폰을 꺼내 확인했다. 화면에는 짧은 한 줄이 떠 있었다.

"우리 그만 만나자."

나는 한숨을 내쉬며 다시 화면을 껐다. 이럴 줄 알고 있었다. 어차피 이렇게 끝날 거였다. 오히려, 생각보다 오래 끌었다는 느낌이 들었다. 그녀가 떠난다고 해서 아쉬울 게 있을까? 아니, 전혀. 나는 처음부터 이 관계를 붙잡고 있지 않았다. 붙잡고 있었다면 그저 귀찮아서였겠지.

나는 다시 천천히 걸음을 옮겼다. 그러다 문득 멈춰 서서 하늘을 올려다봤다. 회색빛 하늘. 밝지도, 어둡지도 않은 어중간한 색. 나는 문득,

이 관계가 이 하늘과 다를 게 없었다는 생각이 들었다.

애매한 색.

애매한 관계.

그러나, 내가 마지막으로 확실한 색을 기억했던 때가 있었다. 확실하지만⋯⋯. 어떤 색이라고 정확히 표현은 할 수 없는 신기한 색.

그녀.

유카리.

그녀는 나와 반대였다. 나는 검은색을 그렸고, 그녀는 흰 바탕 위에 글을 새겼다. 나는 덮어버렸고, 그녀는 기록했다. 나는 지우려고 했고, 그녀는 남기려고 했다. 나는 깊이 숨기려 했고, 그녀는 깊이 들여다보려 했다. 그녀는 내 디자인을 보고 얘기했다.

"진짜 감정 같아요."

나는 늘 지우는 것에 익숙한 사람이었다. 지우고, 덮고, 감추고. 그런데, 그녀는 내 디자인에서 '감정'을 봤다. 나는 그때, 그 얘기를 듣고 뭐라고 답했었더라. 애매한 웃음으로 넘겼던가? 아니면, 그냥 대답을 하지 않았던가.

나는 다시 휴대폰을 꺼내 혜은이 보낸 이별 메시지를 확인했다. 읽음 표시만 남은 채, 더 이상 할 말이 없었다. 나는 다시 휴대폰을 내려놓고, 조용히 혼잣말을 중얼거렸다.

"감정이라⋯⋯."

나는 집으로 돌아와 컴퓨터를 켰다. 그리고, 아무 말 없이 하얀 캔버스를 띄웠다. 책상 한구석에는 여태껏 그렸다가 버려진 흔적들이 남아 있었다. 형체를 알아볼 수 없는 선들, 의미 없이 흩어진 색과 패턴들. 그것들은, 어쩌면 지금까지의 나를 닮아 있었다.

그러나 지금은— 그때와는 달랐다. 몇 년 전, 일본을 다녀온 뒤로 나는 잊으려 했다. 아니, 억지로라도 지우려 했다. 그런데도, 지워지지 않았다. 떠오르는 감정들을 조각내어 그려도, 마지막에는 늘 덮어버리고, 감추고, 무의미한 선들 사이에 묻어버렸지만 결코 지울 수 없었다.

하지만 지금은 지우려고 할 때가 아니다. 남겨야 할 때다. 지울 수 없었다면, 받아들이는 수밖에.

나는 천천히 숨을 들이마셨다. 손끝이 자연스럽게 움직였다. 이번에는 처음부터 끝까지, 나는 화면 위에 선을 그리기 시작했다. 시간이 얼마나 흘렀는지도 모르고 몇 달째 책상 앞에서 작업을 이어갔다. 언제 샀는지도 모르는 커피 한 잔이 식어 있었다. 방 안은 어지럽혀져 있었고, 책상 위에는 버려진 스케치들과 메모들이 뒤섞여 있었다. 그러나 나는 멈추지 않았다. 이번에는 방향 없이 흩어지는 선이 아니라, 또렷한 형태를 가진 무언가를 그리고 있었다. 밤낮이 뒤바뀐 생활이었다. 눈을 감았다 뜨면, 다시 같은 자리. 컴퓨터 앞에서, 손끝이 멈추지 않았다. 지긋지긋한 휴대폰 알람 소리가 방 안을 울렸다. 순간, 집중하고 있던 흐름이 끊겼다. 나는 인상을 찌푸리며 휴대폰을 집어 들었다. 화면에는 익숙한 이름이 떠 있었다.

"야, 이현서. 통화하기 참 힘드네?"

제일 친한 대학 동기, 민재였다. 나는 피곤한 눈으로 화면을 바라보며 통화 버튼을 눌렀다.

"뭐야."

"뭐야는 무슨. 사람 약속 잡아놓고 연락도 안 받고. 전시 준비하느라 잠수 타는 거야? 아니면 또 뭐 이상한 거 만들고 있는 거야?"

나는 눈을 감고 관자놀이를 눌렀다. 이상한 거 만든다는 말이 귀에 걸렸다. 민재는 늘 내 디자인을 이해하지 못했다. 대학 때부터 내 작업에 대해 부정적인 말을 자주 하곤 했다.

"형체도 없고, 뭘 말하고 싶은 건지도 모르겠고."

"이게 디자인이야? 그냥 낙서 아니야?"

"넌 너무 쓸데없이 복잡하게 만들려고 해. 보는 사람이 이해라도 할까?"

그때는 대충 흘려들었다. 하지만 이번 전시는, 나 스스로도 의미를 두고 있는 작업물이었다. 민재 같은 애들이 어떻게 보든 신경 안 쓰겠다고 다짐했지만, 어쩐지 오늘따라 거슬렸다.

"전시 준비하느라 잠수 탄 건 맞고, 까먹었던 것도 맞아."

나는 심드렁하게 대답했다.

"어디로 가면 되는데."

"홍대 위치 보낸 곳. 다들 거의 모였어."

"홍대는…… 애들도 아니고……. 알았어. 금방 갈게."

전화를 끊고 거울을 바라봤다. 며칠 밤을 새운 얼굴은 퀭했다. 수염도 깎지 않아 거뭇거뭇했고, 머리도 제멋대로였다. 이럴 거면 나가지 않는 게 낫지 않을까? 하지만 지금 안 나가면 다음번에 또 불려 나가야 할지도 몰랐다. 차라리 한 번 나가서 적당히 얼굴도장 찍고 오는 게 속 편했다.

대충 옷을 걸치고 지갑과 휴대폰을 챙겼다. 문을 열고 나서자, 익숙한 서울의 쾌쾌한 밤공기가 폐 깊숙이 스며들었다. 민재는 여전히 나를 이해하지 못할 거다. 아니, 그 누구도 내 전시를 보고 이해하려고 하지 않을지도 모른다. 그럼에도 나는, 끝까지 작업을 마칠 생각이었다.

가볍게 숨을 내쉬며 걸음을 옮겼다. 홍대의 밤은 오랜만이지만 여전히 북적였다. 거리에는 사람들로 가득했고, 가게마다 음악과 대화 소리가 넘쳐흘렀다. 익숙한 풍경이지만, 오늘따라 왠지 낯설게 느껴졌다. 약속 장소에 가까워질수록 발걸음이 느려졌다. 문 앞에서 한 번 숨을 들이마셨다가 천천히 내쉬었다. 억지로라도 웃어야겠지.

문을 열고 안으로 들어서자, 익숙한 얼굴들이 눈에 들어왔다. 술잔을 기울이며 웃고 떠드는 동기들. 누군가는 반갑게 손을 흔들었고, 누군가는 내가 왔다는 걸 알아차리지도 못한 듯 보였다.

"오, 왔네."

가장 먼저 나를 발견한 건 역시 민재였다. 그는 가볍게 잔을 흔들며 시선을 돌렸다.

"생각보다 늦었네? 올 줄 몰랐는데."

나는 억지로 입꼬리를 올렸다.

"뭐, 안 나오면 큰일 날 것처럼 얘기하길래."

그렇게 말하며 테이블로 다가갔다. 이미 술이 몇 병쯤 비워진 듯했다. 반쯤 취한 얼굴들, 들뜬 분위기. 나는 자연스럽게 빈자리에 앉으며 적당히 반가운 척했다.

"다들 오랜만이네."

그러나 진심으로 반갑다고 느껴지지는 않았다. 어쩌면 나만 시간이 다르게 흐르고 있는 것 같았다. 나는 조용히 물 잔을 들고 입을 적셨다. 그렇게, 또 하나의 형식적인 자리가 시작된 것이다. 술잔이 오가고, 웃음소리가 끊이지 않았다. 누군가는 취기가 올라 얼굴이 붉어졌고, 누군가는 벌써 집으로 돌아갔다. 어느새 자리에 남은 사람은 몇 명뿐이었다. 테이블 위에는 비워진 병들과 흐트러진 안주들이 남아 있었고, 떠들썩했던 분위기는 어느새 한결 차분해졌다. 민재가 천천히 잔을 기울이며 말했다.

"그러고 보니, 우리 다들 꽤 오랜만에 본 거네. 졸업하고 나서 이렇게 모이는 것도 처음 아냐?"

누군가 고개를 끄덕이며 맞장구쳤다.

"그러게. 다들 바쁘기도 했고……. 요즘은 뭐 하면서 지내냐?"

자연스럽게 근황 이야기로 넘어갔다. 누군가는 회사 생활을, 누군가는 새로운 프로젝트를, 누군가는 결혼을 앞두고 있다고 했다. 그러다, 민재가 나를 보며 물었다.

"그러고 보니 전시 준비는 잘 돼가는 거야?"

나는 순간 잠시 망설였다. 딱히 숨길 것도 없었지만, 그렇다고 길게 말하고 싶지도 않았다. 그래서 늘 하던 대로 짧게 넘겼다.

"그냥 뭐 그럭저럭······."

나는 애매한 웃음으로 대답을 대신했다.

"야, 네가 전시를 한다고?"

다른 동기가 흥미롭다는 듯 물었다.

"좀 의외인데? 너 원래 이런 거 안 좋아했잖아."

"그러게, 예전 같으면 절대 안 했을 텐데. 예술병에 걸린 사람들이나 하는 거라면서 말이야."

민재가 피식 웃으며 말을 덧붙였다.

"근데 전부터 궁금했는데 갑자기 전시는 왜 하기로 한 거야?"

그 질문에 나는 순간 말을 잃었다. 왜였더라. 이제 와서 설명할 수 있을까. 그리고, 설명할 필요가 있을까. 내가 진짜로 이유를 알고 있는지도 모르겠다. 그래서 그냥, 짧게 말했다.

"그냥······. 해보고 싶어졌어."

아주 간단한 대답이었지만, 내 스스로도 그 말이 낯설었다. 민재가 나를 가만히 바라보았다. 한동안 말없이 잔을 굴리던 그는, 조용히 술을 한 모금 삼켰다.

"그래도……. 네가 뭔가를 '보여주겠다'는 건 신기하네."

그는 어딘가 재미있다는 듯 중얼거렸다.

"넌 항상 감추는 쪽이었잖아."

나는 민재의 말을 부정하지 않았다. 부정할 수 없었다. 나는 늘 감췄다. 내 감정도, 내 생각도, 내 작업물들도. 그런데도, 이번만큼은. 숨기고 싶어도 숨길 수 없었고, 지우고 싶어도 지울 수 없는 기억이었으니까. 그리고, 이제는……. 그 기억을 '보이고' 싶어졌으니까.

나는 잔을 들어 조용히 입을 적셨다. 씁쓸한 맛이 목을 타고 흘러내렸다. 그러고는 천천히 입을 뗐다.

"응, 처음에는 그냥 해보고 싶어서. 되면 하고, 안 되면 말지— 그런 생각이었는데."

나는 시선을 잔에 고정한 채 말을 이었다.

"근데 전시 주제를 정하고 나니까, 이제는 꼭 해야겠다는 생각이 들더라."

그 순간, 누군가가 장난스럽게 물었다.

"뭐야, 무슨 대단한 주제라도 잡은 거야?"

나는 피식 웃었다. 쉽게 대답할 수 있는 질문이 아니었다. 그리고 굳이 대답할 필요도 없었다.

"뭐, 그냥……. 오래전부터 나한테 남아 있는 것들?"

"흠, 그게 뭔데?"

민재가 나를 빤히 바라보며 물었다. 나는 한순간 말을 삼켰다.

'그 이틀'

결코 지워지지 않는 순간들. 말하지 않았지만, 이미 내 안에서는 모든 게 정해져 있었다. 나는 가만히 미소를 지었다. 그리고, 가볍게 말을 흘렸다.

"음⋯⋯. 오래전에, 한 번쯤은⋯⋯. 아니 이제는 마주 봐야 하는 것들."

민재는 의미를 알 수 없다는 듯 고개를 갸웃했지만, 더 이상 묻지는 않았다. 그렇게, 술잔을 다시 기울였다.

"뭐야 그게. 오그라드는 말이네."

민재가 피식 웃으며 잔을 기울였다. 나는 가볍게 어깨를 으쓱였다.

"그럴 수도 있지."

굳이 설명할 생각은 없었다. 어차피 이해받고 싶지도 않았고, 설명한다고 해서 제대로 전달될 것 같지도 않았다. 민재는 나를 한 번 더 흘긋 보더니, 별다른 대꾸 없이 술을 마셨다. 다른 동기들도 대화의 흐름이 끊기는 걸 막으려는 듯, 다시 일상적인 이야기로 넘어갔다. 술자리는 예상했던 대로, 크게 남는 것 없이 마무리되었다. 다들 피곤하다는 듯 하나둘 자리에서 일어섰고, 형식적인 인사를 나누며 각자의 길로 흩어졌다.

나는 익숙한 귀찮음을 삼키며, 무거운 몸을 이끌고 집으로 향했다. 술자리에서 돌아온 후, 나는 습관적으로 컴퓨터가 있는 책상 앞에서 잠들어 일어났다. 눈을 뜨자마자 익숙한 하얀 화면. 책상 위에는 여전히 정리되지 않은 스케치들, 한동안 붙잡고 있던 작업물들이 널브러져 있었다.

하지만 이제 막막하지는 않았다. 해야 할 것들이 분명했고, 나는 그저 손끝으로 그것들을 따라가기만 하면 됐다. 모양 없는 감정들을 구조와 형태로 정리해 나갔다. 디자인은 언제나 내 감정을 감추는 방식이었지만, 이번만큼은, 그 감정을 조금은 솔직하게 담기로 했다. 몇 달간, 그렇게 지냈다. 밤과 낮의 경계가 무너진 생활. 커피는 습관처럼 식었고, 혼잣말조차 점점 줄어들었다. 하지만 그 공백 속에서, 나는 내가 가장 하고 싶었던 일을 차분히, 고요하게 이어가고 있었다. 그러던 어느 날, 한 통의 메시지가 도착했다. 대학 시절 자주 연락하던 선배였다.

"현서, 요즘도 디자인 계속하나? 혹시 최근 작업물 중에 괜찮은 거 있으면 하나만 보여줘 봐. 아는 갤러리 관계자 있는데, 디지털 기반 디자인도 이번에 받겠다고 하더라. 네 생각이 나서."

나는 잠시 망설이다가, 얼마 전 마무리한 디자인 파일 하나를 꺼냈다. 그건 복잡하고 혼란스럽지만 기묘하게 정돈된 무언가였다. 딱히 이름을 붙이지도 않았고, 누구를 위해 만든 것도 아니었지만— 그때의 내가 고스란히 담겨 있었다.

"이거라도 괜찮을까요?"

파일을 전송하고 나서, 모니터 앞에 멍하니 앉아 있었다. 며칠 후, 선배에게서 전화가 왔다. 받자마자 들려온 목소리는 꽤나 들떠 있었다.

"야, 너 덕분에 나도 체면 좀 살았다."

"네?"

나는 선배에게 되물었다. 선배는 여유 섞인 웃음으로 말을 이었다.

"생각보다 반응이 좋더라. 네가 그동안 했던 디자인이랑은 전혀 달라서 의외긴 했지만. 형식도 표현 방법도 확실히 달랐어. 작은 전시지만 이제는 당당하게 전시 작가가 되었네, 축하해!"

나는 잠시 망설였다가, 조용히 대답했다.

"음, 선배 죄송하지만 이름은 빼도 괜찮을까요?"

선배는 짧은 침묵 끝에 말했다.

"응? 왜……? 그래도 괜찮겠지만……. 정말 괜찮겠어?"

선배의 목소리는 호기심 반, 아쉬움 반이었다. 나는 망설임 없이 대답했다.

"이게 처음이기도 하고요. 이름이 아니라, 작품만 남았으면 좋겠어요."

나라는 이름은, 너무 많은 것을 담고 있었다. 내가 감춰온 감정들, 말하지 못한 순간들, 그리고 잊고 싶었던 시간까지. 그걸 굳이 드러내고 싶진 않았다. 내 작품이 '나'보다 먼저 보이길 바랐다. 조용히, 하지만 진심이 전해지길.

선배가 다시 말했다.

"그래도 이 정도 반응이면, 다음번엔 이름 붙여도 되겠다. 내가 잘 밀어줄 테니까 기대해."

"기대는 말아주세요. 아직 한참 멀었어요."

"됐고, 아무튼 잘했어. 네가 뭔가를 세상에 꺼내기 시작했다는 게, 나는 그게 제일 좋다."

　전화를 끊고 난 뒤, 며칠이 흘렀다. 전시는 조용히, 특별한 홍보도 없이 문을 열었다. 작은 갤러리 한쪽 벽면, 〈작가 미상〉이라는 표기 아래 내 작품 하나가 걸렸다. 사람들은 조용히 작품 앞에 멈춰 섰다. 누군가는 오래도록 바라보았고, 누군가는 고개를 갸웃거리다가 이내 지나쳤다. 그리고 또 누군가는, 불쾌하다는 표정을 짓기도 했다. 무슨 뜻인지 정확히 알 수 없다는 표정. 작품 옆에 설명 하나 없는, 낯선 감정의 색. 말없이 사라진 이 전시는, 예상외로 오래 회자되었다. 도대체 누가 만들었는지, 무엇을 말하고 싶은 것인지 사람들은 저마다 해석했고, 의미를 정확히 몰라서 오히려 깊이 남는 작품이 되었다. 그리고, 얼마 후. 예상치 못한 메일 한 통이 도착했다.

『안녕하세요.
이전 전시에서 귀하의 작품을 보고 깊은 인상을 받았습니다.
다가오는 기획 전시에 정식으로 참여해 주시길 부탁드립니다.』

　분명 선배가 내 메일 주소를 알려준 거겠지.
　좋은 기회인 만큼, 나는 꽤나 오랫동안 고민 후 단 하나의 조건을 붙여, 답장을 보냈다.
　『작가명은 기재하지 않는 조건이라면 참여하겠습니다.

이름 없이도, 작품만으로 충분히 이야기할 수 있다고 생각합니다.』

『작가님의 요청, 전시 측에서 수용했습니다.
참여 확정으로 안내해 드리며, 출품하실 작품은 최대 3점까지 가능하십니다.』

나는 노트북 앞에 앉아, 오랜 시간 모아두었던 스케치를 천천히 열어 봤다. 지워지지 않는 감정들, 덮으려 해도 끝내 사라지지 않았던 이야기들. 이제는, 내가 선택한 방식으로 꺼내 놓을 차례였다. 이름은 없지만, 감정은 진짜인 작업물들. 그렇게, 또 한 번 나는 작업을 시작했다. 언제 시간이 이렇게 흘렀는지, 하루와 하루 사이의 경계가 흐릿해진 지도 오래다. 몸은 익숙하게 움직였지만, 마음은 어디에도 도착하지 못한 채 제자리를 맴돌았다. 창밖은 이제 이전보다 밝고, 거리의 색도 제법 다양해졌지만 내 눈에는 여전히 채도가 빠져나간 회색뿐이었다. 푸른 옷을 입은 사람들도, 햇살에 반짝이는 유리창도— 그저 조금 더 연하거나 진한 회색으로 보였다. 색은 있는데, 보이지 않았다. 아니, 보지 않으려 했는지도 모른다. 진짜 색이란 감정과 닮아 있었고, 감정은 지금의 나에게 너무 복잡하고 무거운 것이었다. 그래서 나는 형태 없는 감정을 조심스럽게, 얇은 선 하나로 바꾸고 있었다. 지우고, 다시 그리고, 남기고 싶은 마음 하나 없이, 단지 흘러나오는 것만을 화면에 쌓아갔다. 이 작품은 언어가 아닌 감정의 기호였다. 말로 표현할 수 없는 것을 형태 없는 무언가로, 남기기 위한 행위. 내가 지금 무엇을 그리고 있는지 정확히는 알지 못했지만— 분명한 건, 그 안에 내가 보지 않으려 했던 색들이 조금씩, 선명해지고 있다는 것이었다.

시간은 조용히, 그리고 묵묵히 흘렀다. 그 사이, 나는 작업을 반복했고 감정은 천천히, 아주 느리게, 선명해지고 있었다. 무채색의 하루들 속에서 나는 여전히 회색빛 시선으로 세상을 바라보았지만, 문득 아주 드물게— 지워지지 않는 감정 하나가 디자인 위에 내려앉을 때가 있었다. 그 감정은 내가 원해서 그린 것도, 계획해서 남긴 것도 아니었다. 그저, 지워지지 않아서 남은 것이었다. 며칠 전, 갤러리 관계자에게 작업물을 보냈고 오늘, 최종 선택을 위한 미팅이 있었다. 내가 보낸 시안을 한참 바라보던 관계자가 조심스레 입을 열었다.

"이 작품도 훌륭하긴 한데요……. 정말 이걸로 괜찮으시겠어요?"

나는 잠시 화면을 바라보다 고개를 끄덕였다.

"네. 그걸로 해주세요."

수많은 작업을 해왔지만, 어쩌면 이 작품으로 처음부터 정해져 있었는지도 모른다. 누구에게 인정받기 위해 만든 것도, 누구에게 설명하려고 꺼낸 것도 아니었다. 그건 그저, 지워지지 않았기 때문에 남아 있던 감정이었다. 몇 달에 걸친 작업은 그렇게 마무리되었고, 나는 결국 그 작품을 골라 출품했다. '작가 미상'이라는 이름으로 작품을 출품한 후 얼마 지나지 않아 전시가 시작되었다. 많은 사람들의 시선 속에, 내 작업물은 작품이 되어 조용히 조명 아래 놓였다. 누군가는 오래도록 바라보았고, 누군가는 고개를 갸웃거리며 지나쳤다. 또 누군가는 말없이 돌아서며, 잠시 눈을 감았다. 정체를 궁금해하는 목소리도 있었다.

"작가 이름이 없네?"

"기분 나쁘네."

"이 정도면 나도 할 수 있겠네"

작품은 말이 없었고, 나 역시 마찬가지였다. 민재를 비롯한 주변 사람들에게조차 알리지 않았기에 그 작품이 나의 작업물이라는 걸 알지 못했다. 굳이 말하고 싶지 않았기 때문이다. 그건 나만의 방식으로 꺼낸 감정이었다. 작품에 설명조차 없이 조용히, 그렇게 놓아두고 싶었다.

제목 「257」.

그 의미에 대해 궁금해하는 관람객과 전시 관계자들이 있었지만 나는 그 누구에게도 말하지 않았다. 작품은 전시장의 한복판, 관람객들의 시선 속에 잠잠히 놓여 있었다. 나는 그 전시장을 떠나며 다시 주머니에 손을 넣었다. 빛이 가득한 복도를 지나오면서도, 내 그림자만은 또렷하게 나를 따라왔다. 그리고 나는, 가장 익숙한 어두운 방으로 돌아갔다.

여전히 무채색의 시선으로, 세상을 바라보며.

6

『엄정한 심사 결과, 매우 유감스럽게도 이번에는 채택되지 않았음을 알려드립니다.』

메일함을 열자, 익숙한 문장이 보였다. 역시, 또 같은 답변이었다. 이번에는 조금은 기대를 했는데. 그 기대가 다시 무너지는 데는, 채 몇 초도 걸리지 않았다. 벌써 몇 번째인지 기억도 나지 않는다. 이제는 실망하는 것도, 좌절하는 것도 무뎌져 버렸다. 앞으로 얼마나 더 떨어질까. 얼마나 높은 벽이, 다시 나를 절망으로 채울까. 이제는, 그런 걱정조차 사치처럼 느껴진다.

3년 전, 나는 결국 부모님과 함께 살던 집을 나와 도쿄에서 자취를 시작했다. 도쿄. 집값도 비싸고, 나와는 좋은 연이 없던 곳. 어쩔 수 없는 선택이었다. 나이도 있고, 언제까지 아르바이트만 할 수도 없으니까. 경력이라고는 아르바이트뿐인 내가 갈 수 있는 곳은 많지 않았다. 그래서, 그나마 책을 가까이할 수 있는 서점에서 일하기로 했다. 시부야의 한 서점. 너무나도 비싼 교통비를 감당할 수 없어서, 도쿄에서의 자취를 선택했다.

도쿄에서의 생활은 빠듯했다. 월세, 생활비, 하루하루가 계산적으로 흘러갔다. 서점에서의 하루는 언제나 똑같았다. 고객 응대, 책 정리, 점점 무거워지는 몸. 그럼에도 밤이 되면, 나는 여전히 글을 썼다. 지친 손목으로 키보드를 두드렸다. 무의미한 걸까 생각하면서도, 그럼에도 손을 멈추지 못했다. 아무리 힘들어도, 포기하지 말아야 한다고 스스로에게 되뇌었다.

하지만 그게 맞는 걸까? 정말 그래야 하는 걸까? 이 길 끝에, 내 글이 세상에 나오는 순간이 오기는 할까? 열의를 잃어가고 있었다. 마감 후, 퇴근길. 반복되는 하루. 오늘도 같은 자리, 같은 거리, 같은 하늘. 모든 것이 어제와 다를 바 없었다. 책을 좋아하는 공간에서 일하고 있지만, 정작 내 글은 여전히 빛을 보지 못한 채 메일함 속 차갑고 건조한 거절의 문장 아래 묻혀 있다. 그 현실이 점점 나를 짓눌렀다. 바람이 불었다. 목덜미를 스치는 한기에 옷깃을 여몄다. 그런데도 스며든 냉기는 사라지지 않았다. 도쿄의 가을은 생각보다 더 추웠다. 아니, 어쩌면 이 추위는 계절 때문이 아니라, 이제는 나조차도 내 글을 믿지 못하는 이 마음이 만들어낸 것일지도 모른다. 스스로를 다독이며 버텨온 시간이, 점점 의미를 잃어가는 기분이었다. 그럼에도, 하루는 또 흘러가고, 도쿄의 밤은 변함없이 차가운 공기를 머금고 있었다.

핸드폰을 꺼내 시간을 확인했다. 오늘은 오랜만에 신주쿠에서 약속이 있는 날이었다. 마침 금요일. 그리고 긴 유학 생활을 끝내고 일본으로 돌아온 고등학교 때 친구를 만나는 날. 익숙한 일상의 반복 속에서도, 이 작은 약속 하나가 내 발걸음을 조금은 가볍게 만들었다. 한동안 연락이 뜸했던 친구. 어쩌면, 나보다 더 치열한 시간을 보냈을지도 모른다. 그런 친구를 만나면, 이 지루한 감정도 잠시나마 잊을 수 있을까.

나는 어깨를 한 번 으쓱하며, 조금 더 빠른 걸음으로 발을 내디뎠다. 신주쿠. 여전히 사람이 북적이고, 시끄러운 곳이다. 광고판의 네온사인은 여전히 화려하고, 거리 곳곳에서 들려오는 웃음소리와 흘러나오는 음악이 도시의 밤을 가득 채우고 있었다. 오랜만에 온 신주쿠에서 나는 한때 각별했던 기억들이 스쳐 지나갔다. 마음 한구석에 조용히 자리 잡고 있던 기억들. 딱히 잊고 싶다고 생각한 적은 없었다. 그런데도, 시간은 흐르고 현실에 치이며 그날의 기억들은 조금씩 흐려졌다. 그날의 공기, 그날의 감정, 그날의 대화들. 모든 것이 선명하게 남아 있을 줄 알았지만, 이제는 무뎌졌다. 그런 생각들은 잠시 접어두고 급히 약속 장소로 발걸음을 옮겼다.

어느 곳에서나 볼 수 있는 흔한 프랜차이즈 술집. 문을 열고 들어가자 익숙한 분위기가 느껴졌다.

"미안, 아야카! 늦었네!"

테이블에 앉아 있던 친구가 눈을 동그랗게 뜨고 나를 바라봤다.

"이게 얼마 만이야! 그리고 여전히 지각이고!"

나는 멋쩍게 웃으며 자리에 앉았다.

"응, 진상 손님이 있어서 조금 늦게 퇴근했어."
"퇴근? 아! 취직했구나! 드디어 글은 그만둔 거야?"
아야카는 놀란 듯한 표정을 지었다. 나는 순간, 대답을 망설였다. 드디어……. 라니. 오랜만에 만난 친구에게 듣기엔 조금 서운한 말이었다.
"음……. 그만둔 건 아니지만, 전만큼의 열정이 크진 않은 것 같네. 지금은 서점에서 근무하고 있어."
아야카는 순간 당황한 듯 두 손을 흔들었다.
"아! 미안해, 유카리! 그런 뜻은 아니었어. 그냥……. 네가 일을 한다는 게, 조금은 신선하게 느껴졌달까?"
나는 피식 웃으며 술잔을 들었다.
"아니야, 아야카. 그런 게 뭐가 중요하겠어. 오랜만에 만났는데, 오늘은 서로 많은 이야기를 나누자."
아야카도 잔을 들어 올렸다.
"응, 좋아! 나도 정말 하고 싶은 얘기가 많았거든."
잔과 잔이 부딪히는 소리가 경쾌하게 울렸다.
오랜만에 만난 친구에게 순간 서운한 감정이 들었지만, 그런 건 이 술잔과 함께 흘려보내기로 했다.
우리는 한참 동안 한동안 잊고 지냈던 지난날의 추억을 이야기했다.
"그보다, 유카리. 남자 친구는 있어?"
이 얘기, 생각보다 늦게 나왔다.

오랜만에 만난 20대 여자 둘이 이제야 남자 이야기를 꺼내다니.

"설마. 그런 게 있을 리가."

아야카가 눈을 동그랗게 뜨며 장난스럽게 물었다.

"뭐야, 너 인기 많았잖아? 누군가한테 대시받은 적은 있을 거 아니야?"

나는 잔을 내려놓고 잠시 고민했다.

"없진 않지만, 내가 연애할 상태는 아닌 것 같아."

"에이~ 유카리, 너무 진지하게 생각하지 마. 누군가랑 가볍게 만나보는 것도 괜찮지 않을까?"

"글쎄……. 요즘은 그런 감정이 잘 안 생겨."

거짓말은 아니었다. 아니, 오히려 솔직한 대답에 가까웠다. 나는 잔을 천천히 돌리며 조용히 생각에 잠겼다. 사랑이라는 감정이, 언제부턴가 나에게서 너무 멀어진 것 같았다. 물론, 가벼운 마음으로 누군가를 만난 적도 있었다. 하지만 결국, 나는 그런 관계를 오래 유지하지 못했다. 가벼운 마음으로 사람을 대하는 건 내 성격과는 맞지 않았고, 그렇다고 깊이 빠져드는 것도 두려웠다. 그러다 보니, 관계는 언제나 짧고 허무하게 끝이 났다. 그 사람들에게는 미안하지만, 결국 나도 어쩔 수 없었다.

그러던 순간, 아야카가 무심한 듯 말을 던졌다.

"그보다……. 료타 걔. 이제는 완전히 성공한 작가가 됐더라?"

오랜만에 듣는 이름이었다. 아니, 어쩌면 그리 오랜만도 아니었을지도. 서점에서 그의 책을 정리할 때마다, 그 이름은 필명으로 내 손끝을 스쳐 지나갔다. 그래서일까. 이제는 본명보다 필명이 더 익숙해질 정도였다. 나는 잔을 한 번 돌리며 짧게 대답했다.

"응……. 그렇지."

아야카는 내 눈치를 살피더니, 조금 더 조심스럽게 질문을 던졌다.

"걔랑은……. 어떻게 끝난 거야?"

듣고 싶은 질문은 아니었지만, 아야카는 료타와 내가 어떻게 끝이 났는지 모른다. 그러니 물어볼 수도 있는 질문이었다. 나는 잔을 한 번 들었다가 내려놓으며, 별일 아니라는 듯 대답했다.

"뭐……. 그냥 남들처럼 이별한 거지. 자연스럽게."

아야카는 고개를 끄덕이며 술잔을 기울이고는 잠시 망설이는 듯하더니, 조심스럽게 말을 이었다.

"응, 그렇구나. 그런데……. 다시 잘해볼 생각은 없고? 이제는 완전히 성공한 작가라니, 멋있잖아?"

나는 짧게 웃으며, 고개를 저었다.

"그럴 일은 절대 없어."

"왜?"

"그리 좋게 끝난 게 아니었으니까."

더 이상 료타에 대한 이야기를 이어가고 싶지 않았다. 괜히 이 대화가 더 길어지기 전에, 나는 화제를 돌렸다.

"그보다, 2차나 갈까?"

"그래? 안 그래도 가보고 싶은 곳이 있었어."

우리는 계산을 마치고, 다른 술집으로 이동했다. 늦은 밤, 신주쿠의 거리는 여전히 붐비고 있었고 그 익숙한 풍경 속에서, 나는 문득 묘한 기분이 들었다. 이 늦은 시간, 이 거리가 이렇게 낯익다니. 도착한 곳은 지하에 있는 술집이었다. 계단을 내려서며 자연스럽게 주변을 둘러보았다. 이곳은……. 분명.

"여기, SNS에서 광고로 많이 봤어. 유학 시절부터 얼마나 오고 싶었던 곳인지 몰라."

아야카는 들뜬 얼굴로 안을 둘러보며 말했다. 그러나, 나는 그녀의 말과는 정반대로, 발걸음을 떼지 못한 채 그 자리에 멈춰 서 있었다. 이 위치는 분명……. 그때의 그곳이었다.

하지만, 시간이 흐른 탓일까. 아니면, 기억 속 장면들이 이미 바래버린 탓일까. 희미하게 남아 있던 풍경들은 온데간데없이 사라지고 없었다. 아니 확실했다. 그곳은 이미 다른 가게로 바뀌어 있었다. 이유를 알 수 없는 싸한 감각이 손끝을 타고 퍼져나갔다.

"가게가……. 바뀌었네."

작은 혼잣말처럼 내뱉었다.

"응? 뭐라고 했어, 유카리?"

아야카가 고개를 갸웃하며 되물었다.

나는 얼른 고개를 저었다.

"아니야, 아니야. 얼른 들어가자. 춥겠다."

지하에 위치한 가게. 세련된 인테리어에 화사한 조명. 이 공간을 채우고, 감각적인 음악이 은은하게 흐르고 있었다. 분명 같은 장소인데도, 전혀 다른 분위기였다. 마치, 과거의 기억을 이곳은 완전히 지워버린 것처럼.

그 순간, 아야카가 조심스레 입을 열었다.

"있잖아, 유카리……."

"유카리? 여보세요?"

나는 여러 번에 부름에 흠칫하며 정신을 차렸다.

"아, 미안. 미안. 취했나? 잠깐 생각이 다른 곳에 가 있었네."

서둘러 웃으며 넘겼다.

아야카는 나를 빤히 바라보더니, 살짝 눈썹을 찡그렸다.

"뭐야, 정말? 혹시 무슨 일 있는 거 아니야?"

"아니야. 진짜야. 그냥……. 잠시 쓸데없는 생각을 했어."

나는 얼른 손을 흔들며 맥주잔을 들어 올렸다. 아야카는 여전히 의심스러운 표정이었지만, 더 묻지는 않았다. 그렇게, 우리는 다시 술잔을 부딪쳤다. 하지만, 머릿속에 남아 있는 희미한 기억은 쉽게 사라지지 않았다.

"이상한 일이야……."

내 말에 아야카가 술잔을 내려놓으며 고개를 갸웃했다.

"응? 뭐가? 오랜만에 만났는데 오늘 좀 이상해, 유카리."

나는 손끝으로 테이블을 가볍게 문질렀다. 차가운 대리석이 손끝에 닿았지만, 머릿속은 이상하게도 뜨겁게 달아올랐다.

"정말 이상한 일이야……."

나는 천천히 아야카를 바라보며 말했다.

"거의 다 잊혀가던 기억이, 갑자기 너무 선명하게 떠오르는 건 왜일까?"

"무슨 기억?"

"오래전 기억."

아야카는 나의 시선을 따라 주위를 둘러보았다.

"응? 여기? 뭐? 무슨 소리야 도대체."

나는 말없이 술잔을 들었다.

그리고, 천천히 내려놓으며 입을 열었다.

"여기……. 예전에 있던 가게랑 같은 자리야."

아야카가 눈을 동그랗게 떴다.

"그럼 너 예전에 여기 와본 적 있는 거야?"

나는 잠시 말을 멈췄다.

짧은 숨을 들이마시고, 천천히 내쉬었다.

"응. 오래전에."

그 순간, 머릿속을 스쳐 간 한 사람의 모습. 검은색 옷을 입고, 무표정한 얼굴로 앉아 있던 남자. 낯선 공간에서, 낯선 감정을 느꼈던 순간들. 그 사람과 함께했던 이틀. 그 기억이, 이제 와서 이토록 선명하게 떠오른다는 것이, 정말로 이상한 일이었다.

"자세하게 좀 얘기해 줄래? 궁금해 죽겠거든."

아야카가 잔을 들며 눈을 반짝였다.

나는 잠시 머뭇거리다, 술잔을 내려놓았다.

"응……. 그게 그러니까……."

순간, 머릿속에 퍼져 가는 장면들. 잊었다고만 생각했던 순간들이, 마치 지워지지 않는 문장처럼 선명하게 떠올랐다. 나는 천천히 입을 열었다. 그리고, 떠오르는 기억들을 아야카에게 하나씩 이야기하기 시작했다.

"뭐? 진짜야?"

아야카가 술잔을 내려놓고 나를 뚫어지게 바라봤다.

나는 조용히 고개를 끄덕였다.

"그런 일이 있었다고……? 세상 물정 모르는 네가? 게다가……. 밤을 같이 보냈다고?"

아야카가 눈을 크게 뜨며 술잔을 내려놓았다.

"그건 좀 상처인데……?"

나는 민망한 듯 잔을 가만히 굴렸다. 아야카는 그런 내 반응에는 신경도 쓰지 않은 채 몸을 앞으로 기울였다.

"아니, 그게 문제가 아니라니까! 그래서? 그 사람하고 어떻게 됐는데?"

조금 더 묻고 싶어 견딜 수 없다는 듯한 얼굴이었다. 나는 손끝으로 술잔을 돌리며 짧은 한숨을 내쉬었다. 그 순간, 묻어두었던 감정들이 다시금 선명하게 떠올랐다. 그와 함께한 짧은 시간. 그때의 공기, 대화, 스치던 눈빛이 다시 머릿속에서 살아났다……. 그리고, 결국……. 나는 술잔을 가볍게 들어 올리며, 마치 별일 아니라는 듯이 말했다.

"잘 안되었답니다~"

장난스럽게 말했지만, 잔을 입에 가져가는 순간, 아야카가 내 얼굴을 뚫어져라 바라보는 게 느껴졌다.

"…… 진짜 아무렇지도 않은 거 맞아?"

나는 애써 웃으며 잔을 내려놓았다.

"아야카, 너무 오래된 일이야. 지금 와서 후회해도 달라지는 건 없잖아? 심지어 나는 연락을 보냈었는데, 그쪽에서 답장이 안 온 거라고!"

장난스럽게 말했지만, 입안으로 넘어가는 술이 유독 쓰게 느껴졌다. 아야카가 콧방귀를 뀌며 팔짱을 꼈다.

"하여간, 한국 남자들. 일본 사람들 참 쉽게 생각해. 그치?"

나는 잠시 머뭇거리다, 눈앞의 테이블을 가만히 내려다봤다.

"그러게……. 그런 사람 같지는 않았는데."

아야카가 단호하게 술잔을 내려놓으며 말했다.

"그런 사람 같지가 않기는 뭘……. 한국 드라마에 나오는 그런 거 다 허구일 뿐이라고 현실에 없으니까 드라마로 만드는 거지. 픽션이야, 픽션."

나는 피식 웃으며 잔을 기울였다.

"그러게, 픽션이겠지."

그렇게 말하면서도, 머릿속에서는 그때의 기억이 여전히 생생하게 떠올랐다. 소설처럼 꾸며낸 이야기가 아니라, 분명히 존재했던, 내가 직접 겪었던 순간들. 하지만, 이제 와서 무슨 의미가 있을까. 픽션이든, 논픽션이든, 그 사람은 이미 사라진 이야기에 불과했다.

분위기를 바꾸고자 어깨를 으쓱이며 말을 이어갔다.

"애초에 픽션일 만큼 잘생긴 얼굴은 아니었답니다."

아야카가 피식 웃더니, 고개를 갸웃했다.

"근데……. 그래서 너는?

그 사람, 어땠어?"

어떻냐 하니. 그 질문을 받는 순간, 잠시 말문이 막혔다. 그 사람을 어떻게 표현해야 할까. 얼굴? 성격? 분위기? 어느 하나 쉽게 정의할 수 없는 사람. 입술을 떼기 전, 잠깐의 망설임.

그리고 마침내, 조용히 입을 열었다.

"…… 신기한 사람이었어."

아야카가 술잔을 들다가 멈추고 나를 빤히 바라봤다.

"신기한 사람?"

나는 고개를 끄덕이며 잔을 손끝으로 돌렸다.

"응, 신기한 사람. 그 사람한테는 미안하지만, 내 기준에서는 신기한 사람이야. 애초에 네가 말한 대로, 세상 물정 모르는 내가 하룻밤을 같이 보냈는걸?"

아야카는 잠시 말이 없다가, 픽 하고 웃음을 터트렸다.

"하긴, 너라면 그럴 일 없다고 생각했는데. 그 사람이 도대체 어땠길래?"

나는 술잔을 내려놓고 조용히 생각했다. 무뚝뚝한 듯하지만, 또 어딘가 묘하게 따뜻했던 사람. 까칠하면서도 신경 써 주던 태도. 천천히 입을 열었다.

"글쎄……. 나도 잘 모르겠어. 근데……. 이상하게 기억에서 거의 지워졌는데 또 생생하게 기억이 나네."

"좋아했나 봐."

아야카가 나를 보며 의미심장한 표정을 지었다.

"응?"

순간적으로 되묻자, 아야카는 조금 더 몸을 앞으로 기울이며 말했다.

"너도 좋아했던 거라고."

"설마. 그럴 리가. 호기심에 끌렸던 건 사실이야. 하지만 딱히 큰 생각은……."

말끝을 흐리자, 아야카가 피식 웃으며 내 말을 잘랐다.

"그러려나~? 그럼 우리 술도 많이 먹었겠다, 오늘은 여기까지 할까?"

아야카가 피식 웃으며 잔을 내려놓았다.

나는 조용히 고개를 끄덕였다.

"응, 슬슬 마무리하자."

자리에서 일어나면서도 어딘가 개운치 않은 기분이었다. 그냥 '이상한 경험'이었다고 분명하게 선을 그었는데, 왜 이렇게 머릿속이 복잡할까.

술기운 때문이라고 치부하기엔, 가슴 한구석이 묘하게 저릿했다.

"좋아했나 봐."

아야카의 그 한마디가 계속해서 귓가를 맴돌았다. 우리는 다음을 기약하며 가게 앞에서 헤어졌다. 아야카는 멀어지는 길목에서 한 손을 흔들며 외쳤다.

"유카리, 좋은 글 기대할게!"

나는 피식 웃으며 작게 대답했다.

"내 글, 세상에 나오기는 하려나……."

걸음을 옮기며 무심코 휴대폰을 꺼내 시간을 확인했다. 새벽 2시 42분. 도쿄의 밤은 깊어졌고, 거리의 불빛도 하나둘 꺼져가고 있었지만, 내 머릿속은 몽롱한 상태로나마 깨어 있었다. 아야카와 나눈 대화, 잊었다고 생각했던 기억들. 술기운 때문인지, 아니면 그저 피곤해서인지, 머릿속이 어지러웠다. 밤공기가 차가워 옷깃을 여미며 고개를 들었다. 차가운 바람이 스쳐 지나갔고, 어딘가에서 가로등 불빛이 깜빡였다.

그 순간,

투둑—

작은 소리와 함께 길 위로 무언가가 떨어졌다. 처음엔 그냥 찬 공기 때문인가 했지만, 곧이어 다시,

투둑, 투둑—

이번엔 확실했다.

비였다.

나는 무심코 손바닥을 펴 들어 하늘을 올려다보았다. 어두운 밤하늘 아래, 희미한 불빛 속으로 작은 빗방울이 떨어지고 있었다.

"비가 오네……"

작게 중얼거렸다. 그리고 그 말이 끝나기가 무섭게, 순식간에 거리가 젖어갔다. 이 익숙한 감각은— 빗소리, 젖어가는 공기, 스며드는 차가움. 그리고, 이 감정. 나는 잠시 걸음을 멈췄다. 그 순간 떠오른 건, 아주 오래전 방황했던 그날의 나였다. 플라타너스 잎사귀에 누워버렸던 나. 그리고, 그 잎사귀들이 쌓여 있던 자리. 한때, 바람이 스치고 낙엽이 머물던 그 자리에는, 이제는 새로운 벤치가 놓여 있었다. 깔끔하고, 단단해 보이는 벤치. 마치, 누군가가 일부러 과거를 덮어버리기라도 한 듯. 시간이 흐르며 모든 흔적을 지우고, 완전히 새롭게 만들어 놓은 것처럼.

나는 그곳을 한참 동안 바라보았다. 그리고 이내, 천천히 걸음을 옮겨 그 위에 앉았다. 바닥이 아닌 훨씬 편안한 의자가 있었음에도, 내 마음은 그때보다 더 불편하고, 더 무거웠다. 어쩌면, 사라진 것은 플라타너스 잎사귀들이 아니라 그 시절의 나 자신이었을지도 모른다. 나는 문득, 홀린 듯이 몸을 기울였다. 그리고 그대로 벤치에 누워, 차가운 빗방울을 온전히 피부로 받아냈다. 눈을 감자, 아주 희미하게 한 문장이 떠올랐다.

"글을 믿어봐요."

멈춰 있던 기억 속에서, 그 사람— 이현서가 나에게 휴대폰을 들이밀며 보여준 화면 속 문장이, 마침내 선명하게 떠올랐다. 그때의 기억이, 빗방울처럼 조용히 스며들었다. 그 따뜻한 글을 보기 전날에도, 이렇게 비가 부슬부슬 내리고 있었다.

나는 플라타너스 잎사귀 위에 누워 하늘을 올려다보았다.

가로등 불빛 아래로 떨어지던 빗방울들은, 마치 밤하늘에서 부서져 내리는 별빛처럼 조용히, 그리고 찬란하게 흩어졌다. 그때 나는, 그 별빛들이 내 몸을 적시는 것도 잊고 그렇게 누워 있었다. 그리고 그 옆에는……. 나는 천천히 숨을 들이마셨다. 기억이 더욱 또렷하게 선명해졌다. 그날, 그 자리에서. 그가 있었다. 자신의 검은 코트를 벗어 그의 디자인처럼, 별들을 짙은 밤하늘로 덧칠하듯 내 몸 위에 조용히 덮어주었다. 차가워 보였던 그는, 어떤 것보다도 따뜻한 온기를 그 순간, 내게 선물했다.

그리고 '그 이틀'. 그는 내게서 희미해지고 있었지만, 결코 사라지지 않는 기억이 되어 결국 다시, 지금 이 순간 선명해졌다. 마치, 희미해졌다가도 불현듯 또렷하게 떠오르는 문장처럼. 아무리 덮으려 해도, 결국 지워지지 않는 한 줄의 글처럼. 그리고, 천천히, 눈물이 흘렀다. 마음속 깊이 묻어 두었던 소리가 이제는 참을 수 없다는 듯 입 밖으로 새어 나오기 시작했다.

"현서 씨……. 그날……. 그립네요."

입술을 떼자, 감춰왔던 감정들이 멈출 수 없이 흘러나왔다.

"그리고……. 이제는 인정할게요. 저는 그쪽을, 거의 다 잊어버렸다고 생각했어요. 아니 사실은 잊고 싶어서 지워버렸고 그랬다고 생각했어요. 하지만……. 아니었어요, 지울 수 없었나 봐요."

숨을 들이마셨다. 이 말까지 해도 될까. 그가 듣지도 못할 이 말을, 이제 와서 내뱉어도 될까. 그럼에도, 그럼에도 결국—

"좋아했어요. 꽤나 많이, 그리고 오랫동안."

목소리가 떨렸다.

"아니……. 이건 과거형이겠네요. 지금도, 지금도 당신이 좋아요. 그런데 이제는, 너무 늦었어요. 당신을 볼 수도 없고, 연락조차 할 수 없어요. 어쩌면 좋죠……?"

말이 끝나자, 참았던 감정이 무너졌다. 아무도 없는 새벽 거리, 비 내리는 도쿄 한복판에서, 나는 끝내 참지 못하고 소리를 내며 울었다. 그렇게, 지금 이 순간에도 닿을 수 없는 사람을 다시 한번, 마음속 깊이 불러보았다.

"왜……. 왜 나한테 그랬어요? 도대체 왜 나를 두고, 이 아무것도 없는 백지장 같은 세상에, 나에게 연락 한 통, 글 한 줄도 남기지 않았나요……? 어째서……. 글을 믿어보라 했으면서, 제게는 그 한 줄을 남겨주지를 않았을까요……?"

그렇게 말하는 순간, 마음 깊숙이 눌러두었던 감정들이 파도처럼 밀려왔다. 벅차오르는 슬픔과 원망, 그리고— 끝내 전하지 못한 마음까지.

비는 여전히 내리고 있었다. 마치 모든 대답을 알고 있다는 듯이, 차갑게, 조용히 스며들고 있었다. 아무리 불러보아도, 아무리 대답을 듣고 싶어도, 결국에는 혼잣말에 불과했다. 그 사람에게 닿을 수 없는 말들. 그럼에도 나는 끝없이 중얼거리고 있었다. 들릴 리 없는 대답을 기대하며.

그러나, 언제까지고 기다릴 수는 없었다. 이제 나는, 영원히 들을 수 없는 대답을 바라기보다 내가 직접 써 내려가기로 했다. 내게 끝내 돌아오지 않은 답장의 문장들까지도. 그가 끝내 말하지 못한 감정들까지도. 이제는, 나 혼자서라도 끝까지 완성해 보일 것이다.

나는 자리에서 천천히 일어났다. 젖은 코트를 한 번 털어내고, 조용히 발걸음을 옮겼다. 흩어진 감정을 한곳에 모으듯, 다시 한번, 하늘을 올려다보며 다짐하고 말했다.

"마지막으로, 내 글을 믿어볼게요. 현서 씨, 기억하고 있나요? 우리 약속, 서로 잊지 않기로 했었죠. 잊히지 않도록, 그쪽과 나의 이야기를 쓸게요. 비록 세상에 닿지 않더라도, 현서 씨에게 닿지 못한 말들을 하나씩 엮어, 시간이 지나도 흐려지지 않을 문장들로 한 권의 책을 채워볼게요. 우리가 미처 닿지 못한, 그 끝을 향해, 끝까지 써 내려갈게요."

밤공기는 여전히 차가웠지만, 마음 깊은 곳에서는 작은 온기가 피어오르고 있었다. 나는 다시 한번, 나 자신에게 약속했다. 이번에는, 내 글을 믿어 의심하지 않겠다고. 처음부터 다시. 다시 시작할 것이다. 그와 나의 이야기로.

비를 맞으며 집으로 들어왔다. 현관문이 닫히자, 빗소리는 한층 멀어졌지만, 젖은 옷이 피부에 들러붙어 싸늘한 감각을 남겼다. 축축이 젖은 머리칼에서 물방울이 뚝뚝 떨어졌다. 코트를 대충 의자에 걸쳐두고, 방 안을 둘러보았다. 책상 위에는 오래된 커피잔, 흐트러진 노트, 그리고 아무렇게나 흩어진 종이들이 쌓여 있었다. 그중 몇 장은 구겨져 바닥에 나뒹굴고 있었고, 모니터에는 입력하다 멈춰버린 미완성의 글이 그대로 남아 있었다.

나는 그동안 글을 쓰지 않은 것이 아니었다. 어쩌면, 끊임없이 쓰고 있었다. 하지만 단 한 번도 제대로 써본 적이 없었다. 의무적으로 손을 움직였고, 애정을 담지 않은 채 타자를 쳤고, 그렇게 쓴 글들은 번번이 공모전에서 떨어졌고, 누구에게도 읽히지 않았으며, 나조차도 스스로 외면해 버렸다.

손끝으로 노트북의 터치패드를 쓸었다. 문서 폴더를 열어보니, 미완성 된 원고들이 줄지어 나열되어 있었다. 아무런 제목도 없이, '새 문서'라는 이름으로 방치된 채. 나는 커서를 올려, 그중 하나를 열었다. 몇 개의 문장이 떠 있었다. 형식적으로 적힌 이야기. 감정 없는 문장들. 완성되지 못한, 버려진 단어들. 천천히 숨을 들이마셨다. 언제 마셨는지도 기억도 안 나는 식은 커피잔을 옆으로 밀어두고, 노트북 화면을 정면으로 바라 보았다. 그리고, 손을 키보드 위에 올렸다. 깊게 들이마셨던 숨을 내쉬며, 처음부터 다시. 짧다면 짧고, 길다면 긴 시간을 매진하며 글을 쓰기 시작했다. 그때의 기억을, 그 순간의 감정을, 가감 없이 문장으로 남겼다. 이현서와 함께한 '그 이틀'의 기억을 쓰기로 했으니까.

하지만, 글을 쓴다는 건 역시 생각보다 쉽지 않았다. 한 문장을 완성하기까지 수십 번 고쳐 쓰고, 지웠다가 다시 쓰고, 결국엔 다 엎어버린 채 노트북을 덮어버리는 날도 많았다. 그러면서도, 나는 다시 글을 썼고, 써야만 했다. 그날의 공기, 가로등 불빛 아래 떨어지던 빗방울, 무심한 눈빛과 따뜻했던 손길. 그 기억들은 사라지기는커녕, 문장 속에서 숨 쉬고 있었다……

처음에는 오직 나만을 위한 기록이었다. 어디에도 보여줄 생각 없이, 그저 내 안에서 정리되지 못한 감정들을 글로 풀어내고 싶었을 뿐이었다. 그래서, 가끔 SNS에 올리기도 했다. 아무도 보지 않을 거라 생각했다. 그저, 나 자신을 위한 작은 습관 같은 일이었다. 그런데, 예상치 못한 반응들이 쏟아졌다.

"이 문장, 너무 좋아요. 책으로도 읽고 싶어요."

"작가님, 글에서 감정이 묻어 나와요. 더 써주세요!"

"이런 사랑 이야기, 현실에 있을 리가."

처음엔 그저 우연이라 생각했다. SNS 알고리즘이 한순간 나를 밀어 올린 것뿐이라고. 하지만 그다음 글을 올렸을 때도, 그다음 글을 올렸을 때도, 반응은 점점 커져갔다. 누군가는 내 문장에 자신을 투영했고, 누군가는 내 이야기에 공감했고, 누군가는 내 글을 기다렸다.

"이 글을 읽으면서, 제가 사랑했던 순간들이 떠올랐어요."

"⋯⋯ 감사합니다."

"글이 너무 좋네요. 계속 써주세요. 기다릴게요."

다만, 좋은 반응만 있었던 건 아니었다.

"결국은 책 광고 아닌가요?"

"너무 감정 과잉이야. 오글거리네."

"이게 뭐야?"

어쩌면 예상했던 일이었다. SNS는, 사람들의 관심이 따뜻하기도 하지만 때로는 너무나 차가웠다. 그런 댓글들을 볼 때마다, 나는 한동안 화면을 바라보며 '나는 왜 이곳에 글을 쓰는 거지?' 라는 생각도 든 적이 많지만. 늘 마음을 굳게 먹고 글을 써 업로드했다. 결국 나는 내 글을 쓰는 거니까. 내가 쓴 글이 세상에 나오는 걸 그렇게 원했던 내가 이번에는 누구에게 보여주기 위해서가 아닌—

나를 위해.

이현서를 위해.

그리고, 우리의 기억을 위해 글을 쓰는 거니까.

나는 전처럼 더는 흔들리지 않았다. 그리고 계속해서 글을 써 내려갔다. 그러던 어느 날, 출근 준비를 하던 중 눈에 띄는 한 통의 메시지가 있었다.

"안녕하세요. 글이 너무 좋네요. 책으로 출판해 볼 생각 없으신가요?"

나는 한참 동안 그 메시지를 바라보았다.

'책으로 출판…….'

내 글이 세상으로 나오는 것……. 한때는 그토록 바라던 일이었다. 하지만, 어쩌면 가장 먼 이야기처럼 느껴졌던 일이었다. 망설였다. 이걸 정말, 세상에 내놓아도 괜찮을까? 누군가 내 이야기를 읽어도 괜찮을까?

그럼에도 불구하고, 나는 천천히 미소를 지으며 답장을 보냈다. 이제부터가 시작이라는 듯이. 그 후로는, 빠르게 시간이 흘렀다. 원고 수정과 출판 계약, 편집자와의 끊임없는 교열 작업. 밤을 새운 날들이 많았다. 생각보다 훨씬 고단했고, 두려움도 컸지만— 그 어떤 순간보다도, 진심을 다하고 있다고 느꼈다.

출간 소식이 전해지고, SNS 반응들은 더욱더 커지기 시작했다.

『어쩌면 이 글은, 나를 위한 글 같네.』

『진짜 누군가를 사랑했던 사람이나 사랑받았었던 사람이 쓸 수 있는 글이네요…….』

그 문장들 속에 나는 조금씩 용기를 얻었다. 그리고 어느 날, 서점의 베스트셀러 진열대 한가운데 내 책이 놓여 있었다. 내가 써낸 그 이야기, 우리가 미처 끝맺지 못했던 그 매듭들이— 책이 출간된 후, 몇 달이 지났다.

계절은 몇 번이나 바뀌었고, 서점 진열대 위의 책들도 계속 얼굴을 바꿨다. 그럼에도 내 책은, 여전히 그 자리에 있었다. 처음엔 믿기지 않았다. 내가 꺼낸 감정들, 내가 조심스레 꿰맨 이야기 조각들이 누군가의 마음에 닿았다는 게.

사람들은 이제 내 이름을 알았다. 정확히 말하자면, 내가 선택한 필명을. 내가 힘들던 시절, 조용히 응원해 줬던 그 사람을 향한 아주 작은 기념이자, 보답 같은 이름이었다. 그 이름은 본명보다 조금 더 나다웠고, 현실보다도 진심에 가까운 내가 살아가는 이름이었다. 어쩌면 오래전부터……. 그 이름으로 누군가가……. 아니— 이현서가 나를 불러주길 망상 속으로나마 바라고 있었는지도 모른다.

기자들은 인터뷰를 요청했고, 출판사는 조심스럽게 후속작을 제안해 왔다. 낯설지만, 이제는 제법 익숙해진 질문들이 반복됐다.

"실제 경험에서 나온 이야기인가요?"

"작가님이 생각하는 그리움이란 무엇일까요?"

나는 늘 조심스럽게 대답했다. 길게 설명하지도, 깊이 파고들 수도 없게 했다. 그 사람의 이름도, 그가 내게 남긴 그 문장도— 내 안에 조용히, 때 묻지 않게 담아두고 싶었으니까—

유난히 하늘이 맑은 날— 햇살은 유리창 너머로 부드럽게 스며들고 있었지만, 회의실 안의 공기는 묘하게 무거웠던 그런 날이었다.

편집자는 회의 자료를 한 장 넘기며 말을 이었다.

"사실 오늘은, 작가님께 따로 말씀드릴 게 하나 있어요."

잠시 숨을 고르더니, 낯선 파일 하나를 화면에 띄웠다.

"한국 쪽에서 정식 출간 제안이 들어왔습니다."

"비공식 번역본이 꽤 유통되고 있고……. 사실, 저희 쪽에도 조금은 곤란한 상황이기도 해요. 정식 계약으로 연결하고 싶다는 입장입니다. 초청 일정도 함께 제안됐고요."

그 말을 듣는 순간, 숨이 잠깐 멎는 듯했다.

한국.

내 글 속 배경 중 하나이자— 아마도, 이제는 나를 완전히 잊었을지도 모를 그 사람의 시간이 흘러가고 있을 곳. 한때는 좋아했던 나라. 익숙하다고 하기엔 여전히 낯설고, 낯설다고 하기엔 오래도록 마음에 자리 잡고 있었던.

편집자는 조심스럽게 내 표정을 살폈다.

"너무 갑작스럽다면 거절하셔도 괜찮습니다. 필요하시면, 저희가 정중히 정리할 수도 있고요."

나는 그 말에 고개를 천천히 저었다.

"아뇨……. 아니에요."

정말 괜찮은 건지는, 나조차 확신할 수 없었다. 그럼에도 불구하고, 내 책에 나오는 배경 중 하나를……. 그가 사는 그 나라를 정면으로 마주해 보고 싶었다. 한 편의 이야기를 품고. 나는 손끝을 조용히 모으며, 숨을 길게 들이쉬었다.

"정식 미팅을 잡아 주세요. 직접 가보는 게 좋을 것 같아요."

그 말이 입 밖으로 나오는 데까지 조금의 시간이 더 걸렸다.

그리고 무심코 창밖을 바라보다가— 작게 한숨을 쉬며 혼잣말처럼 흘렸다.

"그래요 뭐……. 구렁텅이로 한 번 가보죠. 저도."

"…… 네?"

편집자가 눈을 동그랗게 떴다. 나는 고개를 돌려 작게 웃었다.

"아뇨, 아무것도 아니에요. 진행하도록 하죠."

그 이후 며칠은 생각보다 조용했다. 작업도 손에 잡히지 않았고, SNS에도 아무 말도 남기지 않았다. 그저 조용히— 내가 정말 이 선택을 잘한 건지, 마음을 몇 번이고 더듬어볼 뿐이었다.

그리고 마침내, 출국일.

서울행 비행기 안에서 나는 창밖으로 흐려지는 구름을 바라봤다. 멀지 않은 거리지만, 꽤나 길게 느껴졌다. 잠시 눈을 감았다가 떴을 때, 창밖엔 서울의 회색빛 하늘이 펼쳐져 있었다. 빛은 있었지만, 온도는 느껴지지 않았다. 묘하게 무채색에 가까운 풍경. 마치, 내가 발을 딛는 이 나라가 나를 쉽게 들여보내고 싶지 않은 듯한 표정이었다.

비행기 문이 열리고, 사람들이 하나둘 일어섰다. 나는 마지막으로 자리에서 일어나 조용히 천천히 걸음을 옮겼다. 입국장으로 나오는 그 짧은 거리마저, 그 기억을 조심스레 건드리는 발걸음이었다.

"유카리 작가님?"

낯선 일본어 억양이 내 이름을 정확히 불렀다. 고개를 들자, 편집자가 말해줬던 한국 쪽 출판사 관계자들이 작은 팻말을 들고 서 있었다. 익숙하지 않은 풍경 속에서 유일하게 준비된 장면처럼 보였다.

"반갑습니다. 저희는 온담 출판사입니다. 오시느라 고생 많으셨죠? 날씨가 좀 흐리네요."

나는 짧게 한국어로 인사하며 고개를 숙였다. 비슷해 보이지만 어딘가 결이 다른 언어들. 닮았지만, 우리나라 사람들과는 묘하게 다른 얼굴들. 그럼에도 어딘가 모르게 조용한 환영. 나를 둘러싼 공기는 아직 조금은 차갑고 무거웠지만 그 안에는, 의외로 부드러운 온기가 있었다.

출판사 쪽에 차량을 타고 공항 입국장을 빠져나온 직후 나를 맞이한 출판사 쪽 관계자가 환한 표정으로 말을 건넸다.

"오늘은 호텔로 먼저 모실게요. 이틀 정도는 일정 여유가 있으니, 천천히 적응하시면서 쉬셔도 됩니다."

나는 고개를 조심스럽게 끄덕였다.

"감사합니다. 잘 부탁드릴게요."

익숙하지 않은 발음이 입안에서 조심스레 굴러 나왔다. 그 말을 들은 관계자가 살짝 놀란 듯 웃었다.

"작가님, 한국어 정말 잘하시네요. 통역사 선생님이 할 일이 없겠어요."

운전석 옆에 앉은 통역사는 멋쩍게 웃으며 룸미러로 내 쪽을 힐끔 바라봤다. 나는 손사래를 치며 웃었다.

"아, 아니에요······. 잘한다고 할 정도는 아니고요. 그냥 예전부터 조금씩 익혔어요. 드라마나 음악 좋아하다 보니까 자연스럽게."

차는 부드럽게 도로 위를 달리고 있었다. 창밖 풍경은 바삐 움직이는 사람들과 빠르게 지나가는 간판들로 가득했다. 어디론가 급히 향하는 걸음들, 신호음과 짧은 경적들. 일본과는 다른 속도였다. 좀 더 분주하고, 조급하고, 다정한 듯 날카로운. 도시는 쉼 없이 급변하게 흐르고 있었다.

"한국은……. 생각보다 뭐랄까 리듬이 빠르네요."

내가 중얼거리듯 말하자, 운전대를 잡은 관계자가 고개를 끄덕였다.

"맞아요. 저희는 조금 급한 편이죠. 그래도 요즘은 많이 느긋해졌다는 소리도 들어요."

나는 웃으며 유리창 너머를 바라봤다. 창밖의 빽빽한 간판들이 다시금 시야를 스쳐 지나갔다. 그 틈에, 운전석에 앉은 관계자가 말을 꺼냈다.

"아, 그보다……. 작가님의 필명 말인데요."

나는 고개를 살짝 돌려 그를 바라보았다. 관계자는 조심스럽게 웃으며 말을 이었다.

"처음에 필명을 듣고, 저희도 그렇지만 국내에서도 의아해하는 분들이 많았어요. 어떤 의미가 담겨 있을까, 어디서 따온 이름일까……. 궁금해하시더라고요."

나는 잠시 시선을 창밖에 두었다가, 작게 웃으며 대답했다.

"특별한 의미는 없어요. 그냥……. 예전부터 마음속에 조용히 간직하고 있던 이름이에요."

관계자가 고개를 끄덕이며 말했다.

"그래도 그 필명 참 잘 어울리세요. 묘하게 잊히지 않는 느낌이 있는 것 같아요."

"그런가요……. 고맙습니다."

나는 그 말에 작게 고개를 숙였다. 이름은 말없이 흘러가는 것들 속에서도 어떤 잔상을 남긴다. 그 이름으로 누군가 나를 불러주기를, 한때 진심으로 바랐던 적이 있었으니까. 그리고 지금, 그 이름은 그렇게 낯선 도시의 한가운데를 조용히 지나고 있었다.

호텔에 도착했을 땐, 어느덧 해가 기울고 있었다. 낯선 도시의 공기가 아직은 어깨에 가볍게 얹히는 느낌이었지만, 지나치게 무겁지도, 또 어색하지도 않았다.

로비로 향하는 길목에서 관계자가 옆걸음을 맞추며 말을 건넸다.

"작가님, 아까 공항에서 말씀드렸지만, 내일과 모레는 스케줄이 따로 없어서요. 천천히 적응하시면서 편하게 쉬셔도 됩니다. 물론, 여기까지 오신 김에 자유롭게 둘러보셔도 좋고요."

나는 고개를 끄덕이며 짧게 답했다.

"네, 감사합니다."

엘리베이터 앞에 도착했을 때, 그는 가방 속을 뒤적이다가 작은 봉투 하나를 꺼냈다. 얇고 정갈한 종이로 포장된, 전시 초대장이었다.

"아, 이건요……. 혹시 몰라서요."

그는 봉투를 내밀며 말을 이었다.

"지인 중에 큐레이터가 있는데, 지금 서울에서 규모 있는 전시가 열리고 있거든요. 꼭 가시라는 건 절대 아니니까 편하게 받으셔도 됩니다. 작가님께서 귀한 걸음 해주신 데 대한 작은 성의입니다."

나는 초대장을 받아 들고 가만히 내려다보았다. 봉투 겉면에는 고운 활자로 전시 제목과 장소, 날짜가 적혀 있었다. 아직 열어보진 않았지만, 묘하게 손끝이 간질거리면서도 조금은 부담스럽기도 했다.

"이렇게까지 안 해주셔도 괜찮은데……. 고맙습니다. 시간 괜찮으면, 들러볼게요."

관계자는 가볍게 웃으며 말했다.

"네, 작가님. 그럼 푹 쉬세요."

나는 가볍게 미소만 지은 채 호텔방으로 들어섰다. 문이 닫히고, 정적이 흘렀다. 낯선 도시의 호텔, 창문 바깥은 여전히 흐렸고 방 안은 조금 차가웠다. 피로가 쌓인 나머지 초대장을 펼쳐보지도 않은 채, 가방 속에 조용히 밀어 넣었다. 그러고는 말없이, 침대 위에 몸을 던졌다. 익숙하지 않은 침구의 냄새, 희미한 에어컨 소음, 창밖 어딘가로 지나가는 차들. 그 속에서 눈을 감고도 한참을 깨어 있었다. 그러다 어느 순간, 기억도 없이 잠들어버린 것 같다.

아침은 잔잔하게 시작됐다. 커튼 틈 사이로 흐린 빛이 스며들었고, 창밖 하늘은 온통 먹구름이었다. 호텔 조식은 왠지 입에 맞지 않을 것 같았다. 오히려 이른 아침 공기를 느끼며 조금 걸어서 근처 밥집을 찾아보는 게 나을지도 모른다는 생각이 들었다.

외출할 준비를 하고는 가볍게 겉옷을 걸치고 나왔다. 밖으로 나오니 서울의 공기는 도쿄와는 다른 밀도감을 가지고 있었다. 조금 더 바쁘고, 조금 더 빠르며, 조금 더 낯선 방향으로 흐르고 있었다.

쾌쾌한 미세먼지는 덤이고…….

조용한 골목 어귀에 자리한 작은 식당에서 간단한 아침을 먹었다. 한국 음식 특유의 마늘 향은 생각보다 강했지만, 따뜻한 국물은 의외로 속을 편안하게 풀어주었다. 언어도, 음식도, 사람들의 표정도 벌써부터 조금씩 익숙해질 것 같은 예감이 들었다.

아침을 마치고 나와, 근처 카페에 들렀다. 창가에 앉아 흐릿한 거리 풍경을 바라보다 문득 고개를 돌리자, 언제부터인가 빗방울이 유리창 위로 천천히 흘러내리고 있었다. 작게 한숨이 새어 나왔다. 비 오는 날— 우산도 없이 돌아다니기엔 무리일 것 같았다. 하지만 호텔로 돌아가기엔, 아직 하루는 너무 길었다.

그때, 문득 어젯밤 가방 안에 넣어두었던 초대장이 떠올랐다. 나는 조심스럽게 가방을 열어 얇고 정갈한 봉투 하나를 꺼냈다. 테이블 위에 펼쳐진 종이 위엔 전시장의 이름과 주소가 적혀 있었다. 별다른 계획도 없던 하루. 그곳에라도 가보자— 그리 특별하지도 않고, 그렇다고 아무 의미도 없는 건 아닐 하루의 한 조각이 조금은 다른 무게를 가질지도 모르니까.

나는 초대장을 조용히 접어 코트 안주머니에 넣었다. 그리고 천천히 자리에서 일어섰다. 빗줄기가 점점 굵어지기 시작해 나는 근처 편의점에 들러 투명한 비닐우산 하나를 샀다. 손잡이는 약간 미끄러웠지만, 그 빗속을 걷기엔 충분했다.

우산을 털며 전시장 입구에 들어서자, 전시장 앞은 조용했다. 나는 어젯밤 받아 두었던 초대장을 꺼내 입구의 안내 직원에게 건넸다. 직원은 초대장을 살피고 고개를 숙이며 말했다.

"안쪽으로 바로 입장하시면 됩니다."

작은 인사를 나눈 후 나는 조용히 전시장 안으로 발을 들였다. 조금 어두운 조명 아래 벽마다 작품들이 간격을 두고 걸려 있었다. 그 안엔 사람들의 발걸음도, 말소리도 조심스러웠다. 조금 걷다가 고개를 돌린 순간— 낯익은 얼굴이 나를 향해 다가오는 게 보였다.

"어, 작가님 오셨군요."

출판사 관계자였다.

그가 반갑다는 듯 작게 웃으며 인사를 건넸다.

"혹시 들르실까 싶었는데 정말 오셨네요. 날씨가 이래서 걱정했어요."

나는 짧게 고개를 끄덕이며 답했다.

"비가 와서, 다른 데 가긴 좀 그래서요. 좋은 전시 초대해 주셔서 감사해요."

다시 읽혀진 기억

"마침 전시 기획하신 분도 잠깐 안쪽에 계세요. 편히 둘러보시고, 원하시면 소개도 드릴게요."

나는 그 말에 가볍게 미소 지으며 대답했다.

"일단은, 혼자서 조금만 둘러봐도 괜찮을까요?"

"네, 물론이죠. 천천히 둘러보세요."

그는 조용히 물러났고, 나는 다시 조심스레 발걸음을 옮겼다. 어딘가 익숙한 분위기, 그리고 설명 없이 감정을 가득 머금은 한 작품 앞으로— 천천히 다가갔다.

"이건……"

작은 숨이 새어 나왔다. 이건……. 설명할 수 없는 감정이었다. 누군가의 아주 깊은, 아주 오래된 마음이 그대로 새겨진 듯한— 그저 디자인이라기보단, 감정 하나가 그대로 굳어져 형태를 가진 듯한.

나는 그 앞에서 한참을 움직이지 못했다. 아무런 안내 문구도, 작가 소개도 없었지만 마치 그 공백이 오히려 이 작품의 설명처럼 느껴졌다. 붓 자국 하나 없이, 정확한 형체 없이, 오직 색과 무게로만 이뤄진 듯한 이 작품은 내 시선을 조용하고도 정확하게 끌어당겼다.

작품 속엔 익숙한 산의 형상이 있었다. 분명 후지산이었다. 내가 평생 보아왔던 그 산과는 전혀 달랐다. 하얗고 고요한 만년설 대신 검은 눈처럼 내려앉은 무채색의 깊이. 지워진 듯, 그러나 결코 지워지지 않는 흔적들. 감정을 덮기 위해 올려진 색이었을까. 아니면, 감정을 끝내 남기기 위해 택한 색이었을까.

"평생 보던 산인데……. 왜 이렇게……."

속으로 중얼거린 말이 어디선가 멀게 되돌아오는 듯했다. 나는 작품 아래 조그맣게 적힌 '작가 미상'이라는 문구를 바라봤다. 어쩌면, 정말 그게 이 작가가 하고 싶었던 말이 아닐까. 말하지 않고, 설명하지 않고, 그저 보아달라고 호소하는 듯 느껴졌다. 그저 이 감정만 남기고 싶었고 그저 자신의 감정을 깨달아주길 바라는 느낌이었다.

작품 앞에 서 있던 나는, 한참을 말없이 서 있었다. 차가운 회색 조로 표현된 만년설 위로, 말로는 담을 수 없는 감정이 묻어 있었다. 마치 내 안에 묻어둔 무언가가 이 작품을 통해 서서히 피어오르는 것처럼. 묘하게, 홀린 것 같았다.

어느샌가 곁으로 온 출판사 관계자가 조심스레 물었다.

"작가님, 이 작품이 그렇게 마음에 드세요?"

나는 잠시 눈을 떼지 못한 채, 천천히 고개를 끄덕였다.

그리고 낮은 목소리로 조심스럽게 말했다.

"아……. 아뇨……. 계속 묘하게 끌리네요."

스스로도 어색했다. 감정을 들킨 것 같아 숨을 고르게 됐다. 그런데도, 그 순간만큼은 아무 말도 하지 않고 지나칠 수 없었다. 입안이 마르고, 말끝이 흔들렸지만— 나는 천천히 입을 열었다.

"죄송하지만……. 혹시 가능하다면, 이 작품을 작업하신 작가님과……. 연락할 수 있을까요?"

출판사 관계자는 놀란 듯 나를 바라보았다.

"작가님께서 직접……?"

나는 눈을 피하지 않았다.

작은 숨을 들이쉰 뒤, 담담하게 고개를 끄덕였다.

"한국에서 출판하는 제 책의 북 커버를……. 가능하다면 이 작가님께 직접 부탁드리고 싶어요. 정확히 뭐라 설명하긴 어렵지만……. 그냥, 그게 좋을 것 같아서요."

출판사 관계자는 조심스럽게 고개를 끄덕이며 말했다.

"작가님께서 그러시다면야……. 알겠습니다. 제가 전시 관계자분께 정중히 말씀드릴게요."

그는 옆에 있던 전시 관계자에게 다가가 낮은 목소리로 사정을 전했다.

"이 작품……. 작가님과……. 혹시 연결이 가능할까요? 저희 작가님께서 진심으로 원하고 계십니다. 정중하게, 부담 없이 요청드리고 싶어요."

전시 관계자는 살짝 난처한 표정을 지었지만, 이내 조용히 고개를 저으며 말했다.

"아쉽게도 이 작품 작가 님은 본인을 드러내는 걸 원하지 않으세요. 얼굴도, 이름도 비공개입니다. 작품 몇 개를 요청드렸지만 이 작품 하나만 출품하셨고, 다른 도록에도, 흔적은 거의 남기지 않으셨어요."

그는 그렇게 말하며 입구 근처에 쌓여 있던 도록 중 하나를 꺼내 와 조심스레 펼쳐 건넸다. 몇 장의 작품이 실려 있었지만, 작가 소개도, 설명도 없었다. 작품마다 제목조차 없었다. 색과 선, 감정의 잔상만이 조용히 페이지 위에 남아 있었다.

"작품이 꽤 강렬해서요."

관계자는 책장을 넘기며 말을 이었다.

"불편하다는 분들도 많았어요. 하지만 이상하게⋯⋯. 기억에 오래 남는다는 분들도 많았죠."

나는 도록을 내려다보며 몇 장을 넘기다, 자연스럽게 처음 보았던 그 작품 쪽으로 다시 시선을 돌렸다. 말로 설명할 수 없는 어떤 울림이 내 안 깊은 곳에서 천천히 퍼지고 있었다. 묘하게 홀린 것 같았다. 혹은⋯⋯. 오래전 나도 모르게 잃어버렸던 감정을, 누군가가 먼저 꺼내 보여준 것 같은 느낌.

그리고, 나는 조용히 도록을 덮고 가방 안을 열어 초대장 옆에 놓여있던 원고 견본을 꺼냈다. 조심스럽지만 분명한 목소리로, 이번엔 출판 관계자가 아닌 내가 직접 전시 관계자에게 견본을 건네며 말했다.

"실례인 걸 압니다만⋯⋯. 이 작품에 작가님 연락처를 알 수 있을까요? 꼭 이분과 함께하고 싶어요."

출판사 관계자가 고개를 들었다.

예상하지 못했다는 눈빛이었다.

"작가님께서 그렇게 원하신다면야⋯⋯. 요청은 해보겠지만, 너무 큰 기대는 하지 않으시는 게 좋을 겁니다."

나는 시선을 떼지 않은 채, 조용히 고개를 끄덕였다.

"정확히 설명은 못 하겠지만……. 작품을 본 순간, 마음이……. 움직였어요. 그 감정을……. 그대로 남기고 싶어요."

그 말은 거의 속삭임에 가까웠다. 그건 단순한 의뢰가 아니라, 놓치고 싶지 않은 감정에 대한 나름의 간절함이었다. 전시 관계자는 마지못해, 천천히 고개를 끄덕였다.

"얼굴도, 이름도 잘 비추지 않아 쉽진 않겠지만……. 최대한 전달해 보겠습니다."

나는 그 말에 감사하다는 말을 전하며 조용히 고개를 숙였다. 또렷하고 단단했다. 전시장을 나서고 나니, 비는 어느새 그쳐 있었다. 회색으로 가라앉았던 하늘은 느리게, 아주 천천히 색을 걷어내고 있었다.

우산을 접어 들고 조용히 거리로 나섰다. 귀에 조금은 익숙해진 언어들과 눈앞을 지나치는 익숙하지 않은 표정에 사람들. 하지만 지금은 그 어떤 것도 선명하지 않았다.

머릿속에 남은 건 단 하나의 이미지.

검은 만년설.

그리고— 말없이, 묵직하게 내 마음을 흔들던 그 감정.

나는 가방 안에 넣어둔 도록을 조심스럽게 꺼내 들었다. 작품 옆에 적힌 이름 대신, 작가 미상이라는 짧은 문구가 또렷하게 눈에 들어왔다.

그런데도, 왜일까. 그 작품은 분명, 이현서라는 이름이 떠올랐다. 몇 년 전, 그 사람의 작업물을 처음 봤을 때 느꼈던 무언가. 설명하기엔 너무 무거웠던 그 검은 덩어리. 세상을 단지 어두운 구렁텅이처럼만 바라보는 그 사람이 만든 디자인. 그렇기에 더욱, 솔직해 보였던 감정. 그건⋯⋯. 나에겐 잊히지 않는 색이었다⋯⋯.

나는 그와 닮은 작품을 마주하고 있다. 후지산. 눈 덮인 그 정상마저도, 차가운 검은색으로 내려앉은 모습. 하얗고 평화로워야 할 그곳을 어둠으로 칠했다. 하지만 결코 거칠고 폭력적이지 않았다. 이건⋯⋯. 침묵이었다. 지워진 듯, 그러나 결코 지워지지 않는 감정. 마치 오래도록 꾹꾹 눌러 담았던 마음이 형태를 갖추고, 드디어 이곳에 조용히 남겨졌다는 듯한. 나는 잠시 눈을 감았다. 그리고 불쑥, 오래전의 기억 하나가 마음을 건드렸다.

"진짜 감정 같아요."

내가 그 사람의 디자인을 처음 보았을 때, 그에게 조심스럽게 건넸던 얘기. 내가 봤던 건, 단순한 디자인이 아니라 숨기려 했지만 숨겨지지 않았던 마음의 진짜 색이었다. 그가 만든 검은색은 늘 무언가를 밀어내기 위한 색이었다. 다른 게 있다면 이 작품은 이현서의 작품과는 다르게 누군가가 끝내 지우지 못한 감정을 밀어내는 것이 아닌 이제야 받아들이기 위해 만든⋯⋯. 말로 설명할 수 없는 무언가처럼 보였다.

그리고 이 작품에 쓰인 그와 닮은 색은 마치 흰색 원고에 검은 줄이 그어진 듯 내 머리에 선명하게 남았다.

호텔로 돌아가는 택시 안. 창밖엔 서울의 불빛이 빗물에 퍼져 있었다. 도쿄보다 거칠고, 더 가까운 듯 멀어지는 풍경. 나는 조용히, 가슴 밑바닥에서 차오르는 무게로 중얼거렸다.

"정말……. 당신일까, 당신이 맞다면, 당신은 아직도, 홀로 이 구렁텅이 속에서 세상을 바라보고 있는 걸까……? 이제는 이 검은색 구렁텅이에서 빠져나갈 생각조차 하지 않는 걸까…….:"

택시는 조용히 호텔 정문 앞에 멈췄고, 나는 창밖을 잠시 바라보다가 천천히 고개를 떨구었다. 그날 밤, 나는 조용히 불을 낮추고 책상 앞에 앉았다. 자연스럽게 도록을 다시 꺼내 펼쳤다. 그 옆엔, 오늘 받은 한국어판 책의 견본이 조심스럽게 놓여 있었다. 책을 펼쳐 보지는 않았다. 그저, 손끝으로 책에 질감을 한참 만지작거리기만 했다. 이미 완성된 이야기인데도, 어딘가에서 무언가 아직 남아 있는 기분이었다. 그리고 문득, 그 작품이 떠올랐다.

검은 만년설이 내려앉은 후지산.

설명 없이, 제목 없이, 감정만이 가득하던 그 작품.

나는 도록의 한 페이지를 천천히 넘겼다. 여전히 그 페이지엔 아무런 글자도 없었다. 그런데도 나는 알 수 있었다. 그 작품이 말하고자 했던 것들을. 그 감정의 조각이, 지금의 내 이야기와 아주 조용히 연결되고 있다는걸.

나는 노트북을 열고 잠시 멍하니 커서를 바라보다가 출판사 편집자에게 보내는 메일을 천천히 작성했다.

제목: 출판 관련해서 다시 한번 부탁드립니다

안녕하세요. 오늘 동행해 주셔서 감사합니다. 조금 뜬금없을 수 있겠지만, 오늘 전시장에서 봤던 작품이 아직도 계속 마음에 남습니다. 제가 만든 작품은 아니지만, 그 사람의 감정이 저에겐 정말 선명하게 다가왔습니다. 이전에 말씀해 주신 대로 쉽지 않은 요청이라는 건 알고 있습니다. 그래도 가능하다면, 전시 관계자분께 한 번 더 말씀을 전해주실 수 있을까요? 연락처가 아니어도, 그저 제 마음을 작가님께 전달해 주셨으면 합니다. 단순히 '북 커버 디자인 의뢰'라는 단어보다는— 이 이야기를 시작하고, 마무리 짓는 자리에 그분의 감정이 함께해 주길 바라는 마음이에요. 무리한 부탁일 수도 있겠지만…….

다시 한번, 정중히 부탁드립니다

감사합니다.

번역을 한번 진행한 후 최대한 정중하게 메일을 보낸 뒤, 나는 조용히 노트북을 닫았다. 그 짧은 문장을 쓰는 데 오래 걸렸지만, 막상 보내는 건 한순간이었다. 그리고 다시, 도록을 바라보았다. 작품 속 후지산은 여전히 말이 없었지만, 그 침묵이 어쩐지 마음속 어딘가를 천천히 흔들고 있었다. 이름도, 얼굴도 모른 채— 그저 한 장의 작품을 통해 느껴진, 잊히지 않는 감정의 흔적. 혹시 정말, 그 사람이라면……. 정말 그의 손끝에서 만든 작품이라면, 나는 이 마음을 더는 조용히 묻어둘 수 없을 것이다. 단 한 번이라도, 그 감정의 끝에 닿을 수 있다면— 그때 다 꺼내지 못한 마음을 조용히, 작품 너머에서 이어갈 수 있다면 좋겠다고. 그것은 오래도록 마주하지 못했던 무언가가 마침내 다시 나를 향해 움직이기 시작한 순간이었다. 그리고, 어쩌면 아주 작지만 분명한……. 기다림에 가까운 기대였다.

잠시 창밖을 바라보았다. 빗물에 젖은 유리창 너머로 여전히 희미한 불빛들이 번지고 있었다. 노트북은 닫혀 있었고, 테이블 위 도록은 그 자리에 그대로 펼쳐져 있었다. 불필요한 말은 없었고, 덧붙일 감정도 없었다. 작품은 여전히 침묵했고, 나는 그 침묵 속에서 조용히 숨을 고를 수 있었다. 지금 이 마음을 정확히 설명할 수는 없었지만— 분명한 건, 무언가가 조심스럽게 깨어나고 있다는 것이었다.

지금은 그것만으로 충분했다.

잔향

7

비가 조금씩 내리는.

흐린 하늘은 여전히 창밖을 덮고 있었다. 회색빛. 언제부턴가 나는 그 색을 기준으로 하루의 기분을 정하고 있었다. 컴퓨터를 켜자 자동으로 열리는 메일함이 익숙한 소리와 함께 알림을 띄웠다.

RE: 전시 관련 문의

발신자는 이전에 작품을 출품했던 전시관의 관계자. 제목만 보고도, 클릭하지 않아도 대충 내용은 짐작됐다. 이런 부류의 메일은 자주 온다. 전시에 관한 짧은 문의, 디자인 협업 제안, 혹은 '관심'이라는 이름으로 포장된 형식적인 제안들. 처음엔 하나하나 열어봤다. 하지만 어느 순간부터는 읽지 않은 메일함 숫자만 늘어났다. 커피잔을 들고 화면을 흘끗 봤다.

RE: 전시 관련 문의 (2)

숫자만 하나 더 붙은 똑같은 제목. 한숨을 쉬고, 커피를 마시고, 다시 시안 창을 띄웠다. 하지만 작업물은 며칠째 같은 자리에 멈춰 있었다. 마우스는 움직였지만, 선은 그려지지 않았다. 오른쪽 하단에 또 알림이 떴다.

RE: 전시 관련 문의 (3)

입가에 작게, 기계적인 웃음이 새어 나왔다.

"참 끈질기네, 이런 쪽 사람치고는."

창을 닫으며 중얼거렸다. 읽지 않아도 내용은 그려졌다. 작품 반응이 좋다느니, 출품을 늘려달라느니, 굿즈로 제작하자는 둥, 정중한 포장을 두른 익숙한 문장들. 지겨울 뿐이었다.

다음 날. 창밖은 여전히 흐렸고, 낮게 깔린 구름은 마음마저 눌러앉는 듯했다. 날씨 때문만은 아니었다. 어딘지 모르게 가라앉은 기운이, 하루를 천천히 덮고 있었다.

별다를 것 없는 아침이었다. 늘 하던 대로 컴퓨터를 켰고, 잠시 뒤 익숙한 알림 소리와 함께 메일함이 떴다.

[RE: 협업 관련 문의]

처음 보는 주소였다. 습관처럼, 클릭했다. 메일은 길지 않았다. 오히려 그 간결함 덕분에 더 눈에 들어왔다.

제목: 북 커버 디자인 문의 관련 건 (온담 출판사)

안녕하세요. 온담 출판사의 편집 담당자입니다.

실례를 무릅쓰고 이렇게 연락드리게 된 점 너그러이 양해 부탁드립니다.

저희 출판사와 계약 중인 일본인 작가님께서 최근 전시하신 '작가 미상' 명의의 '257' 작품을 우연히 감상하게 되셨고, 깊은 인상을 받았다고 전해왔습니다.

현재 해당 작가님의 한국어 번역 출간을 준비 중입니다. 출간에 앞서 북 커버 디자인을 꼭 의뢰드리고 싶다는 요청이 있어 이렇게 전시 관계자님을 통해 메일 주소를 알게 되어 연락드리게 되었습니다.

첨부파일에는 원고 견본을 보내드립니다. 긍정적인 검토 부탁드립니다. 다시 한번 실례를 무릅쓴 연락, 너그러이 이해 부탁드립니다.

첨부파일: 원고 견본 (PDF)

그저 무심히 넘기려던 시선이 어딘가에 살짝 걸렸다.

"일본······?"

조용히 중얼거리다가 화면을 내려다봤다. 출판에 대해서 아는 건 많지 않다. 그래서일까. 유독 이 메일만큼은 이상하게 쉽게 넘기기 어려웠다. 파일명 옆에 깜빡이는 작은 아이콘. 마우스를 올리다 말고, 커피를 한 모금 들었다. 입에 닿기도 전에 한숨이 먼저 새어 나왔다.

"북 커버 디자인을 왜 나한테······."

스스로도 어이가 없다는 듯 중얼거렸다.

"겨우 하나의 작품을, 그것도 이름도 얼굴도 숨긴 채 낸 사람한테— 나를 뭘 믿고."

결국, 메일을 닫았다. 하지만 단순하고 정중한 문장들. 그 안에 담긴 어떤 '진심' 같은 게 묘하게 마음 한쪽을 건드렸다. 그날 오전은 어딘가 모르게 심란하게 흘러갔다.

[메일 수신함 - 1] 제목: 북 커버 디자인 관련 / 발신: YUNA / 도착 시간: 오후 4:12

또 다른 메일. 익숙하지 않은 이름, 짧고 조심스러운 제목.

발신: YUNA

열자마자 다소 어설픈 문장들이 눈에 들어왔다. 어딘지 어색한 번역 투, 그러나 그런 문장 속에 단단하게 묶여 있는 어떤 감정이 있었다.

『안녕하세요.
갑작스럽게 메일을 드리게 되어 정말 죄송합니다.
저는 일본에서 소설을 쓰고 있는 작가입니다.
이번에 제 첫 번째 장편소설이 한국에서 번역 출간될 예정입니다.
우연히 들른 전시에서 작가님의 작품을 보게 되었습니다.
설명은 어렵지만, 마음 깊은 곳에 울림이 있었습니다.
너무 강하게 남아서……. 잊을 수가 없었습니다.
그래서 이렇게 직접 메일을 드리게 되었습니다.
혹시 가능하시다면,
제 책의 북 커버 디자인을
함께해 주실 수 있을지 조심스럽게 여쭙고 싶습니다.
이전에 저희 출판 관계자분이

몇 차례 연락을 드린 것으로 알고 있습니다.
그때 보내드린 견본 원고도,
혹시 조금이라도 읽어봐 주실 수 있을까요.
정말 간절한 마음으로 부탁드립니다.
이 이야기에 처음과 마지막 장을 덮는 표지를
작가님께서 함께 만들어주신다면,
제게는 정말 큰 의미가 될 것입니다.
답장을 주시지 않아도 괜찮습니다.
그저 이 마음이, 조심스럽게라도 전해지길 바랄 뿐입니다.
- YUNA 드림』

나는 손가락을 키보드 위에 올린 채 잠시 멈춰 섰다. 익숙하지 않은 문장. 어딘가 번역 투 같기도 했고, 한 문장씩 조심히 다듬은 티가 났다.
"유나……?"
작게 중얼거리다가, 조용히 웃었다.
"윤아? 아, 유나구나. 뭔가 한국 이름 같네. 필명이겠지. 굳이."
의아했지만, 그 이름은 오래도록 화면 위에 머물렀다. 그간 받은 메일 중 이렇게까지 끈질긴 것도 처음이었다. 보통 두어 번 거절하면, 다들 깔끔하게 돌아섰다. 근데 이 사람은……. 몇 번을 말해도 돌아서지 않았다.

'글은 읽어보셨을까요?'

'부디 이 마음이 전해지길 바랍니다.'

그 문장들이 자꾸 머릿속에 맴돌았다. 조금 피곤했고, 조금 신경 쓰였다.

잠시 뒤, 견본 파일을 다시 열었다. 그냥 처음 몇 장만 읽고 답을 생각이었다. 그런데 몇 페이지, 몇십 페이지. 문득 고개를 들고 견본 파일을 초중반까지 읽었다는 걸 알게 되었을 때는 그 글들은 어느새 꽤나 깊숙한 곳까지 들어와 있었다.

"…… 멜로 소설이네."

낮게 혼잣말이 흘렀다. 내가 좋아하지 않는 지독히 감정적인 글이었지만, 어딘가 크게 낯설지 않은 느낌에 글이었다……. 하지만— 묘하게 마음이 끌렸다.

메일에 짧은 답장을 보낸 뒤 창을 닫았다. 아무 생각도 들지 않았다. 그냥, 해야 할 최소한의 예의를 지킨 기분. 그 이상도, 이하도 아니었다.

'확답은 어렵지만 미팅은 한번 해보자'

형식적이고 무미건조한 문장이었다. 하지만 이 정도면 됐다. 그쪽이 그렇게까지 원했다면, 직접 얼굴 정도는 보여줄 수 있으니까.

다음 날, 메일이 도착했다. 제목은 단순했다.

[Re: 미팅 관련]

내용은 의외로 짧았지만, 행간에 묘하게 조심스러운 기쁨 같은 게 묻어 있었다.

『네, 진심으로 감사합니다.

이틀 뒤 저녁 7시, 연남동 카페 '코르'에서 뵙겠습니다.

마침 일정이 조금 연장되어 한국에 더 머무르게 되었어요.

이렇게 천천히 서울을 걷는 것도 처음이라, 기분이 묘하게 좋습니다.

연락해 주서서 진심으로 감사합니다.

꼭 뵙고 싶습니다.

- YUNA 드림』

이런 식으로 진심을 드러내는 사람.

어쩌면 참 특이하다는 생각이 들었다.

그렇게 약속한 연남동의 조용한 카페. 평일 저녁, 비가 온 뒤의 서울은 유난히 맑았다. 사실 정확히 말하면— 나는 협업 미팅을 나간 적이 없었다. 누구와도. 작품으로 사람과 함께 일하는 건 내게 있어 늘 불편하고, 벅찬 일이었다. 아니, 귀찮다고 하는 게 맞는 것 같다. 굳이 작품이 아니라 사람과 함께 하는 걸 피하는 성격이기도 하고…….

하지만 이번엔, 어쩌면 그 불편함보다 더 큰 무언가가 있었다. 카페 근처 골목으로 접어들며 나는 주머니 속 손을 꽉 쥐었다. 걸음이 느려졌다. 괜히 멈춰 선 카페 간판을 한참 바라보다가 카페 문을 밀고 들어섰다.

그 순간, 공기가 변했다.

말로 설명할 수 없는…….

마치 무언가가 안쪽에서 무너지는……? 허물어지는 느낌……?
피부 위로 스쳐 지나간 차가운 공기와,
한 번도 잊은 적 없는, 그 사람의 실루엣.
창가 쪽, 조용히 앉아 있는 사람.
몇 년이 지나도 잊을 수 없던 그녀.
하얗다 못해 창백한 피부,
빛이 맺힌 눈동자. 그리고 그런 눈동자 안에서
묘하게 사람을 끌어당기는 그 눈빛은
여전히 그녀에게 남아 있었다.
그 순간, 심장은 마치 오랜 침묵을 깨고 터져 나오듯 박동했다. 머릿속은 어지러웠고, 그 이름이 혀끝까지 차올랐다가 간신히 삼켜졌다.
기억 속 그 모습과 지금 눈앞의 그녀가 겹쳐졌다.
시간은 분명 흘렀지만, 그녀는 전혀 변하지 않았다.
오히려, 조금 더 단단해진 사람처럼 보였다.
출판사 관계자가 먼저 일어나 말을 건넸다.
"아, 작가님이신가요? 오셨군요. 이쪽으로 앉으시지요."
나는 숨을 크게 들이쉰 후, 천천히 고개를 들었고 그녀와 눈이 마주쳤다. 그 찰나의 순간, 서로의 눈이 동시에 커졌다. 마치, 오래된 기억이 불현듯 눈앞에 선 것처럼. 그녀의 눈가에 놀람과 망설임이 스쳤고, 나도 모르게 몸이 순간 굳었다. 손끝이 아주 조금, 미세하게 떨렸다. 수도 없이 떠올리고, 상상했던 얼굴이 지금 이곳에서, 이토록 가까운 곳에 있었다. 그럼에도 바로 앞인데도, 그 거리는 유난히 멀게만 느껴졌다.

그녀는 잠시 숨을 삼킨 듯, 입술을 살짝 깨물고는 곧 조심스럽게 고개를 숙였다. 나는 겨우 숨을 고르고 멈춘 듯한 시간 속에서 현실로 빠져나와 조심스럽게 말을 꺼냈다.

"오래 기다리셨을까요? 죄송합니다. 낯선 길이라……. 조금 헤맸어요."

그녀는 고개만 살짝 숙일뿐, 인사도, 웃음도 없었다. 최소한의 예의만 걸친 채, 그 자리에 조용히 앉아 있었다.

출판사 관계자가 먼저 말을 꺼냈다.

"연남동은 요즘 사람도 많고 워낙 복잡해서요. 저희도 장소 잡느라 많이 고민했습니다. 그나저나, 이렇게 미팅에 응해주셔서 감사합니다."

나는 형식적으로 웃었다.

"아닙니다. 답변이 늦어 죄송합니다.

생각보다 골목이 많아서요. 좀 헤맸습니다.

그래도 이렇게 양해해 주셔서……. 감사합니다."

그 이후의 대화는 기획 일정, 번역 진행 상황, 해외 판권과 마케팅 전략 같은 이야기로 이어졌다. 나는 간간이 고개를 끄덕이며 짧은 대답만을 더했고, 그녀는 고개를 숙인 채 거의 아무 말도 하지 않았다. 말은 오갔지만, 무언가 제대로 들린 것은 없었다. 앞에 놓인 커피는 이미 식어 있었고, 머릿속 어딘가는 하얗게 번져 있었다. 얼마나 시간이 흘렀는지조차, 정확히 가늠할 수 없었다.

그때, 테이블 위에 놓인 핸드폰에서 진동음이 작게 울렸다. 유리컵과 맞닿으며 공기를 가르던 그 소리가, 짧지만 또렷하게 귓가를 스쳤다.

출판사 관계자는 화면을 슬쩍 확인하더니 당황한 듯 조심스럽게 자리에서 일어났다.

"죄송합니다만 잠깐 통화를 해야 할 것 같습니다. 출판 관련해서 급히 확인할 게 있어서요. 금방 다녀오겠습니다."

자리를 벗어나는 발소리가 점점 멀어졌고,

방금 전까지 흐르던 말들과 분위기는

금이 간 유리처럼 한순간에 조용히 멈춰버렸다.

공기마저 가라앉았다.

말이 끊기자,

오히려 더 선명해지는 정적.

나는,

그녀를 향해 천천히 시선을 들었다.

그녀는 여전히 아무 말도 하지 않았고,

눈빛 하나도 쉽게 건네지 않았다.

가만히, 그 자리에 앉아 있었다.

심장이 아주 잠깐, 느리게 한 번 뛰었다.

목구멍에 걸린 말이 쉽게 내려가지 않았다.

무슨 말을 해야 할지,

그 짧은 순간에 수십 가지 생각이 스쳐 지나갔다.

결국 나는, 가장 무난한 인사로 입을 열었다.

"늦어서 죄송—"

"늦었네요. 정말로."

그녀가, 내 말을 끊고 말했다.

조용하지만 단단한 목소리였다.

한 단어 한 단어가, 멈춰 있던 공기를 조금씩 흔들었다.

"…… 네. 미안해요. 연남동은 사실… 잘 오는 곳이 아니라서……."

"그 말이 아니잖아요."

그녀가 다시 끊었다. 이번엔 더 확실하게.

"제가 무슨 말을 하는 건지, 정말 몰라요?

아무것도 기억 안 나요?

아니, 제가 누군지는 기억이나 해요?"

안 날 리가 없었다. 너무도 선명했다.

그 계절의 공기,

그 순간의 느낌,

그리고 그녀가 첫차를 타려고 나와 헤어져 돌아서던 뒷모습까지—

흉터처럼 남아, 한 번도 내 안에서 흐릿해진 적이 없었다.

나는 입술을 달싹였지만,

그 어떤 말도 쉽게 나오지 않았다.

"……미안해요, 유카리 씨.

그땐……. 사실……."

목 안에서 말이 맴돌다, 한 번 깊게 숨을 삼켰다.

"그때는……. 당신을 잃는 게 무서웠어요.

그래서……. 더 가까이 갈 수가 없었어요."

"그런 바보 같은 대답을 들으려던 게 아니에요."

그녀의 목소리는 조용했지만, 단호하게 가라앉아 있었다.

"그날, 제가 뭐라고 했는지 정말 기억 안 나요?"

나는 아무 말도 하지 못했다.

"당신이 정말 날 좋아한다면……. 다시 와달라고 했잖아요.

근데 당신, 확답은 아니었지만 기회가 오면 온다고 했었죠……?"

그녀의 눈빛은 흔들리지 않았다.

"그 뒤엔……. 내가 연락했었고요."

잠시 말을 멈춘 그녀가, 시선을 잠깐 피했다가 다시 나를 똑바로 바라봤다.

"난 기다렸어요. 그날도, 그 후에도.

내가 바보였던 걸까요? 일이 바쁘다는 핑계를 믿어서는 당신은 못 오더라도 연락 정도는 올 줄 알았어요."

그녀의 눈빛이, 더는 피하지 않은 채 내게 박혔다.

숨을 쉬는 게 잠깐 멈춘 것 같았다.

"들어나 보죠."

그녀가 조용히 말을 이었다.

"왜, 저를 잃는 게 무서웠다고 하면서…….

왜, 저한테 가까이 올 수 없었죠?

왜 나를 밀어냈어요?"

한 문장 한 문장이, 자꾸만 날 겨냥했다.

나는 눈을 피하지 못한 채 입술을 다물었다.

무엇부터 꺼내야 할지, 어디서부터 잘못되었는지

이미 너무 오래 흘러버린 것 같은 그 마음을

이제야 되짚고 있었다.

"…… 저는,"

숨을 들이쉬었다. 목이, 조금 메였다.

"그 당시에 당신을……. 정말로 좋아했어요. 사실입니다."

천천히 고개를 들었다.

"믿지 않아도 괜찮아요. 그 짧은 이틀이었지만, 저는—"

말끝이 흐려지려는 걸 꾹 눌러 삼켰다.

"본 적도 없었던 당신이…….

어릴 때부터 어디에도 설명할 수 없던,

그 고질적인 그리움 같은 걸 처음으로 채워준 사람이었어요."

말을 하며, 나조차도 내 마음을 처음 꺼내 보는 기분이었다.

"그런 당신과 가까워졌다가……. 만약, 당신을 잃게 된다면—"

숨을 고르며 천천히 말을 이었다.

"심지어, 우리는 서로에게 외국인이잖아요.

나라도, 언어조차도 다르니까…….

그 모든 걸 다 뛰어넘을 만큼 내가 충분히 단단하지 않은 사람이란 걸 스스로 잘 아니까, 당신을 잃는 게 더 무서웠어요."

시선이 살짝 떨렸다.

"이미 저는, 그때 너무나도 힘든 시간을 보내고 있었던 사람이었거든요……."

그 말이 끝나자, 그녀가 아주 조심스럽게 입술을 떼었다.

"당신은—"

무언가를 말하려던 찰나, 카페 입구가 요란하게 열렸다.

"아, 작가님들……. 죄송합니다."

출판사 관계자가 숨을 고르며 다가왔다.

손엔 아직 전화를 쥔 채였다.

"큰 문제가 생겨서요……. 곧 출간되어야 할 책이 인쇄 물량에 문제가 생겼다네요. 너무 죄송하게도 오늘은 제가 먼저 나가봐야 할 것 같습니다……. 오늘 다 못한 이야기들은, 추후 일정 조율해서 다시 미팅 잡는 걸로 해도 괜찮을까요……? 정말 죄송합니다……."

잔향

그는 정중하게 고개를 숙였고,

나는 무겁게 고개를 끄덕이며 짧게 대답했다. "네……. 괜찮습니다. 신경 쓰지 말고 얼른 가보세요."

자리를 정리하고 문을 나서는 그의 뒷모습을 보며,

나는 잠시 말이 없어졌다.

테이블 위의 커피는 이미 미지근했고,

그림자처럼 어색한 침묵이 테이블 위에 남았다.

나는 그녀를 향해 시선을 돌리며 말했다.

"그럼, 오늘은……. 저희도 여기까지죠."

내가 조심스레 말을 맺자, 그녀는 조용히 시선을 들었다.

표정은 웃지 않았고, 목소리는 단단했다.

"저는 아직 끝낸 적 없는데요."

잠깐 말을 잇지 못한 채, 나는 다시 그녀를 바라봤다.

"…… 그럼, 식사라도 하시겠어요?"

그녀는 고개를 아주 천천히 저었다.

"아뇨. 식사는 됐고요."

숨을 고르고 말을 이었다.

"저 지금, 술 마시고 싶은 기분이에요."

그 한마디에 잠시 멈춰 있던 공기가 다시 움직였다.

나는, 다시 말없이 고개를 끄덕였다.

"…… 괜찮은 곳, 하나 알아볼게요."

카페 문을 열고 나서자, 연남동의 저녁 공기가 조금은 차가운 숨처럼 다가왔다.

비가 그 사이에 언제 또 내렸다 그쳤는지, 거리는 눅눅한 기색만 살짝 남기고 있었다.

노란 간판 불빛들이 젖어 있던 보도 위에 조용히 반사되고 있었다.

나는 조용히 휴대폰 지도를 꺼내 들었다.

기억에 남아 있던 작은 술집.

예전엔 조용하고 분위기도 좋았던 곳이었다.

하지만 위치가 어딘가 어긋나 있었다.

화면을 이리저리 돌려보며 지도를 확대했다 줄였다 하기를 반복했다.

"길, 잃은 거예요?"

조용히 따라오던 그녀가 물었다.

말투는 무덤덤했지만, 어딘가 웃음기 어린 눈동자였다.

"…… 예전엔 이 술집이 여기쯤이었던 것 같은데……. 위치가 바뀌었나 봐요."

"후……. 아무리 본인 나라를 구렁텅이라고 얘기했어도 술집 하나쯤은 알 줄 알았는데요."

그녀는 그제야 작게 미소 지으며 웃었다.

나는 작게 속삭였다.

"아직……. 기억해 주고 계셨군요."

지도를 다시 확인했다.

손가락으로 화면을 몇 번 확대하고 축소한 끝에,

익숙한 이름이 눈에 들어왔다.

"여기네요. 근처긴 했는데……."

나는 휴대폰 화면을 그녀에게 보여주며 말했다.

"5층에 있는 곳이에요. 테라스도 있고, 조용한 편이라."

그녀는 말없이 고개를 끄덕였다.

우리는 골목 안쪽 건물 입구로 걸음을 옮겼고, 낡은 엘리베이터 안에서 짧은 정적이 흘렀다.

문이 열리자은은한 주황빛 조명이 가장 먼저 시야를 채웠다.

실내는 어두운 톤의 벽과 조명이 어우러져 차분하고 조용한 분위기를 자아내고 있었다.

검은색 테이블들이 간격을 두고 놓여 있었고, 바깥으로는 작게 트인 테라스가 이어져 있었다.

도심 속의 작은 틈새처럼, 사람들 소리보다 숨소리가 먼저 들리는 공간.

나는 조심스레 그녀를 돌아보았다.

"테라스 자리 괜찮으시겠어요?"

"네, 좋아요."

짧은 대답이었지만, 표정엔 살짝 풀린 기색이 어렸다.

우리는 테라스 구석, 조금 외진 검정 테이블에 마주 앉았다.

불빛은 밝기보다는 은근하고 잔잔하게 주변을 감쌌고,

바람은 도심보다는 조금 더 느리게,

조금 더 조용히 스며들었다.

메뉴판을 받자 그녀가 조용히 웃으며 말했다.

"이런 데서 혼자 술 마신 적은 없죠?"

나는 작게 웃으며 고개를 저었다.

"혼자 마실 땐……. 테라스보다, 더 어두운 구석이 어울리겠죠. 방구석이나……?"

그녀의 입꼬리가 조금 올라갔다.

그 웃음엔 묘하게 섞인 쓸쓸함과, 오래 묻어두었던 안도의 기색이 겹쳐 있었다.

"여전히 달라진 게 없네요……. 오히려 더 어두워진 느낌일까요?"

"그런가요……."

나는 유리창 너머 서울의 불빛들을 잠시 바라보았다.

창문에 비친 내 얼굴은 조금 더 말라 있었고, 조금 더……. 낯설었다.

"뭐, 우선은 한잔할까요? 오랜만에 보는 건데."

그녀가 말하자 나는 고개를 천천히 끄덕였다.

"그러죠."

우리는 메뉴판을 천천히 펼쳤다.

한동안 말이 없었다.

그저 손가락 끝으로 페이지를 넘기다가—

그녀가 조심스럽게 입을 열었다.

"그날은……. 사케였죠? 한국에서 술을 마시는 건 처음이네요. 어릴 때나 한국에 와봐서……. 뭘 먹어야 하죠……? 한국 사람들은 보통 소주를 먹죠……?"

나는 잠시 웃었다.

그리고 그 웃음이 생각보다 오래 머물렀다.

"네 맞아요 대부분 소주를 먹죠.

조금 독하긴 해도, 사케랑 크게 다르진 않을 거예요.

오히려……. 비슷한 느낌이죠."

그녀는 작게 고개를 끄덕이며 웃었다.

"그렇군요. 그럼, 그렇게 해요."

나는 손을 들어 직원을 불렀다.

"소주 한 병 주세요. 잔은 두 개요. 그리고…… 음……. 수비드 수육 하나요."

직원이 고개를 끄덕이며 돌아서고, 테이블 위엔 다시 조용한 공기만이 흘렀다.

"수육?"

그녀가 살짝 고개를 기울였다.

"네. 찾아보니까 꽤나 유명하더라고요.

기름기 없이 부드럽고……. 소주 마실 땐 담백한 게 나아요."

그녀는 다시 고개를 끄덕이며 말했다.

"여전히 쓸데없이 진지하네요, 현서 씨는."

나는 약간의 미소를 보이면서도 그 짧은 순간,

그날의 기억이 스치듯 떠올랐다.

은은한 조명, 어색한 사람, 다른 나라.

직원이 조용히 소주 한 병과 잔 두 개를 먼저 주고는 그 후

김이 살짝 서린 수비드 수육을 테이블 위에 올려두고 갔다.

그녀가 병을 들었다.

조심스럽게 뚜껑을 열고, 내 잔 앞에 멈춰 섰다.

"제가 따라도 괜찮을까요?"

나는 가볍게 고개를 끄덕이며 잔을 내밀었다.

작은 기포가 잔 안을 가득 메우고, 이내 조용히 사라졌다.

"한국에선……. 건배라고 하죠?"

"보통은 '짠'이라고 해요. 건배는 조금, 올드한 느낌이죠……."

그녀가 살짝 웃으며 잔을 들었다.

"그럼……. 짠."

"짠."

가볍게 잔을 부딪쳤다.

소주 한 모금이 목을 타고 천천히 내려갔다.

첫 잔이었는데, 생각보다 강했다.

목 안쪽이 뜨겁게 울렸다.

잠깐의 침묵.

그 조용한 틈을 깨듯, 내가 먼저 말을 꺼냈다.

"그런데……. 이렇게 한국어로 대화하는 게 좀 신기하네요.

그날은……. 마지막 몇 마디 외엔, 말할 기회도 없었잖아요."

그녀가 잔을 굴리듯 천천히 돌리다 멈췄다.

잔 안의 투명한 액체가 작게 흔들리다 고요해졌다.

"아……. 그랬죠……. 그때는…… 미안했어요. 장난치고 싶었던 게 아니라…….

그냥, 진심이었어요. 짧게밖에 말 못 했지만……."

그녀의 눈동자가 살짝 흔들렸다.

맑고 단단한 듯 보였지만, 어딘가 말하지 못한 감정이 비쳐 보였다.

"저는요……. 현서 씨를 처음 본 날이,

제가 의지하고……. 좋아하던 사람에게 차였던 날이었어요."

그녀는 조용히, 작은 한숨을 내쉬었다.

"사람을 믿는다는 게……. 그땐 정말 어려웠어요.

현서 씨의 속마음이 궁금했고, 저도……. 제 마음을 솔직하게 꺼내 보고 싶었어요. 물론 당시에는 이성적인 그런 감정은 아니었겠지만."

그녀는 잠시 말끝을 맺지 못하다가, 다시 천천히 말을 이었다.

"현서 씨만 그런 게 아니에요. 저도……. 믿지 못했어요. 누구도, 쉽게. 그날 누군가 앞에서 힘들다는 말을 꺼낸 건……. 정말 처음이었어요. 그래서 굳이 불편하게 번역을 한 거예요. 당신이 솔직한 사람일까, 아니면 나 자신은 이렇게라도 하면 조금은 솔직해질 수 있을까 싶어서. …… 지금은 뭐, 지나간 시간이지만요."

그 말을 끝으로 잠시 침묵이 내려앉았다.

서로가 잔을 바라보았고, 그 잔은 몇 번이나 오가며

점점 은근한 취기를 몸 안에 퍼뜨리고 있었다.

말이 점차 느려졌고, 호흡은 가늘어졌다.

나는 조심스럽게 말을 꺼냈다.

"…… 아까요……. 카페에서 나오기 전에……. 무언가 말하려던 것 같았는데요."

그녀가 고개를 들었다.

"'당신은—'이라고, 말했었죠. 그다음, 뭐라고 하려던 건지……. 이제 들을 수 있을까요?"

그녀는 한동안 조용했다.

잔을 쥔 손끝이 살짝 떨리는 게 느껴졌다.

"그렇죠……. 그랬었죠."

작은 숨이 뒤따랐고, 그녀의 시선은 내게 잠시 머물렀다.

잔향 257

"그때, 당신은 너무 견디기 어려운 시간을 보내고 있다고 말했어요.
사람을 믿지 못하고, 사랑을 믿지 못하고……. 그리고 아까는,
제가 그리움을 해소해 줬던 사람이라고도 했죠."
그녀의 말은 느렸지만 정확했다.
"그런데도……. 당신은 다시 구렁텅이로 돌아가는 걸 택했어요.
한국이 아닌, 마음에 구렁텅이……. 이미 상처받은 사람이,
앞으로 올 상처까지 미리 두려워하며
그 어둡고 깊은 곳으로 다시 스스로 들어간 거예요.
전보다 더 깊게."
그녀는 마치, 그 시간 동안 품어온 질문들을 하나씩 꺼내놓듯 말을 이어갔다.
"…… 제가 미워서였던 건 아니었죠?"
그리고 아주 조용히,
이제야 정말 묻고 싶었던 질문을 던졌다.
"그게 아니라면…….
왜죠?
왜 그렇게까지 스스로를 힘들게 하면서 그런 선택을 했던 거예요?"
그 말엔 약간의 원망과 함께, 묵묵히 참아온 시간이 담겨 있었다.
"묻고 싶은 게 많았어요……."
그 말은 아주 작고 느리게,

마치 이제 겨우 흘러나온 마음처럼
술잔 위로 떨어졌다.
그 사이, 몇 번인가 술잔을 채웠고
속은 점점 뜨거워졌지만
이상하게도 정신은 또렷해졌다.
나는 숨을 들이쉬었다.
그제야 입을 열었다.
"그건 아까도 말씀드렸듯이……. 당신을 잃는 게 무서워서—"
"그런 걸 말하는 게 아니잖아요!"
그녀는 일본어로 내 말을 끊었다.
모든 말을 해석하기는 어려웠지만 목소리는 분명했고,
그 안에는 오랫동안 눌러왔던 분노가 실려 있었다.
"그게 뭔데요? 잃는 게 무서워서 시작도 못 했다— 뭐 그 뻔한 얘기요? 그걸 또 얘기하려던 거예요?"
나는 숨이 걸리는 것처럼 입을 다물고 말았다.
"나는요 정말……. 많이 힘들었어요."
그녀가 조용히, 그러나 단단하게 말을 이었다.
"나는 내가 스스로도 힘든 줄도 모르고, 감정 없이 버텼어요. 결국엔……. 내가 그저 관광객의 특별한 기억 하나였던 걸까? 잠깐 머물렀다가 떠나간 사람의 신기한 이야기, 그게 전부였던 걸까? 별의별 생각을 다 했다고요."

그녀는 시선을 돌려 창밖을 바라보다,

다시 내게로 돌아왔다.

"아니면……. 당신이 얘기했던 것들이 정말 전부 사실이라면, 그 구렁텅이로 다시 돌아간 당신은 그 이후 또 얼마나 긴 시간을 혼자서……. 그 안에서 버티는 걸까……. 그리고 앞으로는, 또 얼마나 더……."

그녀는 잠시 말을 멈추고 나를 바라보다 다시 말을 이어가기 시작했다.

"그 생각이 계속 머릿속을 맴돌았어요. 질문처럼. 어쩔 땐……. 의심처럼."

그녀의 마지막 말이 멈췄을 때,

우리 사이에 아주 조용한 바람 하나가 스쳐 지나갔다.

나는 잠깐, 잔 위로 시선을 떨궜다.

"…… 그건요."

짧게 숨을 삼켰다.

"그냥……. 단순히 좋아했으니까, 헤어질까 봐 무서웠다―그런 얘기가 아니에요. 솔직히 말하면, 아직도 '사랑'이 뭔지는 잘 모르겠어요. '사람'도요. 그냥, 저는……. 항상 뭔가를 그리워하면서 살아왔어요. 누구인지, 그게 뭔지는 저도 모르겠는데……. 계속 외롭고, 허전하고……. 그냥 그런 게 있었어요. 그리고 그날, 당신을 만났을 때……. 그게 멈췄어요. 뭘 어떻게 했는지도 모르겠는데, 그냥 그게 잠깐 멈췄어요. 그래서 무서웠어요……. 당신이 그리운 사람이었다. 이런 거보다는……. 그리움 자체를 멈추게 해 줬던 사람이었거든요. 그런 사람을 잃는다는 건…… 그 외로움이 더 크게 다시 돌아온다는 거니까요. 그래서 못 다가갔어요. 그게 제일 솔직한 말이에요."

그녀는 한참 말을 하지 않았다.

잔을 만지작거리며, 술잔 안쪽을 천천히 들여다보고 있었다.

나는 괜히 젓가락을 손에 쥐었다가 다시 내려놓았다.

불편한 침묵은 아니었지만, 가볍지도 않았다.

"…… 그랬군요."

조용히 입을 연 그녀의 목소리는, 생각보다 부드러웠다.

하지만 그 안에는 여러 겹의 감정이 조용히 내려앉아 있었다.

웃지도, 화를 내지도 않았지만—

어딘가 서운한 감정이 묻어나 있었고,

그게 말보다 더 명확하게 느껴졌다.

표정은 복잡했다.

단정할 수 없는 감정들 사이에 망설임이 걸려 있었고,

그걸 꺼내 보이기보다는,

그저 넘기고 싶다는 듯한 느낌이 들었다.

"지금 듣고 나니까……. 조금은 알 것 같기도 해요."

작게 숨을 내쉰 그녀가 잔을 들어 올렸다.

"이상하게도, 화는 나는데 납득이 되네요.

그렇다고······. 안 미웠던 건 아니에요."

나는 고개를 끄덕였다.

그건 당연한 일이라고 생각했다.

"정말 많이 미웠고······. 사실 지금도 완전히 괜찮진 않아요."

그녀는 다시 잔을 내려놓았다.

말은 담담했지만, 말끝의 무게는 분명했다.

조금은 가라앉은 톤.

꾹 눌러뒀던 감정들이 아직 자리를 지키고 있다는 증거였다.

나는 무슨 말을 해야 할지 몰라,

괜히 잔을 들었다가 조용히 내려놓았다.

그녀가 말을 이었다.

"그래도······. 이렇게 얼굴 보고 말하게 된 건 다행이네요.

이런 얘기, 못 하고 지나가는 게 더 힘들었을 것 같아서요."

그리고, 아주 짧은 침묵 후에 덧붙였다.

"이렇게 다시 마주칠 줄은 몰랐어요. 세상······. 참 이상하게 돌죠."

그녀의 눈동자가 나를 바라봤다.

그 눈은, 예전보다 차분해졌지만

그 안에 담긴 건 단순한 감정이 아니었다.

쉽게 꺼내지 못했던 이야기들,

그저 흘려보내기에는 너무 오래 눌러 담아왔던 마음.

말로 다 표현되진 않았지만,

그만큼의 시간이 우리 사이를 지나왔다는 건 느낄 수 있었다.

나는 고개를 끄덕이며 내 잔을 들었다.

술이 아니라, 그 시간들을 조용히 삼키는 기분으로.

그녀는 말없이 고개를 끄덕였다.

한동안 둘 사이엔

조심스러운 고요만이 흘렀다.

그건 평온도, 화해도 아닌— 그저 한 걸음 물러선 채

서로를 바라볼 수 있는 거리였다.

"…… 그보다,"

나는 잔을 살짝 옆으로 밀어내며 말을 꺼냈다.

"유카리 씨, 결국 작가로 데뷔하셨네요. 그것도 스타 작가."

그녀는 부끄럽다는 듯이 짧게 고개를 끄덕였다.

표정은 크게 변하지 않았지만,

손끝이 조용히 잔을 매만지고 있었다.

"몰랐어요."

내 목소리는 약간 낮아졌지만, 담백했다.

"하지만 언젠가는……. 이렇게 될 줄 알았어요."

잠깐의 침묵.

그리고 나는 조용히 덧붙였다.

"그때도 얘기했었죠. 당신 글······. 믿어보라고."

그녀의 시선이 조용히 내게 옮겨졌다.

그 눈동자엔 말로는 다 전하지 못한 무언가가 떠 있었다.

잠깐 머뭇이는 듯한 망설임,

그리고 억누른 듯한 안도의 기색이 스쳐 지나갔다.

"······ 기억하고 있었군요."

그녀가 말했다.

"저만 기억하는 줄 알았는데."

나는 대답하지 않고, 잔을 조용히 돌려봤다.

그녀가 다시 입을 열었다.

"근데요······. 하나 물어봐도 될까요?"

나는 그녀를 바라봤다. 말을 이을까 말까 망설이는 눈빛이 스쳤다.

"제 글······. 파일 읽었죠······? 어때요?"

그 질문에, 아주 짧은 숨이 목에 걸렸다.

'아 그 견본 파일'—

"음······. 잘 쓰셨더라고요."

최대한 담담하게 대답했지만,

내 말끝엔 미세한 흔들림이 실려 있었다.

순간, 시선을 피했다.

"그렇군요."

그녀의 목소리는 평온했지만,

그 안에 담긴 기류는 확실히 달라져 있었다.

"다른 건 다 잊으셨네요."

그 말이 닿는 순간,

잔잔한 수면 아래로 돌이 하나 떨어지는 듯한 울림이 일었다.

나는, 그녀가 도통 무슨 말을 하는 건지 알 수 없었다.

그저 술기운에 묻히듯, 말끝을 넘기고 싶었다.

하지만 그 말은 그대로 내 안에, 잔잔한 울림으로 남았다.

계산을 마친 뒤, 우리는 조용히 엘리베이터에 올랐다.

거울처럼 반사되는 벽면 안, 서로 시선을 마주치지 않은 채

몇 층을 내려가는 동안 말이 없었다.

1층 로비 문이 열리고, 바깥으로 걸음을 옮겼을 때— 자동문 너머로 젖은 거리가 고요히 드러났다.

"앗……. 비."

내가 조용히 중얼거리듯 말했다.

그녀도 고개를 들어 바깥을 바라봤다.

"또 오네요……. 비."

말투는 담담했지만, 어쩐지 그 '또'라는 말이 그대로 마음 어딘가에 내려앉았다.

근처 편의점에 들러 우산 하나를 샀다.

펼쳐본 우산 위로 작고 잦은 빗방울이 부서지듯 떨어졌다.

조용한 소리였다.

"써요."

나는 짧게 말하고 우산을 살짝 그녀 쪽으로 기울였다.

그녀는 고개를 끄덕이며 말없이 내 옆으로 다가섰다.

어깨와 어깨 사이엔 아주 조심스러운 간격이 있었지만,

우산 아래, 비는 닿지 않았다.

가게와 골목이 스쳐가는 동안, 말은 없었다.

그저, 나란히 걷는 것만으로도 서로를 조금씩 생각하고 있다는 듯한— 그런 밤이었다.

지하철역 입구가 보일 무렵, 밝은 간판 아래로 인형 뽑기 기계 하나가 눈에 들어왔다.

그녀가 걸음을 멈췄다.

잠시 기계를 바라보다, 조용히 입을 열었다.

"예전에……. 신주쿠에서 했었죠."

나는 옆을 바라봤다.

"기억나요. 인형 하나도 못 뽑고……. 결국 둘 다 빈손으로 나왔죠."

그녀가 작게 웃으며 말했다.

나는, 말없이 지갑에서 카드를 꺼내 들었다.

"이번엔, 어떨까요?"

그녀가 고개를 젓지도, 끄덕이지도 않은 채 천천히 기계 앞에 섰다.

그리고 조심스레 집게를 움직였다.

툭.

인형은 또다시 미끄러져 떨어졌다.

그녀는 아무 말 없이 한참을 기계를 바라보다,

이내 작게 말했다.

"…… 또 실패했네요."

나는 그녀 옆에 섰다.

우리 둘의 그림자가 기계의 투명한 표면에 겹쳐 있었다.

"뽑을 수 있는 날이 오긴 할까요? 전에 뭐라더라……?

오락인지 게임인지 무슨 민족이라면서요?"

그녀가 짧게 웃으며 물었다.

그 말에 짧게 대답했다.

"글쎄요……. 그래도, 계속 시도하긴 해야죠."

그 말이 인형을 향한 건지, 아니면 지금 우리를 향한 건지는 잘 모르겠지만 그녀는 고개를 살짝 떨구었다가, 조용히 웃었다.

그리고 우리는, 우산 아래 다시 조심스레 발걸음을 맞췄다.

물기 밴 보도블록 위로 나란히 걷는 발소리만이 작게 울렸다.

어디론가 향하는 것도 아니고,

그렇다고 마냥 걷는 것도 아닌 듯한 발걸음.

우리는 우리 스스로도 모르게

조금 더 이 밤에 머물고 싶었던 것 같았다.

"지금 몇 시쯤일까요?"

그녀가 조용히 물었다.

나는 휴대폰을 꺼내 시간을 확인했다.

"한 것도 없는 것 같은데 한시가 넘었네요."

그녀가 작게 고개를 끄덕였다.

그리곤 고개를 살짝 들어 홍대입구역 3번 출입구 쪽을 바라봤다.

"지하철……. 끊겼겠죠?"

"네. 막차 시간, 이미 지났어요."

그녀는 짧게 한숨을 쉬더니 조용히 웃었다.

"그러게요. 또, 지났네요. 또, 놓쳤고."

나는 대답 대신 우산 손잡이를 다시 고쳐 쥐었다.

비는 여전히 잔잔하게 내리고 있었다.

조금 더 걸어가던 길, 우리 둘 앞에 멈춰 선 붉은 신호등 위로

빛이 물기를 머금은 도로에 번졌다.

그 틈에, 그녀가 고개를 살짝 돌렸다.

"이런 날씨엔,

괜히……. 더 늦게 들어가고 싶어지죠."

나는 짧게, 작게 웃었다.

"그러게요. 괜히요. 그래도 시간이 늦었으니까요.

저희는 더 이상 지망생들이 아니잖아요. 유카리 씨도 내일 일정 있으실 테고요."

우산 아래, 그녀의 얼굴이 살짝 내 쪽으로 기울었다.

조금 젖은 머리카락 끝이 살짝 흔들렸고,

표정은 평온했지만 그 안에 담긴 작은 흐름이 눈에 머물렀다.

"그렇죠……. 저나 현서 씨나.

이제는, 그때처럼 불평만 하며 시간을 보낼 수 있는 나이는 아니니까요."

그녀의 말투는 담담했지만

어쩐지 그 목소리 어딘가에는 아쉽다는 듯이

지나간 시간의 결을 손끝으로 더듬듯 스치는 감정이 아주 희미하게 묻어나 있었다.

하지만 나는, 그냥 '공감'으로만 받아들였다.

그 안의 결을 더 파고들 생각은 하지 못했다.

아니, 못한 건지도 몰랐다.

"현서 씨는……. 집 멀어요?"

나는 짧게 고개를 저었다.

"아뇨. 가까워요. 여기서 한 정거장 정도?"

"가까워서……. 좋겠네요."

"그렇죠. 밖을 잘 안 나와서, 길은 잘 모르긴 하지만요."

비바람은 점점 더 차가워지고 있었다.

몇 걸음쯤 더 걷다가,

나는 우산을 그녀 쪽으로 살짝 기울이며 말했다.

"이러다 감기 걸리겠어요. 택시라도 잡아드릴게요."

그녀는 나를 바라보다가

작게 숨을 고르고, 아주 짧게 웃었다.

"눈치 없기는……. 여전하시네요."

"…… 네?"

"제 호텔은 여기서 꽤 거리가 멀어요. 명동까지는 가야 해요."

"그렇군요……."

"그렇군요가 아니라, 그럼 이 밤에 저 혼자 택시 태워 보내겠다는 거예요!?"

그녀는 그 말을 일본어로, 평소보다 훨씬 또렷하게 쏘아붙였다.

"아……. 미안합니다. 데려다 드릴게요."

"아니! 그게 아니라……. 하……."

"네……?"

그녀는 다시 일본어로, 약간은 울컥한 듯한 말투로 말했다.

"현서 씨, 집 가깝다면서요! 거기로 가면 되는 거잖아요!"

나는 잠시 멍하니 그녀를 바라보다가, 짧은 숨을 내쉬며 조용히 고개를 끄덕였다.

"아…… 그렇죠……. 제 집이긴 한데, 괜찮으시겠어요?

그래도……. 전 낯선 사람일 텐데."

그녀는 내 말을 잠시 가만히 듣다가, 한 손으로 젖은 머리카락을 넘기며 조용히 말했다.

"하……. 정말,

저랑 처음 자는 것도 아니잖아요.

제가……. 그렇게 낯설어요?"

나는 잠시 입술을 다물었다가, 고개를 천천히 끄덕였다.

"아니요……. 그런 말이 절대 아니고……. 그럼, 가요."

그녀는 그제야, 살짝 웃었다.

우산 안에 고인 긴장감이 조금은 옅어지는 듯한 웃음이었다.

"그러고 보니 이제는, 이 정도 일본어는 알아듣는 거예요?"

나는 시선을 비에 젖은 골목 쪽으로 돌리며, 담담하게 말했다.

"뭐, 살짝 정도는요. 여전히 어렵긴 하지만……."

그녀가 고개를 기울이며 말했다.

"그 와중에 공부는 열심히 했나 봐요?"

나는 고개를 저었다.

"아뇨……. 그냥 뭐, 어쩌다 보니."

그녀는 그 말에 별다른 대꾸 없이 웃었다.

조금 낡은 웃음.

하지만 이상하게 편안했다.

우리는 그렇게, 시시콜콜한 대화를 주고받으며 천천히 집으로 향했다.

가로등 불빛 아래, 비에 젖은 도로는

마치 금빛 물결이 흐르는 듯 반짝였다.

물이 아니라, 무언가 더 따뜻하고 부드러운 게

빛을 따라 흔들리고 있었다.

그 길을 걷는 동안 나는 조용히 생각했다.

시간이 흘렀지만, 그녀는 여전히 따뜻한 색을 품고 있었다.

말로는 설명할 수 없는……. 처음 보는 그런 색…….

오래전 그날 이후, 나는 세상을 무채색으로만 보고 있었고, 그게 당연한 줄 알았다.

하지만 지금— 이렇게 걸으며 우산 아래 그녀와 나란히 선 순간,

나는 어느샌가 색이 다시 돌아왔다는 걸 인지했다.

그리고 그 색은, 그때나 지금이나 그녀 쪽에서 먼저 다가왔다는 것도.

…… 그런 생각을 안고, 나는 조용히 입술을 다물었다. 한 걸음, 한 걸음, 비를 밟는 소리가 귓가에 깊게 스며들었다.

그렇게 따뜻하고 고요한데도, 어딘가 마음 가장자리가 저릿했다.

지금 이 감정이, 또다시 너무 커져버리면 어떡하지—

오래전 유카리를 떠나간 날 생각이 스치듯 지나갔다. 이 사람을 잃는

다면, 나는 이전보다 훨씬 더 크게 부서질지도 모른다.

그 두려움은, 그날 이후 단 한 번도 완전히 떠난 적이 없었다.

그래서 나는, 그녀를 옆에 두고도 아주 작게……

마음을 한 걸음 뒤로 빼고 있었다.

우리는 근처 편의점에 들러 캔맥주 두 개와 간단한 안줏거리를 샀다. 진열대 조명이 은은히 흔들리고 있었고, 기묘하게도 그 순간만큼은 그녀와 내가 마치 예전처럼 자연스러운 사람들이 된 기분이었다.

현관 앞. 도어락이 삐- 소리를 내며 열렸다. 문을 밀고 들어선 순간, 나는 한 박자 느리게 숨을 삼켰다.

…… 작업물들, 펼쳐진 스케치북, 정리되지 못한 택배 상자와 소파 위에 걸쳐진 어중간한 재킷 한 벌.

"음……"

그녀가 안으로 들어오며 둘러봤다.

"이렇게 사는 사람이 또 있네요."

그러고는, 살짝 웃으며 덧붙였다.

"제 집이랑 비슷해서 조금 안심했어요."

나는 잠시 말없이 웃었다.

컵을 찾으려 싱크대를 열었지만, 결국 하나밖에 없는 머그잔 하나가 전부였다. 물기가 그대로 말라붙은 그것을 들고 있다가, 그녀 쪽으로 고개를 돌렸다.

"잔은……. 아, 있긴 해요. 설거지하면."

그녀는 신발을 벗으며 작게 중얼거렸다.

"잔은 무슨……. 캔맥주인데요. 뭐 하러 귀찮게 그러나요."

테이블 위에 캔 두 개를 꺼내더니, 내 앞에 하나를 툭 내려놓았다.

"근데……. 너무 긴장한 거 아니에요?"

말끝에 살짝 웃음이 섞여 있었다.

딸깍.

먼저 맥주를 열고, 그녀가 소파에 앉았다.

나도 조심스레 그 옆에 앉았다.

잠깐, 정말 아주 짧은 순간.

잔잔한 공기 속에서 동시에 고개가 들렸고—

우리는 말없이 눈을 마주쳤다.

유카리는 조심스럽게 몸을 기울였다.

숨을 고르듯, 눈을 피하지 않은 채

입술이 닿기 직전까지 천천히 다가왔다.

처음엔 확인하듯 가볍게,

그러다 이내 조금 더 가까이.

묻어두었던 감정이 조용히 고개를 들었다.

나는 그녀를 끌어안았고,

그녀는 내 목을 감쌌다.

그리고 아주 작게, 속삭였다.

"…… 우리, 그때 못 한 거……. 해볼래요?"

그 말은 조용했지만, 무언가를 꺼내 드는 듯한 울림이 있었다.

나는 한순간 숨이 멎은 것처럼 굳어 섰다.

"네……? 아, 아니, 저는 그냥……. 일단 씻고—"

말이 흐트러졌다.

그녀가 내게 한 걸음 더 가까이 다가왔다.

작은 한숨.

그리고 아주 가까운 거리에서 마주한 숨결.

"그 말은……."

그녀가 말했다.

"여자인 제가 해야 하는 거 아닌가요?"

그녀는 장난기 어린 눈빛으로,

그러나 무언가를 시험하듯, 아주 얇게 웃었다.

"참……. 여전하네요, 현서 씨는."

그녀의 눈에 담긴 말은,

입술로 나온 문장보다 훨씬 더 오래된 것이었다.

"이런 상황에서도……. 변한 게 하나도 없어……. 참 다행이야……."

그 말끝에, 그녀는 조용히 나를 눌렀다.

그 밤,

누가 먼저였는지조차 모르게

우리는 엇갈려 있던 마음의 끈을

조심스레 다시 당겨 맞물리기 시작했다.

서툰 손길이었지만,

오랜 공백만큼 진심이 묻어 있었다.

그것은 욕망이 아니었다.

정확히는, 욕망보다도 더 오래된 감정.

몸에 새겨진 그리움과,

입안에 스며 있던 말들,

끝내 하지 못했던 고백들이

피부를 따라 천천히 배어 나왔다.

처음 닿은 입술은

서로의 체온을 묻히기보다,

묻혀 있던 감정을 끌어올리는 움직임이었다.

그녀의 손끝이 내 목덜미를 훑고,

나는 마치 오래도록 원해왔던 방향으로

조심스레, 그러나 강하게 그녀를 끌어안았다.

그 밤, 우리는

쌓인 감정 위에 몸을 겹쳤다.

억지로 맞추지 않았고,

밀어내지도 않았다.

겹겹이 감싸안으며,

묵직하게 서로를 받아들였다.

그림처럼 아름답지 않았지만,

그 밤의 움직임에는

선명한 감정의 색이 있었다.

후회, 안도, 미련, 두려움……

그리고 그 모든 걸 덮는 진심 같은 것.

……

그녀는 어느새, 내 팔을 베고 잠이 들었다.

고른 숨소리가 귓가에 잔잔하게 스며들었다.

나는 잠시 그 숨소리를 듣다가 살며시 몸을 일으켰다.

살짝 젖은 머리카락을 넘겨주고, 이불을 덮어준 뒤

천천히 침대 모서리에 걸터앉았다.

손등에 남은 체온을 바라보며 나는 깊게 숨을 들이쉬었다.

너무 그리운 온기였다.

그래서 더 무서웠다.

…… 그녀의 숨소리가 여전히 평온해서, 그게 오히려 아프게 들렸다.

나는 끝내 잠들지 못한 채, 긴 밤을 통째로 껴안고 앉아 있었다.

그리고, 아직 어둠이 걷히지 않은 새벽 무렵—

나는 조용히 자리에서 일어났다.

탁자 위에 놓인 맥주 캔 두 개,

그녀가 벗어둔 얇은 재킷,

어설프게 개어진 이불.

모든 게 그녀가 이곳에 있다는 증거였다.

하지만 나는, 그 안에 오래 머무를 자신이 없었다.

욕실 앞에 멈춰 섰다가, 문득, 거울을 바라봤다.

밤새 지워지지 않은 얼굴.

그 안에 담긴 건,

따뜻함보다도 더 깊은 두려움이었다.

나는 조용히 책상 위에 메모 한 장을 남겼다.

각지고 짧은 글씨로, 아무 일도 아니라는 듯.

『미안해요, 유카리 씨. 급한 일정이 생겨서 먼저 나가볼게요.

아마도 늦을 거예요, 식사는 꼭 챙겨 드세요.』

그녀가 아직도 자고 있는 침실을 한 번 돌아봤다.

말없이, 아주 오래 눈에 담은 후

현관문 앞에 섰다.

소리 나지 않게, 도어락을 풀고 조용히 문을 열었다.

잠시만, 진짜 잠시만— 이 공기에서 멀어지고 싶었다.
이 사람에게서, 나라는 사람을 감춘 채로.
문이 닫히는 소리조차 나조차도 들을 수 없게 조심하며
나는 사라지듯, 그 집을 떠났다…….
그날 늦은 저녁, 비가 그치고 나서야 나는 집으로 돌아왔다.
테이블 위엔, 내가 남긴 메모지 옆에 그녀의 책 견본이 놓여 있었다.
그 위에는, 익숙하지 않은 필체로
조용히 덧붙여진 그녀의 글이 남아 있었다.

『당신은 정말, 스스로 더 깊은 구렁텅이로 들어가려는 사람이네요.
디자인 의뢰는 없던 걸로 할게요. 그렇게 정리하고 싶었던 거겠죠.
현서 씨가 다시 무너질까 봐— 그게 두려웠던 거죠. 그래서 결국, 나를 밀어낸 거고요. 나라는 사람을 끝내 믿지 못했던 건, 당신 안에 남은 상처가 너무 깊어서겠죠.
그래도, 밤새 잠 못 이루던 당신을 보니 조금은 알 것도 같았어요. 현서 씨가 말했던, 제가 그리움을 달래준 사람이었다는 말, 그게 거짓이 아니었단 것도요. 그리고… 제가 싫어서 등을 돌린 게 아니었단 것도요. 그래도 이번에는— 너무 깊이 빠져들지는 마요. 더 이상, 아프지도 말고요.
제 책… 파일로만 읽으셨죠? 다 읽으셨겠지만, 그래도 전해드리고 싶었어요. 파일이 아닌, 실제 책으로. 비록 표지가 없어, 완성은 아직 되지 못했지만요… 그럼, 잘 지내요.』

그 마지막 문장을 읽은 뒤 나는 한참을 움직이지 못했다.

가볍지도 무겁지도 않은 필체. 그녀다운 말투.

그런데 이상하게, 가슴 어딘가가 뻐근하게 저릿했다.

책을 조심히 내려두고 손등으로 입을 가린 채 나는 조용히 숨을 들이쉬었다.

아무 말도 나오지 않았다.

그러나 마음 어딘가는 조용히 금이 가기 시작한 듯했다.

그 뒤로 며칠, 나는 평소처럼 일을 했다. 메일을 확인하고, 의뢰를 정리하고, 디자인 툴을 열어 무언가를 그렸다. 하지만 집중은 되지 않았다. 펜을 잡은 손끝에서 자꾸만 그녀의 편지가 떠올랐다.

"너무 깊이 빠져들지는 마요."

그 문장이 자꾸만 머릿속을 맴돌았다. 커피를 마시고, 산책을 나가고, 창문을 열었지만— 그녀의 그림자는 어김없이 따라붙었다.

그러다 어느 저녁, 결국 나는 마우스를 잡은 채 무심코 검색창에 이름을 입력했다.

미즈노 유카리

스크롤을 내려도 정보는 없었다.

사진도, 기사도, 공식 블로그도 없었다.

"…… 아, 맞다."

재빠르게 글자를 지우고, 유카리라는 이름 대신, 그녀가 사용했던 필명을 다시 입력했다.

일본 유나 작가.

잠시 뒤, 검색 결과 상단에 한 장의 조용한 인터뷰 사진이 떠올랐다. 창백한 조명 아래, 익숙한 실루엣이 조용히 웃고 있었다.

"그리움을 잊지 않기 위해 썼어요" — 유나 작가, 한국 출간 인터뷰
《그리움의 잔향》 한국판 정식 출간 확정 및 팬 사인회 기념

눈길이 멈췄다.
그녀의 이름,
그녀의 책 제목,
그리고 — 한국.
나는 마우스를 천천히 움직여 그 기사를 클릭했다.

감성적인 문장과 섬세한 인물 묘사로 독자들의 마음을 울린 유나 작가가 멜로 소설 『그리움의 잔향』의 한국판 정식 출간을 맞아 한국을 방문했다. 따뜻하고도 아릿한 감정을 선명하게 끌어올린 이 책은, 일본 현지 출간 직후부터 입소문을 타며 국내에서도 큰 관심을 받아왔다.

아래는 출간 이후 진행된 단독 인터뷰 내용이다.

Q. '유나'라는 필명, 어떤 의미인가요?

A. 사실 '유나'는 일본에서도 흔한 이름이에요. 하지만 이 흔한 필명을 선택한 건, 제 글을 처음으로 진심으로 응원해 주셨던 분이 한국 분이셨기 때문이에요. 한국에서도 이 이름을 꽤 많이 사용하니까요. 그분 덕분에 저는 글을 포기하지 않았고……. 아마 그 응원이 아니었다면 이 책도, 지금의 저도 없었을 거예요. 그래서 이 필명은 그분을 위해 남기고 싶었습니다. 저는……. 언젠가 그분이 제 이름을, 이 필명으로 불러주기를 바랐어요. 큰 이유는 아니죠……?

Q. 그분은 연인이었을까요? 결국 그 이름을 불러주셨나요?

A. 아니요. 아쉽게도, 불러주지 않으셨어요……. 연인은 절대 아니었고요. 하지만 그분은, 제게 정말 소중한 사람이었습니다. 만약 그 사람을 다시 만날 수 있다면 꼭 이야기하고 싶었어요. "저도 오랫동안, 사실은 당신을 응원하고 있었다고." 그 사람은……. 마음이 지독하게 아픈 사람이었어요. 그러나 저는 그분이 누군가에게는 응원을 받는 존재였다는 걸 꼭 전해주고 싶었어요. 하지만 결국, 그 말을 할 기회는 없었네요.

Q. 이번 한국 방문 중에 혹시 그분을 실제로 보셨나요?

A. 그 부분은 말씀드리기가 조금 어려워요. 양해 부탁드릴게요.

Q. 『그리움의 잔향』 중 "플라타너스잎은 여전히 저를 품어줄까요?"라는 문장은 일본 내에서도 많은 청년들에게 깊은 울림을 줬습니다. 실제로 SNS나 커뮤니티에서는 「어릴 때는 걱정 없이 그랬던 적이 있었던 것 같다」는 반응이 이어졌는데요. 이 장면은 어떻게 탄생한 건가요?

A. 죄송하지만, 그 부분도……. 자세한 말씀은 드리기 어려울 것 같아요. 다만, 그 문장은 제가 가장 아끼는 문장입니다.

Q. 또 하나, "깜깜한 터널도 끝에는 밝게 빛난다"라는 문장은 책 속에서 가장 많이 인용되는 문장 중 하나입니다. 독자들에게는 일종의 희망처럼 읽히기도 했는데요, 그 문장은 어떻게 쓰시게 된 건가요?

A. 그 문장은, 저를 포함한 모든 독자들에게 해주고 싶었던 말이었어요. 지금도 제가 아는 어떤 분은 스스로를 계속 깜깜한 터널 속에 가두고 있는 것처럼 보여요. 그 터널이 끝난다는 걸, 안에 있는 사람은 잘 모를 수 있어요. 왜냐하면……. 안에서는 빛이 보이지 않으니까요. 하지만 바깥에서 바라보면, 아니……. 안에서라도 계속 걷다 보면— 바깥에서 들어오는 새하얀 빛이 보이죠. 터널은 분명 끝이 있어요. 제가 쓴 글이, 그분에게 제가 보인 '바깥'이 되고 싶었어요. 그래서 그 문장은, 그 사람을 향한 제 방식의 손 내밂이었어요.

Q. 마지막으로 한국 독자들에게 한 말씀 부탁드립니다.

A. 제 책의 배경은 일본과 한국이죠. 이런 제 책이 한국에서 정식으로 출간되어 정말 뜻깊고 기쁩니다. 제가 전하고 싶었던 마음들이 한국어로도 잘 닿았으면 좋겠어요. 많은 분들이 이 책을 편하게 읽으실 수 있기를 바랍니다. 감사합니다.

스크롤이 끝까지 내려갔다.
화면 아래, 더 이상 읽을 문장은 없었다.
이름을 부르지 못했던 그날부터 지금까지,
붙잡지도, 닿지도 못했던 시간이
문장 하나하나로 되돌아왔다.
그리고—
참아왔던 눈물이 아무 말 없이 쏟아졌다.
흐느낌도 없었다.
단지, 너무 오래 눌러뒀던 감정이 소리 없이 무너진 것뿐이었다.
나는 손을 들어 눈을 가렸다.
가려지지 않는 감정은 숨결을 밀어내듯, 조용히 흔들렸다.
며칠 동안 나는 제대로 잠들지도, 먹지도 못했다.
무언가를 해야 했지만, 아무것도 할 수 없었다.
작업도, 정리도, 모두 어수선하게 손을 타다가
다시 제자리로 돌아갔다.

그러다 문득, 책상 위에 놓인 『그리움의 잔향』이 눈에 들어왔다.

표지가 없는······.

나는 조심스럽게 책을 집어 들었다.

그리고 표지를 넘겼다.

지난번 PDF 파일로 읽었던 그 초중반의 내용은 익숙했지만,

그 후에는 미처 몰랐던 이야기들이 이제야 보이기 시작했다.

페이지를 넘길수록 아는 장면들이 조용히 모습을 드러냈다.

신주쿠의 지하 1층 술집.

아쿠아리움에서 마주했던 수족관에 파란 불빛.

인형 뽑기 기계 앞에서 어이없이 웃던 순간.

그녀 또한 나처럼,

그 모든 걸 기억하고 있었다.

그리고 책 속의 어느 한 구절에서 나는 손을 멈췄다.

"제가 덜 힘들어서 그런 걸까요?

아니면 이제는 홀로 서야 한다고 계절이 속삭인 걸까요?

이렇게 망설이고 지나쳐버린 저라도,

플라타너스잎은 여전히 저를 품어줄까요?

어릴 적처럼, 아무 조건 없이."

문장을 읽는 동안,
나는 눈물을 흘린 채 책을 가슴 가까이에 끌어안았다.
한 번, 깊게 숨을 들이쉬었다.
그리고 눈물에 젖은 시선으로 다음 페이지를 넘겼다.
소설의 후반부.
마치 고백처럼 놓인 대사가 그녀의 목소리처럼 들려왔다.

"좋아해요.
좋아합니다.
분명히 저는 당신을 좋아해요.
이제는 인정하기로 했어요.
저는……. 당신을 좋아해요."

나는 책을 조용히 내려놓고, 손끝으로 활자를 천천히 짚었다.
그 문장은— 예전에 내가 그녀의 손을 잡고 처음으로 그녀가 좋다고 말했던 그 말이었다.
그리고, 그 고백 뒤에 이어진 문장.

"저희 서로 잊지 말아요.
둘 중 한 명이 먼저 기억을 잃고,

나머지 한 명도 잊어버리면······.

저희가 이번에 만난 일은

누구도 기억해 주지 못해요.

세상에 없던 일이 되는 거죠.

그 모든 게 사라져 버리는 거예요.

너무 슬프지 않나요?"

그 구절을 읽는 순간, 숨이 멎는 듯한 고요함이 밀려왔다.

나는 그 문장을 가만히, 아주 오랫동안 바라보았다.

마치 누군가, 내 마음 깊은 곳에 손을 넣어 그 문장을 다시 꺼내 보여 준 것처럼.

  그 문장은 약속이었고,

  경고였고,

  그리고 무엇보다······.

  우리의 존재를 증명해 주는 유일한 증거였다.

  나는 마지막 페이지를 넘겼다.

  본문은 끝났고,

  작가의······. 아니 유카리의 짧은 인사가 남겨져 있었다.

  마지막 장에 '작가의 말'일 뿐이지만

  이 책에서 가장 진심이 담긴 마지막 글.

모든 독자에게 전하는 글이었지만—
그것은 분명, 그 누구보다도 나를 향한 것이었다.

당신의 검은색은 제 슬픔까지 감춰주고, 지워줬습니다.
지금은……. 빛을 보았을까요?
늘 응원하고,
그 약속을 기억할게요.
다시는 돌아오질 않을 그 어떤 날들보다 아름다운 이틀을 추억하며.
-어딘가에서 분명히 존재하고 있을 그 사람에게-

그 책을 마침내 마지막까지 읽은 순간—
나는 더 이상 버틸 수 없었다.
가슴 안쪽이 무너지는 소리, 무언가가 갈라지는 듯한 통증이
천천히, 그리고 확실하게 번져왔다.
책이 손에서 미끄러졌고 나는 그대로 책상에 이마를 묻었다.
그때였다.
문득, 며칠 전 술자리에서 그녀가 내게 했던 말이 떠올랐다.
"다른 건……. 다 잊으셨네요."
그땐 그 말이 그저 지난 감정에 대한 아쉬움 정도일 거라 여겼다.
기억을 공유하지 못한 날들에 대한, 가벼운 농담처럼 들렸었다.

하지만 이제야 알았다.

그 말의 진짜 의미를.

그녀는 내가 이 책을 끝까지 읽었고, 그럼에도 불구하고 그 안에 담긴 우리 이야기를 기억하지 못한 사람으로 나를 바라봤던 것이다.

그리고 그건, 내가 책을 다 읽지 않았다는 사실보다도 더 깊은 오해였다.

눈물이 멈추지 않았고 도무지 참을 수 없었다.

오랫동안 억지로 눌러왔던 감정들이 입술을 열기도 전에 쏟아졌다.

소리도 없이 울던 내가, 무미건조한 일상만을 보내고

세상을 무채색으로만 바라보던 내가

처음으로, 자기감정을 소리 내어 무너뜨린 밤.

하루이틀을 겨우 버티며 흘려보낸 끝에,

나는 결국 무언가를 결심한 듯 그곳으로 향했다.

익명으로 남겼던, 그리고 누구에게도 설명하지 않았던 그 작품.

전시장 한쪽,

낯선 조명이 깔린 벽 앞.

나는 '257'이라는 숫자가 새겨진 작은 캡션을 지나 그 앞에 섰다.

후지산을 그린 작품.

하지만 그 정상은, 새하얀 만년설이 아닌 검은색으로 덮여 있었다.

그건, 설명할 수 없는 감정을 담기 위해 만든 작품이었다.

디자인 툴에서도 입력할 수 없는, 존재할 수 없는 257번째 색상.

나는 그 색에, 그녀를 담았다.

그녀의 고향 시즈오카.

그리고 내 안에서 사라지지 않았던 마음.

그땐 나조차도 정확히 몰랐다.

내가 왜 꼭대기를 검게 칠했는지,

왜 '257'이라는 이상한 숫자를 제목으로 붙였는지.

하지만 지금은 알게 되었다.

세상에 존재할 리가 없는 검은 후지산을 만들어

그녀 곁에 늘 보이는 정의 내릴 수 없는 그 따뜻한 색상들을…….

내게 색을 돌려준 그녀를 나만의 방식으로 기억하며 남긴

작품이었다.

말할 수도 없고, 잊고 싶었지만

결코 내게서 남기지 않을 수 없었던 감정.

그녀를 잊지 않기 위해 나는 작품을 남겼고,

그녀는 말없이 이 작품을 보고

잊지 않고 나를 떠올린 것이었다.

나는 작품 앞에서 조용히 속삭였다.

"…… 미안해요. 정말 미안해요."

그 순간, 조용한 발소리가 내 뒤에 멈췄다.

"심오한 작품이죠? 꽤나 반응이 갈리는 작품이긴 한데, 기억에 남는다

고들 많이 말씀하시더라고요."

나는 놀라지 않은 척 고개를 돌렸다. 전시 관계자로 보이는 남자가, 내 옆에 조심스럽게 섰다.

"며칠 내내 오시던 분이 있었어요. 일본에서 오신 분인데, 선생님처럼 이 작품 앞에서 한참을 서 계셨죠."

"…… 며칠 내내요?"

내가 조심스럽게 물었다.

"네. 처음을 제외하고는 매번 혼자 오셨어요. 처음엔 이 작품 작가님 연락처를 구해달라고 하셨고, 책 표지나 디자인 관련 이야기도 하셨죠."

그는 작게 웃으며 말을 이었다.

"좀 귀찮을 정도로 열심히 요청하셔서, 결국 알려드렸어요. 그런데 연락처를 드리고 나서도 계속 오시더라고요. 말도 없이, 그저 조용히……."

나는 숨을 삼켰다.

"그저께까지도 왔습니다. 매일 이 작품 앞에 서 계셨어요. 가만히, 꽤 오랫동안."

가슴 어딘가가 조용히 내려앉았다.

"아, 꽤 유명한 분이시더라고요. 일본에선 베스트셀러 작가인데, 한국 출간도 곧 확정됐다고 들었어요. 이번엔 출판 계약 때문에 잠깐 들르셨다고 하더라고요. 자주 오시다보니 정이 들었는데 막상 가신다고 하니 꽤 아쉽네요."

잔향

그는 멋쩍게 웃으며 고개를 끄덕였다.

"앗, 죄송합니다. 아무튼……. 제가 또 말이 많았네요. 좋은 전시 관람 되시길 바랍니다."

그가 몸을 돌리려는 순간—

나는 무언가에 떠밀리듯 한 걸음 앞으로 나섰다.

"…… 접니다."

그가 멈췄다.

천천히 돌아보는 그의 눈앞에서 나는 떨리는 목소리로 말을 이었다.

"저라고요, 이 작품 작가예요."

"네……?"

전시 관계자의 눈이 휘둥그레졌다.

나는 그 순간, 더 이상 아무 말도 하지 못한 채 그 자리를 뛰쳐나왔다.

전시장 문을 열고 나오는 순간, 숨이 가빠졌다.

하지만 멈추지 않았다.

그 차가운 작품 앞에 남아 있던 온기,

그녀가 매일 조용히 서 있었다는 사실.

그리고—

이제는 더 이상 피하지 않겠다는 결심.

나는 그대로 길가에 멈춰 서

핸드폰을 꺼냈다.

며칠 전, 미처 읽지 않고 넘겼던 메일 하나가 메일함 아래쪽에 조용히 남아 있었다.

손가락이 아주 작게 떨렸다.

나는 메일을 열고, 답장을 쓰기 시작했다.

수신: 온담 출판사

『안녕하세요.

일전에 유나 작가님 북 디자인을 맡기로 했던

이현서라고 합니다.

그때는 경황이 없어 제 이름도 말씀드리지 못했네요.

혹시 유나 작가님의 북 커버 디자인은

이미 완료된 상태일까요?』

보내기 버튼 위에서 손가락이 잠시 머물렀지만,

나는 깊게 숨을 들이쉬고 조용히 눌렀다.

짧은 진동 소리.

발신: 온담 출판사

제목: Re: 유나 작가님 북 커버 관련 문의

『안녕하세요, 이현서 작가님. 연락해 주셔서 감사합니다.

먼저 지난 미팅 당시, 저희 출판사 관계자가 부득이한 사정으로 자리를 먼저 떠 제대로 인사드리지 못했던 점 사과드립니다.

작가님의 작품에 담긴 깊은 감정과 애정을 유나 작가님을 통해 저희도 충분히 전해 들었습니다.

이렇게 다시 연락을 주셔서 더욱 반가운 마음입니다.

다만……

죄송스럽게도 현재 유나 작가님의 북 커버 디자인은 현재 타 업체와 계약 진행 중 상태에 있습니다.

당시 유나 작가님께서 협업을 중단하신다는 의사를 저희에게 전달해 주셨고, 출간 일정상 일단 다른 방향으로 준비를 진행하게 되었습니다.

혹시 이와 관련해 특별한 사정이 있으셨을까요?

사실 유나 작가님께서도 끝까지 작가님과의 협업을 기대하셨던 것으로 알고 있습니다.

저희 역시 작가님의 현재 의중을 듣고 싶습니다.

부담 없으시다면 간단한 회신 부탁드립니다.

다시 한번 연락해 주셔서 감사드리며, 작가님의 앞날에 좋은 일만 가득하길 기원합니다.

감사합니다.

온담 출판사 드림』

나는 곧바로 답장을 보냈다.

수신: 온담출판사
제목: Re: 유나 작가님 북 커버 관련 문의
『안녕하세요, 이현서입니다.
정중한 답변 진심으로 감사드립니다.
지난 미팅 당시 제대로 인사드리지 못해 오히려 제가 죄송합니다.
말씀 주신 유나 작가님의 계약 진행 관련 내용, 잘 확인했습니다.
이와 관련하여 제 상황을 간략히 설명해 드리고자
이렇게 다시 답장을 드립니다.
당시 제가 협업을 중단하게 된 것은 개인적인 사정 때문이었고,
디자인 작업 자체에 대한 의지가 없어서가 아니었습니다.
결과적으로 일정에 혼선을 드리게 된 점 진심으로 사과드립니다.
혹시 아직 디자인 확정 전 단계라면,
유나 작가님께도 제 의사를 전해주실 수 있을까요?
상황이 가능하다면,
다시 한번 협업에 참여할 수 있는 기회를 요청하고 싶습니다.
물론 이미 내부적으로 확정된 사안이라면,
그 결정 또한 존중하겠습니다.
답변 기다리겠습니다.

감사합니다.

이현서 드림』

메일을 보낸 지 30분쯤 지났을 때,

출판사로부터 답장이 도착했다.

내용은 단순했다.

『이현서 작가님, 안녕하세요.

가능하시다면 오늘 오후,

간단히 저희와 미팅을 진행해 보는 건 어떨까요?

내부 일정상 시간이 많지는 않지만,

작가님의 말씀을 직접 듣고 싶습니다.

가능하신 시간 회신 부탁드립니다.

온담 출판사 드림』

나는 숨을 깊게 들이쉬고, 잠시도 망설이지 않고 답장을 보냈다.

『가능하면 오늘 바로 찾아뵙고 싶습니다.

괜찮으시다면 당일 미팅 가능할까요?』

그리고 곧바로, 집으로 향하지 않고 방향을 틀었다. 온담 출판사 사무실은 생각보다 조용했다. 회색빛 복도를 지나 작은 회의실로 안내받았다. 익숙지 않은 공간에 앉은 나는 따뜻한 차를 앞에 두고, 노트북도 펴지 않은 채 조심스럽게 입을 열었다.

"제가 이 프로젝트에서 빠지게 된 건……. 단순히 일정을 조율하지 못해서가 아니었습니다."

편집장은 고개를 끄덕이며 내 말을 기다렸다.

"당시, 개인적인 사정이 조금 복잡했고 그 감정들을 어떻게 다뤄야 할지 몰랐습니다. 결과적으로 모든 걸 멈추게 만들었고……. 그게 지금까지 이어져 버렸네요."

나는 두 손을 모아 책상 위에 올리고, 차분히 말을 이었다.

"하지만 이제는, 익명으로 활동했던 제가 제 이름을 걸고 이 작업을 하고 싶습니다."

편집장의 눈빛이 조금 달라졌다. 나는 이어 말했다.

"최근에야 이 책을 처음부터 끝까지 다 읽었는데요……. 정말 좋은 작품이더군요. 그 감정이, 오래 남더라고요."

그는 조용히 미소를 지었다. 나는 덧붙였다.

"이런 책에 북 커버를 만든다는 건 제게도 굉장히 특별한 일이에요."

회의실 안은 잠시 고요해졌다.

그리고 편집장이 조심스레 입을 열었다.

"…… 사실, 유나 작가님은 작가님과 꼭 작업을 하고 싶으셨다고 말을 하고 가긴 했었습니다."

나는 무심결에 고개를 들었다.

"사실 가계약까지는 진행이 된 상태입니다만……. 가계약은 아직 최종 확정은 아니니까요. 내부적으로 다시 검토해 보겠습니다."

그는 진지한 얼굴로 말했다.

"가능하다면, 직접 새로운 샘플을 제안해 주시면 감사하겠습니다. 다시 한번 작가님의 의지를 이렇게 전해주셔서 고맙습니다."

나는 잠시 가만히 있던 손을 꽉 쥐며 말했다.

"…… 정말 감사드립니다. 최선을 다해 준비하겠습니다."

그는 작게 고개를 끄덕이며 말했다.

"기다리겠습니다. 이번엔, 서로 좋은 결과로 이어지길 바라겠습니다."

회의실을 나오며 나는 처음으로 내가 해야 할 작업물이 단순한 디자인이 아니란 걸 느꼈다. 이건 다시 이어진 인연이었고, 끝내 닿지 못했던 마음에 대한 나만의 방식으로 건네는 손끝이었다.

집에 돌아오자마자 나는 책상 앞에 앉았다.

툴을 켜놓은 화면 앞에서 한동안 아무것도 하지 않았다.

손끝엔 아무것도 쥐어지지 않았고, 그저 오래도록 눈을 감고 생각에 잠겼다.

무엇부터 꺼내야 할까.

색부터일까, 형태부터일까.

아니면— 기억부터일까.

나는 천천히 마우스를 잡았다.

그리고 아주 조심스럽게, 머릿속을 스쳐가는 장면을 꺼내기 시작했다.

그건 플라타너스였다.

가을이 끝나갈 무렵, 우리가 함께 바라봤던 잎사귀들.

그날 그녀가 술에 취해 누워 있던 낙엽 더미.

그 위로 속삭이듯 내리던 비와,

아무 말 없이 마주 보던 순간들.

이번엔 무채색이 아니었다.

옅은 녹색, 부드러운 황토, 적갈색이 스며든 잎맥 사이로

따뜻한 주황과 흐릿한 금빛이 번졌다.

모든 색은 그녀와 함께한 시간에서 비롯됐다.

감정을 조심스레 분해한 끝에 남겨진 가장 단순한 온기였다.

나는 처음으로, 이 세상을 다시 다채롭게 바라보고 있었다.

스케치를 마친 뒤, 나는 색을 하나씩 올리기 시작했고

노을빛 주황색에는 그녀의 웃음을 담았다.

조용하고 단단한 미소,

어디서도 본 적 없는 부드러웠던 결.

붉은빛이 감도는 빛들은 닿지 못한 날들,

꺼내지 못한 말들의 흔적이었다.

그 위에, 아주 미세하게 번지는 회녹색을 얹었다.

그건 나였다.

도피하듯 도쿄로 흘러온, 자신을 감추던 날들의 그림자.

그리고 마지막. 나는 한참을 망설이다가 작은 주황빛을 그렸다.

그 색은— 그녀가 남긴 마지막 문장처럼 조용했고,

내게 유일하게 남은 따뜻함이었다.

'당신의 검은색은 제 슬픔까지 감춰주고, 지워줬습니다.'

그 문장을 떠올리며 나는 마지막 붓질을 천천히 멈췄다.

샘플을 완성한 뒤, 나는 조용히 압축 파일을 만들어

온담 출판사로 전송했다.

며칠 뒤, 연락이 도착했다.

발신: 온담 출판사

제목: Re: 북 커버 디자인 관련 회신

『이현서 작가님, 안녕하세요. 보내주신 북 커버 샘플, 내부 회의를 통해 잘 검토했습니다. 최종적으로 본 디자인을 유나 작가님의 『그리움의 잔향』 북 커버로 확정하고자 합니다. 작가님께서 진행을 원하신다면, 기존 가계약은 정식 해지 절차를 밟을 예정입니다.

다만, 유나 작가님께는 아직 샘플 전달 전이며, 정식 미팅은 도쿄 현지 일정에 맞춰 진행될 예정입니다. 마침 그날은 저희 측에서 여러 일본 작가님들과의 미팅 일정도 함께 잡혀 있어서, 그 일정에 맞춰 이현서 작가님과의 미팅도 함께 진행하고자 합니다.

 혹시 입국 당일 일정이 부담스럽지는 않으실까요?

 참여 가능 여부를 회신 주시면 감사하겠습니다.

 온담 출판사 드림』

나는 단 한순간도 망설이지 않았다.

참석하겠습니다.
직접 뵙고 싶습니다.

며칠 동안, 나는 방에서 거의 나가지 않았다.
커튼 사이로 들어오는 오후의 빛, 조용히 자라나는 식물들……
그 모든 것이, 이 작품에 스며 있었다.
그리고 전날 밤.
최종본을 앞두고
나는 커버의 상단을 조용히 수정하며 정리했다.
플라타너스 잎사귀가
책 제목을 감싸듯 부드럽게 흘러내렸다.

디자인은 내 손끝에서 태어났고,

그 위를 흐르는 문장은 그녀의 것이었다.

다른 감각, 다른 표현 방식—

하지만 어느 하나가 중심이 되지 않고 함께 어우러지는 모습.

그건 마치, 우리 두 사람처럼.

닿지 못하던 색과 문장이

비로소 하나의 책 위에서

조용히, 아름답게 겹쳐진 순간이었다.

나리타행 비행기.

창밖엔 맑은 하늘과,

햇빛에 투명해진 흰 구름들이 천천히 흘러가고 있었다.

구름의 결은 부드럽고 단정했다.

햇살은 창을 타고 조용히 내 얼굴 위로 내려왔고,

기내의 소음조차 멀게 느껴질 만큼 고요한 시간이 이어졌다.

나는 창가에 몸을 기댄 채,

가방에서 책의 견본을 꺼냈다.

아직 표지가 없는 책의 견본을 넘기며

조용히 한 페이지를 펼쳤다.

그러다 문득— 한 문장에서 시선이 멈췄다.

"나에게 그는 읽고 싶은 책이었다.

그리고 그와 나의 이야기는—

아직 다 쓰이지도 않은, 결말이 없는 책으로 남기를 바랐다.

계속해서 이야기가 써 내려지는, 그런 책으로……."

나는 그 문장을,

마치 처음 듣는 이야기처럼 천천히 다시 읽었다.

비행기 바퀴가 활주로에 닿는 순간,

창밖을 보니 늦가을 도쿄의 햇살이 길게 흘렀다.

맑고 선선한 공기가 유리창 너머로 부드럽게 스며들었다.

공항의 풍경은 낯설지 않았다.

짧은 시간이었지만, 이 도시는 내게 너무 깊은 흔적을 남겼으니까.

나는 조용히 입국장을 빠져나왔다.

몇 년 전, 그녀와 마지막 인사를 나눴던 도시.

그리고 그날 점심쯤— 나는 도쿄를 떠났다.

비행기 시간에 맞춰 말없이 공항으로 향했고,

떠나는 내내 끝내 하지 못한 말이 마음 끝에 걸려 있었다.

그리고, 그날의 도쿄. 호텔도, 비행기도 아닌

귀국을 위해 이동하던 길.

믿기 힘들 만큼 맑았던 하늘에서

작은 눈송이 하나가 천천히 떨어졌다.

늦가을 도쿄의 첫눈.

이 도시에 그렇게 이른 눈이 내리는 건, 거의 기적 같은 일이었다.

그녀는 그 눈을 보지 못했다.

나는 혼자였다.

그 장면은, 도쿄 전체를 내게 슬프고도 따뜻한 기억으로 남게 만들었다.

그 이후로 '도쿄'라는 단어만 들어도

마음 어딘가가 조용히 저릿했다.

그 계절을 떠올릴 때면 항상, 그날에 첫눈이 가장 먼저 떠올랐다.

늦가을에 내리는 눈만큼 선명하고 잊히지 않는 풍경이 또 있을까.

하지만 지금— 나는 다시, 이 도시에 돌아왔다.

같은 계절, 같은 하늘 아래.

이번에는, 다시는 등을 돌리지 않기 위해서.

나는 조용히 숨을 들이마시고

늦가을 도쿄의 공기 속으로 천천히, 발을 내디뎠다.

호텔은 출판사에서 잡아준 숙소였다.

깔끔하고 단정한 비즈니스호텔.

방 안은 조용했다.

창밖으로는 신주쿠 도심의 불빛들이 조용히 깜빡였고,

그 조용한 움직임마저 내 마음을 어딘가 묘하게 건드렸다.

그때, 핸드폰이 짧게 진동했다.

온담 출판사 편집자에게 걸려 온 전화였다.

나는 화면을 바라보다가 천천히 수신 버튼을 눌렀다.

"네, 말씀하세요."

"작가님……. 정말 죄송합니다. 앞 미팅 일정이 조금 길어지고 있어서요. 미팅 장소인 카페에는 저희가 조금 늦게 도착할 것 같습니다. 혹시 괜찮으시다면 먼저 이동해 주실 수 있을까요? 괜찮으시다면 위치는 바로 문자로 드리겠습니다. 정말 다시 한번 죄송하다는 말씀드립니다."

"네. 알겠습니다."

나는 짧게 대답하고 전화를 끊었다.

그 순간, 몇 주전 연남동의 카페에서 있었던 일이 떠올랐다.

그날도 출판사 관계자가 전화를 받고 급히 자리를 떴고,

결국 그녀와 나는 단둘이 마주하게 됐었다.

그리고 이번에도—

예정과는 다르게 그녀를 먼저 만나게 되었다.

나는 핸드폰을 잠시 내려다보다, 작게 숨을 내쉬었다.

"또 이런 식이네……."

그런데, 이번에는 이상하게 불편하지 않았다.

오히려— 간절히 바라온 순간인지도 모른다.

예정된 미팅 시간까지는 20분 남짓이었다.

원래는 출판사 측에서 차량을 보내기로 했지만 갑작스러운 스케줄 변경으로 무산됐다.

호텔 프런트에 문의해 보려다, 문득 생각이 들었다.

"일본에서 택시 잡아본 적, 한 번도 없네."

예약 시스템도 낯설고, 현지 앱은 아예 깔려있지도 않았다.

지도를 확인하니 미팅 장소인 카페까지는 걸어서 30분 남짓.

느긋하게 걷다가는 분명 늦는다.

나는 코트를 여미고, 목도리를 단단히 감았다.

그리고 조용히 중얼이듯 말했다.

"뛰자."

호텔 문을 나서자, 늦가을 도쿄의 공기가 얼굴에 스며들었다. 맑고, 얇고, 흔들리는 공기. 그리고 그 사이로, 눈이 내리고 있었다. 처음엔 먼지처럼 흩날리다 점점, 낙엽 위에 고요히 내려앉기 시작한 눈발.

사람들은 코트를 여미고 바삐 걸었고, 내 앞을 가로막거나, 옆에서 스치듯 지나갔다. 몇몇과는 어깨를 툭, 팔꿈치를 살짝 부딪치기도 했다.

그럼에도, 나는 멈추지 않았다. 도쿄는 늘 그렇듯 바빠 보이고, 분주해 보였지만 정해진 흐름을 따르고 있었다. 하지만 그 속에서 나만은, 정해지지 않은 사람을 향해 달리고 있었다.

숨이 조금씩 가빠졌다. 검은 코트 위엔 눈송이가 조용히 내려와 스며들고 있었다. 나는 스스로에게 속삭였다.

'나에게 그녀는,

표현하려야 표현할 수 없는 색이다.

그녀와 함께 있어도 그 색을 완전히 말로 옮길 수는 없다.

정확히 잡아낼 수도 없다.

하지만— 그럼에도 불구하고,

평생 알 수 없는 색이라 해도 나는 그녀 곁에 있고 싶다.

가장 가까운 자리에서, 그 색을 바라보고 싶다.'

사람들은 여전히 많았고, 나는 그 사이를 뚫고 나아갔다.

그 순간에 또 한 번 스스로에게 속삭여지며

하나의 확신이 터져 나왔다.

'나는 사랑을 잃는 것도, 사람을 잃는 것도 무서웠다. 하지만 그보다도 더 정말 무서운 건, 이제는 그녀, 유카리를 다시는 못 보는 것이었다. 아직도 나는 그녀가 어떻게 내 그리움을 채우는지 정확히는 모른다.

아니, 채우는 것이 아니었다. 그녀가 내 그리움의 정체였다.

더 이상 그 이유는 중요하지 않다.'

그리고— 바로 그 순간, 목적지가 시야에 들어왔다.

따뜻한 우드톤 외관.

흐릿한 유리창 너머로 보이는 조용한 실내.

바깥의 찬 공기와는 전혀 다른,

어딘가 깊고 조용한 온기.

숨이 차올랐다.

코트 위엔 눈이 듬성듬성 내려앉아 있었고,

목도리 끝자락도 축축하게 젖어 있었다.

하지만 멈출 수 없었다.

이 마음의 속도가 식기 전에, 그녀에게 닿고 싶었다.

나는 손으로 코트 어깨 위 눈을 대충 털어내고,

숨을 짧게 고르며 손잡이를 쥐었다. 차가운 금속의 감촉.

그리고 조용히, 문을 밀었다.

따뜻한 공기가 한순간에 밀려 들어왔다.

바깥과는 완전히 다른 공기.

은은한 우드향, 잔잔한 조명, 천천히 흘러나오는 음악.

그리고 창가 쪽, 햇빛이 부드럽게 스며드는 자리에

오직 한 사람만이 있었다. 유카리.

아무런 말도 하지 않고, 핸드폰도 보지 않은 채 그저 두 손을 테이블 위에 올리고 앉아 있었다.

나는 한순간, 발걸음을 멈췄다.

그녀는 여전히 고개를 숙인 채 앉아 있었다.

그러다 작은 인기척에 조용히 고개를 들었다.

눈이 마주쳤고, 순간, 그녀의 눈이 커졌다.

그 표정엔 놀람과, 의심,

그리고······.

확신이 동시에 스쳤다.

[······]

유카리는 조용히 입을 열었다.

"······ 현서 씨?"

나는 숨을 짧게 고르며 천천히 시선을 들었다.

입술을 조금 달싹이다가—

결국, 약간 어벙한 얼굴로 그녀를 바라보며 입을 열었다.

"그······. 유, 유나 작가님. 올해 봄은······. 좋은 봄이었을까요?"

그녀는 잠시 나를 바라보다가,

입꼬리를 아주 살짝 올렸다.

"유나라고······. 불러주셨네요. 드디어."

천천히 웃던 그녀는 고개를 약간 기울이며 조용히 말을 이었다.

"그런데 말이에요, 막상 현서 씨 입에서 들으니까······.

역시 '유나'라는 필명보다는 '유카리'라고 불리는 게 더 좋네요."

그리고, 피식 웃으며 한마디 덧붙였다.

"그리고 뭐예요? 저희 본 지 얼마나 지났다고요."

그녀의 목소리에는 익숙한 농담 같은 온기가 묻어 있었다.

"과연 올해 봄을 잘 보냈을까요, 나는?"

그녀는 혼잣말처럼 말한 뒤, 고개를 살짝 들며 물었다.

"그럼, 현서 씨는요?

올해 여름은……. 조금은 밝은 여름을 보냈을까요?"

나는 그녀를 바라보며 말없이 고개를 저었다.

천천히, 그러나 또렷하게 대답했다.

"아니요.

여전히 저에게는,

당신, 유카리 씨가 없는 세상은……."

숨을 한번 깊게 고르고, 다시 말을 이었다.

"한국이든, 일본이든— 그냥 구렁텅이예요."

그녀는 조용히 나를 바라봤다.

입술이 아주 작게 떨리는 듯했고,

그 눈동자 안엔 말로 다 표현할 수 없는 감정이 고요하게 흘렀다.

나는 하얗게 눈이 내리는 창밖을 잠시 바라보았다.

"그날, 제가 돌아가던 그 늦가을에, 붉은 단풍 위로 눈이 내렸어요.

그만큼 인상적인 기억이 또 있을까 싶었는데……."

고개를 다시 그녀에게로 돌리며 말했다.

"저한테는……. 당신이 그렇게 남았어요."

그 말과 동시에

내 안에 쌓여 있던 감정이, 더는 멈추지 않았다.

"인정할게요.

사랑해요. 사랑합니다.

분명히 당신을 너무나도 사랑합니다—

이제는, 아니 그때부터, 당신을 계속해서 그리워하고 사랑했어요."

그녀는 한동안 말이 없었다.

긴 속눈썹 아래로 눈빛이 천천히 흔들렸고,

입술이 아주 작게 열렸다가 다시 조용히 닫혔다.

그러다 마침내, 정말 오랜 시간 참아온 사람처럼

조용히 미소를 지었다.

"현서 씨가 그런 낯간지러운 말도 할 줄 아는 사람이었네요."

그녀는 작게 웃으며 말했다.

"고마워요. 용기 내줘서."

그 말은 마치 오래된 메아리처럼 내 마음 안에 천천히 번져갔다.

그리고, 아주 작고 단단하게—

그녀는 덧붙였다.

"저도 당신을 사랑했고……. 앞으로도 사랑할 거예요."

나는 그녀를 바라보며 고개를 천천히 끄덕였다.

둘 사이에 아무 말도 없었지만,

그 정적 안에는 많은 것이 담겨 있었다.

밖에선 여전히 늦가을의 눈이 내리고 있었다.

붉게 물든 단풍 위로 하얀 눈이 천천히 내려앉고,

창밖의 풍경은 마치 누군가의 기억처럼 조용히 쌓여갔다.

테이블 위엔 식지 않은 커피잔과 맞닿은 손끝의 온기만이 서로를 마주하고 있었다. 나는 그녀를 바라보며 속으로 생각했다. '사랑은, 모순이다.' 오랫동안 그렇게 믿어왔다. 사랑은 끝이 나고, 사람은 떠나고, 남은 감정은 언젠가 무뎌지다가 잊힌다고 믿었다.

하지만 지금 내 앞에 있는 이 사람은,

한 번도 정의하지 못했던 유일한 색이었다. 말로도, 손끝으로도 표현할 수 없는 색. 세상 어디에도 없는 색. 그래서 잊을 수도, 대신할 수도 없는 감정.

그렇게 오랜 시간 내 안에 응어리처럼 남아있던 그리움의 정체. 그건 결국, 이 순간을 위해 준비되어 있던 사랑이었다. 내가 모르는 사이, 그리움은 사랑이었고, 사랑은 그리움의 끝에서야 비로소 제 이름을 찾았다.

이제는 안다. 모순이라도 좋다. 그게 사랑이라면, 나는 그 모순 안에서 기꺼이 살아가고 싶다.

그렇기 때문에 사랑은 모순인가 보다.

그리움이 더는 나를 잠식하는 어둠이 아니라, 사랑이라는 이름으로 내 앞에 다가와 있었다. 이렇게 다시 마주하고, 이렇게 다시 손을 잡을 수 있다면, 그리움도, 모순도, 모두 기꺼이 품을 수 있을 것 같았다.

"우리, 결국 약속은 지켜냈네요."

나는 말없이 그녀의 손을 천천히 감싸 쥐었다.

그 순간, 그녀를 제외한 무채색이던 세상이

그녀를 중심으로 부풀듯 번져가기 시작했다.

마치 오래 잠들어 있던 색들이

숨죽여 기다리다, 한꺼번에 피어난 것처럼.

마주한 시선, 닿은 손끝의 온기,

그리고 그 숨결까지—

모든 것이

잊지 못했던,

세상에 없던 색으로 물들어 갔다.

카페 안은 고요했고,

창밖에 늦가을과 초겨울 사이를 교차해 내리던 눈은

어느새 단풍 위로 수북이 쌓이고 있었다.

마치 오래 기다려온 장면처럼,

말없이 풍경을 완성하고 있었다.

나는 잠시 그 풍경을 바라보다,

다시 그녀를 천천히 바라봤다.

"…… 그보다, 출판사 분은 너무 안 오시네요."

그녀는 입꼬리를 살짝 올리며

숨을 닮은 웃음을 지었다.

"하여간 현서 씨는, 분위기 깨는 데는……. 정말 타고났어요."

그러고는 고개를 살짝 기울이며 말을 덧붙였다.

"그럼, 술이나 한잔하러 갈래요?"

나는 그저, 조용히 웃으며 대답했다.

"오늘은……. 인형도 꼭 하나 뽑아야죠."

그녀가 피식 웃었고,

우리는 그 말에 묘하게 동시에 일어섰다.

밖에서는 여전히 눈이 내리고 있었다.

세상에 없던 색처럼,

말하지 않아도 서로를 다 알고 있던 마음처럼.

우리 위로, 조용히— 내려앉고 있었다.

플라타너스

정말 어릴 때는,
누군가 정성스레 쓸어 모아둔
플라타너스잎이
큼지막하게 쌓여 있는 것을 보면
길을 걷다 지쳐
온몸을 던져 누웠습니다.

그곳은 마치
가을이 만들어준 작은 섬 같았어요.
폭삭 누워버린 저를,
플라타너스잎들은 부드럽게 안아 주었습니다.

가볍게 스며드는 햇살과 함께,
따뜻하고 포근했습니다.
그 순간만큼은
바람조차 제 편인 것 같았죠.

다 큰 지금,
길을 걷다 문득
오랜만에 그 시절이 떠올라
뛰어들고 싶었어요.

하지만 이제는
플라타너스잎이 더럽다고 느껴져서일까요,
아니면 그 잎들이 더 이상 저를
받아주지 않을 것 같아 두려워서였을까요?

제가 덜 힘들어서 그런 걸까요?
아니면 이제는 홀로 서야 한다고
계절이 속삭인 걸까요?

이렇게 망설이고 지나쳐버린 저라도,
플라타너스잎은
여전히 저를 품어줄까요?

어릴 적처럼,
아무 조건 없이.

"これは、あなたに捧げた、一つの色と言葉です。"

-秋雪-